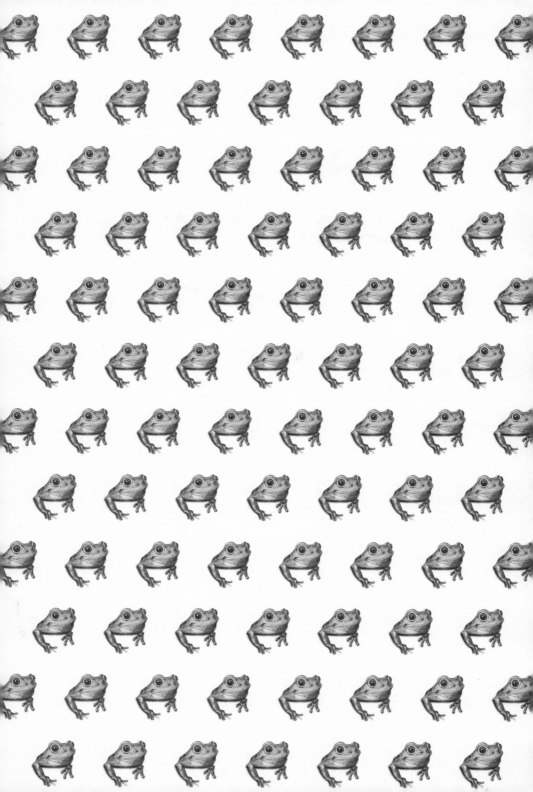

Meneer
Maandag

Garth Nix bij Uitgeverij M:

HET OUDE KONINKRIJK

Sabriël
Lirael
Abhorsen

Meneer Maandag

www.fantasyfan.nl

Nieuws over auteurs en boeken, het FantasyFan Forum, en de
ledenpagina's voor de lezers van *Science Fiction & Fantasy* WARP

MENEER
MAANDAG

GARTH NIX

SLOTERVAART

UITGEVERIJ

Voor Anna en Thomas, en voor al mijn familie en vrienden

Oorspronkelijke titel *Mr Monday*
Copyright © 2003 Garth Nix
Illustratie(s) © Ien van Laanen-Amsterdam

Vertaald door Erica Feberwee
Eerste druk maart 2003

ISBN 90 225 3835 4
NUR 283/334

Copyright Nederlandse vertaling © 2004 De Boekerij bv, Amsterdam
Uitgeverij M is een imprint van De Boekerij bv, Amsterdam

Proloog

Ze hadden geprobeerd de Wil te vernietigen, maar dat bleek onmogelijk. Dus ze hadden hem gebroken, op twee manieren. Letterlijk, door hem te verscheuren en de stukken perkament te verspreiden, door tijd en ruimte. Bovendien hadden ze de geest van de Wil gebroken, omdat niet een van de bepalingen was vervuld. En als de verraderlijke Bewindvoerders hun zin kregen, zóú ook nooit zelfs maar één bepaling van de Wil worden verwezenlijkt. Om dat te bewerkstelligen waren alle zeven stukken waarin de Wil was gescheurd met de grootst mogelijke zorg verborgen.

Het eerste stuk – tevens het minste – was versmolten met een brok helder kristal, nog harder dan diamant. Het kristal was opgeborgen in een kist van onbreekbaar glas, en die kist was vervolgens ingesloten in een kooi van zilver en malachiet. Die kooi tenslotte was muurvast aan het oppervlak van een dode zon geklonken, ergens aan de uiterste grens van de Tijd.

Rond de kooi stonden twaalf metalen Wachters, ieder op een van de cijfers van de wijzerplaat die met eeuwigdurend licht in de donkere materie van het gestorven hemellichaam was geëtst.

De Wachters waren geschapen om ervoor te zorgen dat het stuk van de Wil bleef waar het was. Ze waren vaag menselijk van vorm, maar wel twee keer zo lang als een mens, en hun huid was van lichtgevend staal. In hun bewegingen waren ze snel en soepel als katten, en in plaats van handen groeiden er klingen uit hun polsen. Iedere Wachter was verantwoordelijk voor de ruimte tussen zijn cijfer op de wijzerplaat en het volgende. Hun leider voerde het commando vanuit het gedeelte tussen de twaalf en de één.

De metalen Wachters stonden gezamenlijk onder toezicht van een korps zorgvuldig geselecteerde Inspecteurs; lagere schepselen die het niet zouden wagen te twijfelen aan hen die de Wil hadden gebroken. Eens in de honderd jaar verscheen er een Inspecteur om zich ervan te overtuigen dat alles in orde was en dat het stuk van de Wil nog altijd veilig lag weggeborgen.

De laatste eonen waren de Inspecteurs echter laks geworden. Wanneer ze verschenen, knepen ze hun ogen tot spleetjes, ze tuurden naar de kooi, de kist en het kristal, ze salueerden naar de Wachters, en vervolgens verdwenen ze weer. Meer deden ze niet. De Wachters, die al tienduizend jaar trouw tussen de cijfers op de wijzerplaat patrouilleerden, voelden een diepe afkeuring jegens de onzorgvuldigheid waarmee de Inspecteurs zich van hun taak kweten. Het lag echter niet in hun aard om te klagen. Bovendien beschikten ze niet over de middelen om dat te doen. Indien nodig konden ze alarm slaan, tot meer waren ze niet in staat.

De Wachters hadden vele Inspecteurs zien komen en gaan. Andere bezoekers waren er nooit geweest. Niemand had ooit geprobeerd het deel van de Wil te stelen of uit zijn gevangenschap te bevrijden. Kortom, in al die tienduizend jaar dat ze op wacht stonden, was er nooit iets gebeurd.

Toen, op een dag die in niets verschilde van de meer dan drieëneenhalf miljoen dagen ervoor, arriveerde er een Inspecteur die zijn plichten serieuzer nam. Zijn aankomst verliep heel gewoon. Hij verscheen aan de rand van de wijzerplaat, met zijn hoed een beetje scheef op zijn hoofd door het overbruggen van tijd en ruimte. In zijn hand hield hij de officiële volmacht, zodanig dat het gouden zegel duidelijk zichtbaar was. Er ging een lichte huivering door de Wachters, hun klingen trilden van spanning. De volmacht en het zegel vormden slechts de helft van de vereiste vergunning voor een bezoek aan de wijzerplaat. De andere helft bestond uit het wachtwoord. En er was altijd een kans dat de woorden die de vorige Inspecteur had achtergelaten niet correct werden uitgesproken, zodat de klingen van de Wachters eindelijk in actie zouden moeten komen, in een razendsnel, nauwelijks te volgen flitsen van het dodelijke metaal.

Natuurlijk waren de Wachters verplicht de Inspecteur een minuut respijt te geven. Tenslotte kon het overbruggen van tijd en ruimte kortstondig leiden tot verwarring, niet alleen bij stervelingen.

Deze Inspecteur oogde enigszins gehavend. De menselijke gedaante die hij had aangenomen, was redelijk doorsnee te noemen. Hij zag eruit als een man van middelbare leeftijd met een neiging tot corpulentie. Zijn menselijke verschijningsvorm was gehuld in een blauwe jas, die glom op de ellebogen en waarvan de rechtermanchet onder de inktvlekken zat. Zijn witte overhemd was enigszins smoezelig, en de slecht gestrikte groene das kon niet verhullen dat zijn boord op drift was geraakt. Zijn hoge hoed was duidelijk veel gedragen, enigszins ingedeukt en naar links gezakt. Toen hij de hoed afnam bij wijze van groet jegens de Wachters, viel er een broodje uit, gewikkeld in een krant. Hij ving het op en liet het in een binnenzak van zijn jas glijden voordat hij het wachtwoord sprak.

'Wierook, zwavel en wijnruit, ik ben een Inspecteur, zo waar als ik hier sta,' zei hij zorgvuldig terwijl hij opnieuw de volmacht omhooghield om het zegel te laten zien.

In antwoord op het wachtwoord en het zegel draaide de Wachter van het Twaalfde Uur in het rond. Hij kruiste zijn klingen met een geluid als van een mes dat werd geslepen, zodat er een huivering door de Inspecteur ging. Toen salueerde de Wachter.

'Treed nader, Inspecteur,' sprak hij met dreunende stem. Het was de helft van alles wat hij ooit zei.

De Inspecteur knikte en stapte voorzichtig van de mutatieplaat op de gestolde duisternis van de dode ster. Uit voorzorg had hij Onstoffelijke Laarzen aangetrokken (vermomd als pantoffels) om het vervormende effect van de duistere materie van de dode ster teniet te doen, ook al had zijn superieur hem verzekerd dat de volmacht en het zegel hem afdoende bescherming zouden bieden. Hij nam de tijd om de mutatieplaat op te pakken, omdat deze tot zijn persoonlijke favorieten behoorde: een grote dienschaal van het fijnste porselein, beschilderd met een fruitmotief, in plaats van de meer gebruikelijke schijf van gepolijst elektrum. Het gebruiken van een porseleinen schaal vormde een risico, omdat deze gemakkelijk kon breken, maar hij bood een fraaie aanblik, en dat vond de Inspecteur belangrijk.

Zelfs de Inspecteurs was het verboden zich voorbij de rand van de wijzerplaat te wagen, waar de schreef van de cijfers rustte op een gouden lijn. Dus de Inspecteur liep voorzichtig langs de Wachter van het Twaalfde Uur en bleef vlak voor de lijn staan. De zilveren kooi oogde even solide als mocht worden verwacht, de glazen kist was intact en prachtig doorzichtig, en daarbinnen was duidelijk het kristal te zien, precies op de plek waar het behoorde te zijn.

'Alles... ha...ha...' Hij vertrok zijn gezicht, alsof hij moest niezen. 'Alles lijkt in orde,' mompelde hij en haalde opgelucht een klein kistje uit zijn jaszak. Hij klapte het open en bracht met een geoefende beweging een snufje snuiftabak naar zijn rechterneusgat. Het was een nieuwe melange, een geschenk van een hogere autoriteit.

'Alles... ha... ha... in orde,' herhaalde hij. Toen niesde hij met zoveel kracht dat er een schok door zijn hele lichaam ging, waardoor hij dreigde over de gouden lijn te struikelen. De Wachters verlieten hun positie en schoten toe, en de klingen van de Wachter van het Twaalfde Uur maaiden op nauwelijks een centimeter voor het gezicht van de Inspecteur langs terwijl deze wanhopig met zijn armen zwaaide om zijn evenwicht te hervinden.

Tenslotte slaagde hij daarin, en hij deed wankelend een stap naar achteren, zodat hij weer veilig aan de goede kant van de lijn stond.

'Neem me niet kwalijk! Het spijt me echt verschrikkelijk. Een afschuwelijke gewoonte, dat is het,' piepte hij terwijl hij zijn snuifdoos zorgvuldig wegborg. 'Maar ik wijs u er nogmaals op dat ik Inspecteur ben. Hier is de volmacht! En het zegel!'

De Wachters hervatten hun gebruikelijke wachtlopen. De armen van de Wachter van het Twaalfde Uur hingen weer langs zijn zij, de klingen waren niet langer een bedreiging.

De Inspecteur haalde een reusachtige, veelvuldig verstelde zakdoek uit zijn mouw en bette zijn gezicht. Maar terwijl hij het zweet van zijn voorhoofd veegde, meende hij iets over de wijzerplaat te zien bewegen. Iets kleins... iets duns... iets donkers... Hij knipperde met zijn ogen, maar zodra hij de zakdoek liet zakken was er niets meer te zien.

'Ik neem aan dat er niets te rapporteren valt?' vroeg hij nerveus. Hij was nog niet zo heel lang Inspecteur. Bijna vier eeuwen, op een tiental jaren na. Bovendien was hij slechts een Inspecteur Vierde Rang. Gedurende het grootste deel van zijn carrière, bijna sinds het Begin der Tijd, was hij Derde Portier Achterportaal geweest. En daarvóór...

'Er valt niets te rapporteren,' zei de Wachter van het Twaalfde Uur, waarmee de rest van zijn woordenschat was uitgeput.

De Inspecteur tikte beleefd aan zijn hoed, maar zijn bezorgdheid was niet weggenomen. Hij voelde dat er iets aan de hand was; dat er iets niet goed zat. Maar de straf op het ten onrechte alarm slaan was te gruwelijk om er zelfs maar over na te denken. Hij zou kunnen worden gedegradeerd zodat hij opnieuw Derde Portier Achterportaal werd, of — en dat was zelfs nog erger — hij zou tot een stoffelijk wezen kunnen worden gemaakt, ontdaan van zijn vermogens en zijn herinneringen, en als een levende — en dus sterfelijke — zuigeling naar de Lagere Domeinen kunnen worden gestuurd.

Natuurlijk zou de straf nog gruwelijker zijn als hem iets belangrijks ontging. Ook dan kon hij tot een stoffelijk wezen worden gemaakt, maar zonder ook maar enige gelijkenis met een mens, en hij zou worden verbannen naar een wereld zonder intelligente levensvormen. En zelfs dat was niet het allerergste wat hem kon gebeuren. Er waren opties die nog oneindig veel gruwelijker waren, maar daar wilde hij niet eens aan dénken!

De Inspecteur keek naar de kooi, naar de glazen kist en naar het kristal. Toen haalde hij een toneelkijkertje uit zijn binnenzak. Ook hiermee zag hij nog altijd niets ongewoons. De Wachters zouden het ongetwijfeld weten als er iets niet in orde was, hield hij zichzelf voor. Het kón niet anders of de Wachters zouden het weten.

Hij deed een stap naar achteren, zodat hij weer naast de wijzerplaat stond, en schraapte zijn keel.

'Alles in orde. Goed werk, Wachters,' zei hij. 'Het wachtwoord voor de volgende Inspecteur luidt als volgt: "Distel, palm, eik en taxus, ik ben een Inspecteur, zo waar als ik hier sta." Is dat duidelijk? Mooi. Dan ga ik weer.'

De Wachter van het Twaalfde Uur salueerde. De Inspecteur nam nogmaals zijn hoed af, draaide zich op zijn hakken om en legde de mutatieplaat neer terwijl hij de woorden zong die hem naar het Huis zouden terugbrengen. De regels schreven voor dat hij via het Bureau voor Ongebruikelijke Activiteiten ging, op de veertig-vijftiende verdieping, om verslag uit te brengen, maar hij was uit zijn doen en hij wilde rechtstreeks terug naar de twintig-tiende verdieping, naar zijn eigen geriefelijke werkkamer en een lekkere kop thee.

'Van dode-sterrenduister naar heldere lampenschijn, weg van de nacht, terug naar huis, waar al mijn spullen zijn!'

Voordat hij een voet op de plaat kon zetten, schoot er iets kleins, iets duns, iets donkers over de gouden lijn, tussen de benen van de Wachter van het Twaalfde Uur door, over de Onstoffelijke Laars aan de linkervoet van de Inspecteur, de plaat op. De blauwe en groene vruchten die op de plaat waren geschilderd lichtten op, en de plaat, compleet met het zwarte *iets*, verdween in een wolk van rook die een akelige, rubberachtige stank verspreidde.

'Houd de dief!' hieven de Wachters de hun geïnstrueerde alarmkreet aan. Ze verlieten de wijzerplaat en zwermden naar de plek waar de verdwenen mutatieplaat had gelegen. Hun klingen haalden schurend en flitsend naar alle kanten uit terwijl ergens in hun metalen lichamen twaalf onmogelijk luide wekkers een oorverdovend gerinkel aanhieven. De Inspecteur dook voor de Wachters ineen en begon snikkend op de punt van zijn zakdoek te kauwen. Want hij wist wat die zwarte flits was. Terwijl hij langsschoot, had hij hem herkend, en hij werd overspoeld door een golf van doodsangst.

De zwarte flits was een regel tekst; een reeks met de hand geschreven woorden. Het was het gedeelte van de Wil dat werd geacht nog altijd versmolten te zijn met het kristal, weggeborgen in de onbreekbare kist, opgesloten in de kooi van zilver en malachiet, vastgeklonken aan het oppervlak van het dode hemellichaam en bewaakt door metalen Wachters.

Alleen, dat was niet meer zo.

Een van de delen van de Wil was ontsnapt – en het was allemaal zijn schuld, dacht de Inspecteur.

Sterker nog, het was nog veel erger! De zwarte flits had hem aangeraakt, had dwars door de Onstoffelijke Laars heen zijn huid beroerd. Daardoor kende hij nu de tekst; woorden die hij niet hoorde te kennen! Woorden die hij niet mócht kennen! Zelfs nog schokkender was dat de Wil hem had herinnerd aan zijn ware plicht. Voor het eerst in duizenden jaren besefte hij hoe verschrikkelijk alles was misgegaan.

'Aan mijn goede Maandag vertrouw ik het beheer van het LagerHuis toe,' fluisterde de Inspecteur. 'Tot het moment waarop de Erfgenaam of diens vertegenwoordigers Maandag oproepen afstand te doen van alle functies, bezittingen, rechten en privileges die hem met het beheer ten deel zijn gevallen.'

De Wachters begrepen hem niet, of misschien konden ze hem niet verstaan door het lawaai van hun inwendige wekkers. Ze hadden zich verspreid op een zinloze zoektocht over het oppervlak van de dode ster. Hun ogen doorboorden met vurige lichtstralen de duisternis. De ster was niet groot – niet meer dan zo'n duizend meter in doorsnee – maar het stuk van de Wil was allang verdwenen. De Inspecteur wist dat het zijn vertrekken al zou hebben verlaten en zich in het Huis zelf bevond.

'Ik moet terug,' mompelde de Inspecteur in zijn boord. 'De Wil heeft hulp nodig. De mutatieplaat is verdwenen, dus ik zal de lange weg moeten gaan.'

Hij reikte in zijn jas en haalde een paar smoezelige, verfomfaaide vleugels te voorschijn, bijna net zo lang als hijzelf. De Inspecteur had ze in heel lang niet gebruikt en was verrast door de staat waarin ze verkeerden. De veren waren geel geworden en stonden schots en scheef, de slagpennen zagen er allesbehalve betrouwbaar uit. Hij drukte de vleugels tegen zijn rug en klapperde een paar keer aarzelend, om zich ervan te overtuigen dat ze nog werkten.

Daardoor afgeleid, ontging hem de plotselinge lichtflits op de wijzerplaat van de klok, en hij zag ook niet de twee figuren die met de lichtflits verschenen. Ook deze figuren hadden zich in menselijke gedaanten gehuld, zoals dat in het Huis de gewoonte was. Dit tweetal was echter langer, slanker en knapper dan de Inspecteur. Het droeg nette zwarte jassen, gesteven witte overhemden met hoge, puntige boorden en uitermate keurige dassen in een sombere tint rood, net iets lichter dan de kleur van hun donkere zijden vesten. Op hun hoofd droeg het tweetal slanke, zwarte hoge hoeden, en hun ebbenhouten wandelstokken werden bekroond door een zilveren knop.

'Waar denkt u dat u naar toe gaat, Inspecteur?' vroeg de langste van de twee.

De Inspecteur draaide zich geschokt om, en zijn vleugels gingen nog meer hangen. 'Ik ben op weg om verslag uit te brengen, heer!' zei hij zwakjes. 'Zoals u ziet. Aan... aan mijn onmiddellijke superieuren... en aan... aan Maandags Dageraad, of aan Meneer Maandag zelf, als hem dat behaagt...'

'Meneer Maandag zal het spoedig genoeg weten,' zei de langste van de twee. 'Weet u wie we zijn?'

De Inspecteur schudde zijn hoofd. Het kon niet anders of het tweetal bekleedde een erg hoge rang in de Firma, dat bleek duidelijk uit hun kleren en uit de macht die de twee mannen uitstraalden. Maar de Inspecteur kende hen niet, van naam noch van rang.

'Bent u van de zestig-honderdste verdieping?'vroeg hij. 'Van het Uitvoerend Bureau van Meneer Maandag?'

De langste van de twee heren glimlachte en haalde een stuk papier uit zijn vestzak. Het ontvouwde zichzelf terwijl hij het omhooghield, en het zegel dat erop was bevestigd glansde zo vurig dat de Inspecteur zijn hoofd boog en zijn gezicht moest afschermen met zijn arm.

'Zoals u ziet, dienen we een hogere Meester dan Maandag,' zei de langste van de twee heren. 'U gaat met ons mee.'

De Inspecteur hield geschokt zijn adem in en deed schuifelend een paar stappen naar voren. Een van de twee heren trok met snelle gebaren een paar sneeuwwitte handschoenen aan en rukte de vleugels van de rug van de Inspecteur. Ze begonnen onmiddellijk te krimpen, en toen ze niet groter waren dan duivenvleugels stopte de heer ze in een vaalgele envelop die hij uit het niets te voorschijn had gehaald. Hij verzegelde hem door zijn duim met een sissend geluid op de flap te drukken, toen gaf hij hem aan de Inspecteur. Terwijl deze hem tegen zijn borst klemde en nerveus naar zijn begeleiders keek, verscheen het woord BEWIJS op de envelop.

Daarop begonnen de twee heren eendrachtig met hun stokken een rechthoek in de lucht te tekenen. Toen ze klaar waren, verscheen na een vluchtige trilling de deuropening van een lift, met een metalen harmonicahek en een bronzen bedieningsknop. Een van de heren drukte op de knop, en plotseling verscheen in het niets achter het hek een lift.

'Ik ben niet gemachtigd me te vervoeren per directielift. Bovendien is alles wat zich boven het Archief bevindt verboden terrein voor me. Ongeacht hoe ik daar zou komen; via trap, lift of anderpad,' brabbelde de Inspecteur. 'En ik ben zeker niet... niet gemachtigd om lager te gaan dan de Inkt-Kelders.'

De twee heren schoven het hek opzij en gebaarden de Inspecteur in de lift te stappen. Deze was bekleed met donkergroen fluweel, en een van de muren was helemaal bedekt met koperen knopjes.

'We gaan toch niet naar beneden?' vroeg de Inspecteur met een benepen stemmetje.

De langste van de twee heren glimlachte. Het was een kille glimlach, die zich niet uitstrekte tot zijn ogen. Hij reikte omhoog, en met een reeks gruwelijke, metaalachtige klikken werd zijn arm steeds langer, tot hij uiteindelijk op het allerhoogste knopje kon drukken in de rechterbovenhoek van de lift.

'Gaan we daarheen?' vroeg de Inspecteur, ondanks zijn angst vervuld van ontzag. Hij voelde de invloed van de Wil diep binnen in zich, maar hij wist dat er van hulp op dat moment geen sprake kon zijn. De woorden die hadden weten te ontsnappen, zouden voor zichzelf moeten zorgen. 'Helemaal naar boven?'

'Inderdaad,' zeiden de twee heren in koor terwijl ze het metalen hekwerk met kracht dichtschoven.

1

Het was Arthur Penhaligons eerste dag op zijn nieuwe school, en het ging niet goed. Het was al erg genoeg dat hij twee weken later dan de rest van de leerlingen had moeten beginnen, maar dat was nog niet alles. Hij was bovendien volslagen, totaal, helemaal nieuw op school. Het gezin Penhaligon was net naar de stad verhuisd, dus hij kende niemand, maar dan ook echt helemaal niemand! En hij wist zo goed als niets over zijn nieuwe school en zijn nieuwe woonplaats, wat zijn situatie nóg moeilijker maakte.

Zo wist hij bijvoorbeeld niet dat de brugklassen elke maandag voor de middagpauze een veldloop hadden. Dus ook die dag. Een veldloop die voor iedereen verplicht was, tenzij er door de ouders van een leerling – vóóraf! – speciale afspraken met de leerkracht waren gemaakt.

Arthur probeerde op dit moment de gymnastiekleraar duidelijk te maken dat hij net was hersteld van een reeks zware astma-aanvallen. Sterker nog, dat hij nog maar een paar weken eerder in het ziekenhuis had gelegen. Bovendien had hij geen gymkleding, alleen zijn schooluniform, een stompzinnige uitmonstering bestaande uit een grijze broek, een wit overhemd met das en leren schoenen. Dat waren geen kleren om in hard te lopen.

Maar om de een of andere reden – misschien waren het de veertig andere leerlingen die elkaar schreeuwend achterna joegen – drong alleen het tweede deel van Arthurs betoog tot de leraar, meneer Welter, door.

'Nou moet je eens goed naar me luisteren, knul! Als we een veldloop hebben, doet iedereen mee! Zo zijn de regels. En het kan me niet schelen in wat voor kleren,' beet de leraar hem toe. 'Tenzij je ziek bent.'

'Ik bén ziek!' protesteerde Arthur, maar zijn woorden gingen ten onder in het gekrijs van een paar meisjes die elkaar aan de oren trokken en tegen de schenen schopten.

Welter zette een keel op en blies driftig op zijn fluitje. 'Hou daarmee op! Susan, ik wil dat je Tanja onmiddellijk loslaat! Oké, jullie kennen het parcours. Langs de rechterkant van de renbaan, het park door, om het standbeeld heen, terug door het park en langs de andere kant van de renbaan. De eerste drie mogen meteen gaan lunchen, de laatste drie vegen de gymzaal aan. In de rij. Ik zei, in de rij! En hou op met dat gekakel. Rick, naar achteren. Zijn jullie er klaar voor? Jullie vertrekken op mijn fluitsignaal.'

Nee, ik ben er helemaal niet klaar voor, dacht Arthur. Maar hij wilde niet nóg meer opvallen door te blijven klagen, of door niet mee te doen. Hij was toch al een buitenstaander, met een goede kans om een eenling te worden, en dat wilde hij niet. Bovendien was hij een optimist. Het zou vast wel lukken met die veldloop.

Hij keek de renbaan langs naar het dichte bos daarachter. Het park, zoals meneer Welter het had genoemd. Het leek meer op een oerwoud. Een plek waar van alles kon gebeuren en waar hij even rust zou kunnen nemen. Want tot zover zou hij het wel halen, hield hij zichzelf voor. Dat zou geen probleem zijn.

Om zichzelf nog verder gerust te stellen voelde Arthur in zijn zak naar zijn inhalator. Getroost sloot hij zijn vingers om het koele metaal en plastic. Hij gebruikte het ding liever niet, want hij wilde niet afhankelijk zijn van medicijnen. Maar de vorige keer was hij in het ziekenhuis beland omdat hij had geweigerd de inhalator te gebruiken, tot het te laat was. En hij had zijn ouders beloofd het niet nog eens zo ver te laten komen.

Welter blies op zijn fluit, een langgerekt signaal dat op diverse manieren werd beantwoord. Een groepje van de grootste, meest ruw ogende jongens sprong weg – als een pijl uit een boog. Schreeuwend en wild uithalend naar elkaar stormden ze ervandoor, steeds sneller. Een stel atletisch gebouwde meisjes – op deze leeftijd groter en met langere benen dan de jongens – haalde hen binnen een paar seconden in, met hun neus in de lucht, één en al minachting voor de vulgaire capriolen van de snotapen bij wie ze noodgedwongen in de klas zaten.

Kleinere groepjes jongens of meisjes – altijd alleen jongens, of alleen meisjes; nooit gemengd – volgden met sterk uiteenlopende gradaties van enthousiasme. Achter hen kwamen de niet-atletische types, de niet-enthousiasten en de leerlingen die veel te cool waren om ook maar ergens heen te rennen, hoewel Arthur niet zeker wist wie in welke categorie thuishoorde.

Arthur betrapte zich erop dat hij liep te rennen omdat hij niet de moed had te lopen. Hij wist dat hij niet per abuis zou worden versleten voor te cool om zich uit te sloven. Bovendien kwam Welter al terugdraven om de leerlingen die weigerden te rennen een uitbrander te geven.

'Ik zie het wel! Dat jullie het vertikken mee te doen! Denk maar niet dat ik dat niet onthou!' bulderde de gymleraar. 'Als jullie niet als de wiedeweerga de sokken erin zetten, krijgen jullie een onvoldoende op je rapport!'

Arthur keek over zijn schouder om te zien of zijn woorden effect hadden. Een van de leerlingen begon aan iets wat het midden hield tussen sjokken en rennen, maar de rest toonde zich volstrekt niet onder de indruk. Welter draaide zich weer om, vervuld van afschuw, en rende opnieuw naar voren. Al snel had hij Arthur en het middelste groepje renners ingehaald en sloot hij het gat tussen hen en de serieuze hardlopers die voorop liepen. Arthur wist nu al dat hij behoorde tot het type gymleraar dat het heerlijk vond zijn leerlingen te verslaan. Waarschijnlijk omdat hij niet tegen volwassen renners op kon, dacht Arthur zuur.

Gedurende een minuut of drie, vier nadat Welter hem voorbij was gestoven, slaagde Arthur erin de laatste groep renners bij te houden en de lopers ruimschoots vóór te blijven. Maar zoals hij had gevreesd, werd het al snel steeds moeilijker om genoeg lucht in zijn longen te krijgen. Het leek wel alsof ze al vol zaten met iets anders; alsof er geen lucht meer bij kon. Zonder de zuurstof die hij zo dringend nodig had, werd Arthur steeds langzamer, en hij viel terug tot vlak voor de lopers. Zijn ademhaling werd hoe langer hoe oppervlakkiger, de wereld om hem heen steeds kleiner, tot hij aan niets anders meer kon denken dan aan de noodzaak een fatsoenlijke hoeveelheid lucht binnen te krijgen en de ene voet voor de andere te zetten, zo goed en zo kwaad als het ging.

Maar van het ene op het andere moment merkte Arthur dat zijn benen niet meer bewogen en dat hij naar de hemel staarde. Zonder zich daar ook maar enigszins bewust van te zijn was hij op zijn rug in het gras beland. Hij besefte vaag dat zijn benen hem in de steek moesten hebben gelaten en dat hij was flauwgevallen.

'Hé, wat is er aan de hand? Neem je even een rustpauze of voel je je niet goed?' vroeg een stem. Arthur deed zijn best om antwoord te geven en te zeggen dat hij zich prima voelde. Maar ergens in zijn hoofd ging er een alarm af, als een brandweersirene die leek te willen zeggen dat hij zich helemáál niet goed voelde. Hoe dan ook, hij kon geen woord uitbrengen en kwam niet verder dan een kortademig, raspend gehijg.

De inhalator! De inhalator! De inhalator! loeide de sirene ergens in zijn hoofd. Arthur voelde gehoorzaam in zijn zak, op zoek naar de metalen cilinder met het plastic mondstuk. Hij probeerde het ding naar zijn mond te brengen, maar toen zijn hand daar arriveerde was hij leeg. Hij had de inhalator laten vallen.

Toen stopte iemand anders het mondstuk tussen zijn lippen, en plotseling vulde een koele mist zijn mond en keel.

'Hoeveel pufjes?' vroeg de stem.

Drie, dacht Arthur. Dan zou hij weer lucht krijgen, in elk geval genoeg om in leven te blijven. Hij vreesde echter dat hij opnieuw in het ziekenhuis zou belanden, met vervolgens een week of twee thuis om weer op krachten te komen.

'Hoeveel pufjes?'

Arthur besefte dat hij geen antwoord had gegeven. Met veel moeite stak hij drie vingers op, en hij werd beloond met opnieuw twee wolkjes koele mist. Het spul begon al te werken. Ondanks zijn oppervlakkige, piepende ademhaling voelde hij dat hij weer lucht in zijn longen kreeg, en dus weer zuurstof in zijn bloed en in zijn hersens.

De benauwende, warrige wereld die hem had ingesloten begon zich weer te openen, als een toneeldecor van een landschap dat zich ont-vouwde. In plaats van alleen de blauwe hemel, omringd door duisternis, zag hij twee leerlingen die naast hem hurkten. Hij herkende hen als twee van het stel dat had geweigerd te rennen. Een jongen en een meisje, allebei uitdagend niét in schooluniform of gymkleding, maar in zwarte spijkerbroeken en t-shirts met de namen van popgroepen waar Arthur nog nooit van had gehoord. Op hun neus stond een zonnebril. Ze waren óf vet cool óf het tegenovergestelde. Arthur was nog te nieuw op de school en in de stad om dat te kunnen zeggen.

Het meisje had kort, geverfd haar, zo blond dat het bijna wit was. De jongen had zijn lange haar zwart geverfd. Desondanks zagen ze er min of meer hetzelfde uit. Verdwaasd als hij was, duurde het even voordat Arthur tot de conclusie kwam dat ze een tweeling waren. Of in elk geval broer en zus. Misschien was een van de twee blijven zitten.

'Ed, bel het alarmnummer!' commandeerde het meisje. Zij was het die Arthur zijn inhalator had gegeven.

'De Octopus heeft mijn telefoon in beslag genomen,' antwoordde de jongen, die blijkbaar Ed heette.

'Oké, dan ren je terug naar de gymzaal,' zei het meisje. 'Ondertussen ga ik Welter halen.'

'Waarom?' vroeg Ed. 'Kun je niet beter hier blijven?'

'Nee. We kunnen toch niets voor hem doen. Alleen hulp halen,' zei het meisje. 'Welter heeft een mobiel. Hij is waarschijnlijk al op de terug-weg. Jij blijft rustig liggen ademhalen.'

Die laatste woorden waren tegen Arthur gericht. Hij knikte zwakjes en wuifde met zijn hand om hun duidelijk te maken dat ze hem gerust alleen konden laten.

Nu zijn hersens althans weer op halve kracht functioneerden, voelde hij zich verschrikkelijk in verlegenheid gebracht. Zijn eerste dag op een nieuwe school, en hij had de middagpauze niet eens gehaald! Daardoor zou het straks nóg erger zijn om terug te komen. Iedereen zou hem als een totale *loser* beschouwen, en wanneer het schooljaar eenmaal een maand op gang was, zou hij het wel kunnen vergeten om nog vrienden te maken.

Ik leef tenminste nog, hield hij zichzelf voor. Dus hij zou dankbaar moeten zijn. Hij kon nog altijd niet goed doorademen en hij voelde zich nog steeds erg zwak, maar hij wist zich overeind te werken op een elleboog, zodat hij om zich heen kon kijken.

De twee in het zwart geklede kinderen bewezen dat ze wel konden rennen, als ze maar wilden. Arthur zag dat het meisje dwars door de snaterende lopers stormde – als een kraai die zich tussen een zwerm mussen stortte – en tussen de bomen van het park verdween. Toen hij de andere kant uit keek, ontdekte hij Ed, op het punt te verdwijnen om de hoek van het hoge, nietszeggende, bakstenen gebouw waarin de gymzaal was gehuisvest en dat de rest van de school aan het zicht onttrok.

Hulp zou niet lang op zich laten wachten. Arthur dwong zichzelf kalm te blijven. Hij ging rechtop zitten en concentreerde zich op zijn ademhaling – wat betekende dat hij zo langzaam en zo diep mogelijk probeerde adem te halen. Met een beetje geluk zou hij bij bewustzijn blijven. Waar het om ging, was dat hij niet in paniek mocht raken. Hij had dit tenslotte al eerder meegemaakt, en toen had hij het ook overleefd. Hij had de inhalator in zijn hand, dus hij zou gewoon stil blijven zitten en de angst op een afstand houden, zonder in paniek te raken.

Een plotselinge lichtflits leidde hem af van het tellen en het langzaam in- en uitademen. Vanuit zijn ooghoek zag hij iets oplichten, dus hij draaide zich nieuwsgierig om. Even dacht hij dat hij opnieuw van zijn stokje was gegaan en op de grond was gevallen, zodat hij recht tegen de zon in keek. Toen besefte hij, met zijn ogen half dicht, dat het verblindende licht – wat het ook mocht zijn – zich op de grond bevond, vlak bij hem!

Sterker nog, het bewoog en gleed door het gras naar hem toe, iets van zijn schittering verliezend terwijl het dichterbij kwam. Arthur was van pure verbazing met stomheid geslagen toen hij zag dat zich binnen het licht een donkere gedaante aftekende. Tenslotte verbleekte het licht volledig, en Arthur zag iets heel merkwaardigs: een vreemd geklede man die in een vreemde rolstoel over het gras werd voortgeduwd door een al even vreemd uitziende bediende.

De rolstoel was smal en langgerekt van vorm – als een soort badkuip – en gemaakt van gevlochten wilgentenen. Hij had een klein wieltje aan de voorkant en twee grote wielen aan de achterkant. Alle drie de wielen hadden metalen velgen, maar geen rubber banden. Sterker nog, ze hadden helemaal geen banden. Het gevolg was dat de rolstoel – of het

17

rolbad, de badstoel, wat het ook was – diep wegzonk in het gras. De man die achterover in de badstoel lag was mager en bleek, met een huid als van vloeipapier. Hij zag er echter nog heel jong uit – niet ouder dan twintig – en hij was erg knap, met een regelmatig gezicht en blauwe ogen, die heel diep in hun kassen lagen, alsof hij doodmoe was. Op zijn blonde haar droeg hij een merkwaardige, ronde hoed met een kwast, en daaronder een soort kungfugewaad – Arthur kon het niet anders omschrijven – van rode zijde, bedrukt met blauwe draken. Over zijn benen lag een geruite deken, waar zijn pantoffels onderuit staken, ook van rode zijde. Ze glansden in de zon, en hoe Arthur ook zijn best deed, hij kon de voorstelling op die pantoffels niet scherp krijgen.

De man die de stoel voortduwde maakte een nog misplaatstere indruk. Of misschien was het niet zozeer een kwestie van plaats als wel van tijd. Hij deed een beetje denken aan een huisknecht in een oude film, of aan de butler Nestor in de Kuifjeverhalen, hoewel hij er niet half zo keurig uitzag. Om te beginnen was zijn zwarte jas veel te groot, met belachelijk lange panden die bijna tot op de grond hingen, en het witte front van zijn overhemd was zo stijf dat het wel van plastic leek. Hij droeg gebreide handschoenen zonder vingers, die danig begonnen te rafelen. Arthur zag tot zijn afschuw dat hij erg lange nagels had en dat die nagels net zo geel waren als zijn tanden. Hij was veel ouder dan de man in de rolstoel; zijn gezicht was doorgroefd en pokdalig van ouderdom, en op het lange witte haar op zijn achterhoofd na was hij kaal. Arthur schatte hem op minstens tachtig. Toch leek hij geen moeite te hebben met het duwen van de badstoel.

De twee mannen waren in geanimeerd gesprek gewikkeld terwijl ze dichterbij kwamen en leken zich totaal niet bewust van Arthurs aanwezigheid. Of misschien waren ze niet in hem geïnteresseerd.

'Ik begrijp niet waarom ik je hier hou en je nog niet naar lagere regionen heb gestuurd, Snuiter,' zei de man in de badstoel. 'Net zomin als ik begrijp dat ik heb ingestemd met je belachelijke plannen.'

'Kom, kom, heer,' zei de huisknechtachtige verschijning, die blijkbaar Snuiter heette. Nu ze dichterbij waren, kon Arthur zien dat zijn neus tamelijk rood was, dankzij een netwerk van gesprongen adertjes, vlak onder de huid. 'Het is geen plan, maar een voorzorgsmaatregel. Tenslotte willen we geen last krijgen van de Wil, of wel soms?'

'Nee, je zult wel gelijk hebben,' bromde de jongeman. Hij gaapte, waarbij hij zijn mond wijd opensperde, en sloot zijn ogen. 'Weet je zeker dat we hier een geschikte persoon zullen vinden?'

'Net zo zeker als dat de zon 's morgens opgaat,' antwoordde Snuiter. 'Zelfs nog zekerder. Tenslotte kun je van de zon niet écht op aan. Ik heb de wijzers zelf afgesteld om ergens aan de grens van de oneindigheid een geschikt iemand te vinden. U geeft hem de Sleutel, hij gaat dood, en u krijgt de Sleutel terug. Op die manier zijn we weer tienduizend jaar uit de problemen, en de Wil kan er niets tegen doen omdat u de Sleutel aan een Rechtmatige Erfgenaam hebt gegeven, precies zoals het protocol dat vereist.'

'Het is anders wel erg vervelend.' De jongeman gaapte opnieuw. 'Ik ben uitgeput van al dat heen-en-weer geren en het beantwoorden van die belachelijke vragen van boven. Hoe zou ik moeten weten op welke manier dat stuk van de Wil heeft weten te ontsnappen? Ik ben niet van plan een rapport te schrijven! Als je dat maar weet! Ik heb niet de energie. Sterker nog, ik ben hard aan een dutje toe...'

'Niet nu, heer! Niet nu,' zei Snuiter bezwerend. Hij legde een hand boven zijn ogen – gehuld in smoezelige wol en met blote vingertoppen – en liet zijn blik in het rond gaan. Merkwaardig genoeg leek hij Arthur nog steeds niet op te merken, hoewel deze zich vlak voor hem bevond. 'We zijn er bijna.'

'We zijn er,' zei de jongeman koeltjes. Hij wees naar Arthur, alsof deze plotseling uit het niets was verschenen. 'Is dat 'm?'

Snuiter liet de badstoel los en kwam naar Arthur toe. Zijn poging tot een glimlach onthulde nog meer gele tanden, sommige afgebrokkeld, maar de meeste vlijmscherp en puntig, als de tanden van een hond.

'Goedendag, knaap,' zei hij. 'Maak eens een nette buiging voor Meneer Maandag.'

Arthur staarde hem verbluft aan. *Dit moet een nog onbekende bijwerking zijn*, dacht hij. *Hallucinaties als gevolg van zuurstoftekort.*

Het volgende moment voelde hij een harde, benige hand op zijn hoofd, die hem dwong diverse keren te buigen voor de man in de badstoel. Door de schok en de onaangename sensatie van die aanraking begon Arthur te hoesten en raakte hij de moeizaam verworven controle over zijn ademhaling kwijt. Het gevolg was dat hij alsnog in paniek raakte, waardoor hij helemaal geen lucht meer kreeg.

'Breng hem hier,' commandeerde Meneer Maandag. Met een lome zucht leunde hij over de zijkant van de badstoel terwijl Snuiter Arthur met twee vingers bij zijn nekvel greep en hem moeiteloos naar zijn meester sleepte.

'Weet je zeker dat deze op het punt staat dood te gaan?' Meneer Maandag stak zijn hand uit, pakte Arthur bij zijn kin en bestudeerde zijn gezicht. Anders dan die van Snuiter waren de handen van Maandag brandschoon, met keurig verzorgde nagels. Zijn greep had nauwelijks kracht, maar Arthur merkte dat hij zich niet kon verroeren, alsof Meneer Maandag op een zenuw had gedrukt, waardoor zijn hele lichaam verlamd was geraakt.

Snuiter rommelde in zijn zak, zonder zijn greep op Arthur los te laten. Hij haalde een stuk of vijf, zes stukjes verkreukeld papier te voorschijn, die in de lucht bleven hangen alsof hij ze op een onzichtbare lessenaar had gelegd. Hij inspecteerde ze gejaagd, streek een van de stukjes glad en hield het tegen Arthurs wang. Het papier begon een stralende blauwe gloed te verspreiden, en toen werd in gouden letters Arthurs naam zichtbaar.

'Ja, hij is het! Zonder enige twijfel.' Snuiter stopte het papier weer in zijn zak, en alle andere volgden, alsof ze met een onzichtbare draad aan elkaar vastzaten. 'Arthur Penhaligon. Hij kan elk moment van zijn stokje gaan, dus u kunt hem maar beter de Sleutel geven, heer.'

Meneer Maandag gaapte opnieuw en liet Arthurs kin los. Toen reikte hij langzaam in de linkermouw van zijn zijden kamerjas en haalde een slank, metalen voorwerp te voorschijn. Het zag eruit als een mes zonder heft; een mes met een heel smal lemmet. Arthur staarde ernaar, met wazige ogen en een hoofd dat gevuld leek met watten als gevolg van het zuurstofgebrek. Ergens in zijn hoofd, onder die wazigheid, was hij zich bewust van de paniekerige stem die hem had gewaarschuwd zijn inhalator te gebruiken. Nu waarschuwde die stem hem opnieuw.

Loop weg! Je moet weglopen! Vlug!

Hoewel de vreemde verlamming door Maandags aanraking was verdwenen, liet Snuiter zijn greep geen moment verslappen, en Arthur had eenvoudig niet de kracht om zich los te rukken.

'Door het gezag, mij verleend door de regels zoals ze staan opgetekend in de blablabla,' mompelde Meneer Maandag. Hij sprak zo snel dat Arthur hem niet kon verstaan. Pas toen hij aan het eind van zijn korte toespraak was gekomen, begon hij langzamer te praten. 'Moge de Wil geschieden.'

Toen hij was uitgesproken, stak hij Arthur het metalen voorwerp toe. Op hetzelfde moment liet Snuiter Arthur los, zodat deze achterover in het gras viel. Maandag lachte vermoeid en liet het mes — of wat het ook was — in Arthurs geopende hand vallen. Onmiddellijk dwong Snuiter Arthur zijn vingers eromheen te sluiten, waarbij hij zo hardhandig te werk ging dat het metaal in Arthurs huid sneed. Met de pijn kwam een plotseling, schokkend besef. Hij kon weer ademhalen! Het was alsof er een schuif was opengezet boven in zijn longen waardoor de lucht vrijuit kon binnenstromen.

'En nu de andere,' drong Snuiter aan. 'Hij moet ze allebei hebben.'

Maandag keek zijn bediende met gefronste wenkbrauwen aan. Hij begon te gapen, maar riep zichzelf tot de orde en wreef geërgerd over zijn gezicht.

'Vanwaar die gretigheid? Waarom wil je zo graag dat ik afstand doe van de Sleutel, al is het maar een paar minuten?' vroeg Maandag. Hij had op het punt gestaan iets anders uit zijn mouw te halen, maar nu aarzelde hij. 'En dan al die warme brandewijn met water die je me hebt gegeven. Misschien heb ik in mijn vermoeidheid niet voldoende over deze zaak nagedacht...'

'Als de Wil u vindt, en u hebt de Sleutel niet aan een Rechtmatige Erfgenaam gegeven...'

'Als de Wil me vindt,' herhaalde Maandag peinzend. 'Wat dan nog? Als de rapporten kloppen, zijn er maar enkele regels uit hun gevangenschap ontsnapt. Hoeveel macht kan er schuilen in slechts enkele regels?'

'Het lijkt me veiliger de proef maar niet op de som te nemen.' Snuiter veegde zijn neus af aan zijn mouw. Blijkbaar begon deze te lopen wanneer hij nerveus werd.

'Wanneer deze knaap de volledige Sleutel in zijn bezit zou hebben, zou hij wel eens kunnen blijven leven,' merkte Maandag op. Voor het eerst ging hij rechtop in de badstoel zitten. De slaperige blik was uit zijn ogen verdwenen. 'En dan nog eens wat, Snuiter. Ik vind het vreemd dat uitgerekend jij, van al mijn bedienden, met dit plan op de proppen bent gekomen.'

'Hoe dat zo, heer?' Snuiter trachtte beminnelijk te glimlachen, maar het resultaat was weerzinwekkend.

'Omdat je doorgaans een stomme idioot bent!' snauwde Maandag woedend. Hij knipte met zijn vingers, en een onzichtbare kracht trof Snuiter en Arthur, zodat ze ruw over het gras tuimelden. 'Wiens spel speel je, Snuiter? Je speelt onder één hoedje met de Morgen Dagen, waar of niet? Jij en die Inspecteur. Volgens mij is de Wil net zo veilig als altijd. Waar ben je op uit? Hoop je soms mijn functie over te nemen?'

'Absoluut niet.' Snuiter richtte zich langzaam op en begon naar de badstoel te lopen. Met elke stap werd zijn stem luider, helderder, als een gebulder dat van heel ver leek te komen. Trompetten schalden terwijl hij liep, en Arthur zag dat zich op zijn huid letters vormden, duidelijk afgetekend in zwarte inkt. De letters begonnen te dansen en voegden zich samen tot woorden en complete regels, die als levende, glanzende tatoeages over Snuiters gezicht bewogen.

'Aan mijn goede Maandag vertrouw ik het beheer van het LagerHuis toe.' Het was de tekst die op Snuiters huid verscheen, en het waren de woorden die uit zijn mond kwamen. Maar de bulderende stem was niet die van Snuiter. 'Tot...'

Ongelovig zag Arthur Maandag in beweging komen, met een snelheid die hij niet achter hem zou hebben gezocht. De jongeman in de badstoel trok iets uit zijn mouw, een glinsterend voorwerp dat hij op Snuiter richtte terwijl hij met bulderende stem woorden sprak, oorverdovend als donderklappen. De lucht trilde ervan, en de grond waarop Arthur lag schokte.

Een lichtflits, de aarde schudde, en er klonk een gesmoorde kreet, zonder dat Arthur kon zeggen of deze uit de mond van Snuiter of van Meneer Maandag kwam.

Arthur sloot zijn ogen. Toen hij ze weer opendeed, waren Meneer Maandag, de badstoel en Snuiter verdwenen, maar door de lucht dansten nog altijd zwarte letters, als door een draad met elkaar verbonden. Ze bewogen echter zo snel dat Arthur ze niet kon lezen. Hoog boven zijn hoofd voegden ze zich aaneen tot een spiraal, een wervelwind van glanzende letters. Tussen de regels tekst vormde zich iets stoffelijks, iets zwaars, iets dat naar beneden viel en recht op Arthurs hoofd terechtkwam.

Het was een boek, een smal notitieboekje, niet groter dan Arthurs hand en gebonden in groen linnen. Arthur raapte het afwezig op en liet het in de zak van zijn overhemd glijden. Toen keek hij op en liet zijn blik in het rond gaan. De tekstregels waren verdwenen. Tijdens een vluchtig vertragen van de wervelende woorden had hij er maar vier kunnen onderscheiden: *Erfgenaam, Maandag,* en *De Wil.*

Op dat moment zag Arthur meneer Welter op zich af komen, met een mobiele telefoon tegen zijn oor gedrukt. Vanuit de richting van de gymzaal kwam de schoolzuster aanrennen — aanzienlijk langzamer — met de eerste-hulptrommel onder haar arm geklemd. Achter Welter volgde Arthurs hele klas. Zelfs de lopers hadden het op een rennen gezet.

Bij het zien van die hele stoet zou Arthur hebben gekreund als hij genoeg lucht in zijn longen had gehad. Hij ging niet alleen dood, hij zou bovendien het loodje leggen voor het oog van zijn hele klas! Ze zouden allemaal op de televisie komen en aardige dingen over hem zeggen, terwijl ze hem diep in hun hart een *loser* vonden, een onnozele sukkel.

Toen merkte hij ineens dat hij wel degelijk lucht in zijn longen had! Door het zuurstofgebrek had hij kortstondig aan hallucinaties geleden, compleet met visioenen, maar de inhalator had blijkbaar voldoende gewerkt om hem over het dieptepunt heen te helpen. Hij kon — met enige moeite — ademhalen, en dat was de pijn in zijn hand meer dan waard...

Arthur keek naar zijn hand. Hij had hem nog altijd tot een vuist gebald, en tussen zijn pink en zijn hand sijpelde bloed naar buiten. Hij had gedacht dat hij de inhalator stijf omkneld hield, maar dat was niet zo. In plaats daarvan hield hij een merkwaardig, dun stuk metaal tussen zijn vingers, met een scherpe punt aan het ene uiteinde en een rondje aan het andere. Het zware voorwerp zag eruit alsof het van zilver was, fraai ingelegd met goud en rijkelijk versierd met krullen en wervelende motieven.

Arthur keek ernaar, en het duurde even voordat hij besefte wat hij in zijn hand hield. Het was de grote wijzer van een antieke klok. De wijzer was echt, niet iets wat hij zich verbeeldde, en dat gold ook voor het notitieboekje in zijn zak. Meneer Maandag en Snuiter waren hier echt geweest. Ze waren geen hallucinatie, geen visioen als gevolg van een zuurstoftekort.

Het zou niet lang duren of Welter en de verpleegsters waren bij hem. Arthur keek om zich heen en probeerde koortsachtig te bedenken waar hij de wijzer kon verstoppen. Want hij was ervan overtuigd dat deze hem zou worden afgepakt.

Een paar stappen verderop ontdekte hij een stukje vergeeld gras. Hij kroop erheen en stak de wijzer in de grond, tot alleen het rondje aan het uiteinde nog boven de aarde uitstak, verborgen door wat verdorde grasprieten.

Zodra hij de wijzer losliet, had hij het gevoel alsof zijn longen op slot gingen. De schuif zat weer dicht, en hij kon geen lucht meer krijgen. Arthur rolde bij de verstopte wijzer vandaan, want hij wilde niet dat iemand hem zou vinden.

Zodra hij kon zou hij terugkomen, nam hij zich voor.

Tenminste, als hij niet doodging.

2

Vierentwintig uur na de vreemde gebeurtenissen van die maandagmorgen lag Arthur nog steeds in het ziekenhuis. Het grootste deel van die tijd was hij bewusteloos geweest, en hij voelde zich nog altijd verdwaasd en verward. Hoewel hij weer redelijk goed ademde, wilden de doktoren hem – gezien zijn geschiedenis – nog een paar dagen houden.

Gelukkig deed Arthurs moeder heel belangrijk medisch onderzoek in dienst van de regering, dus het hele gezin had niet alleen de best denkbare ziektekostenverzekering, maar bovendien waren Emily Penhaligon en haar werk bij doktoren in het hele land bekend. Vandaar dat Arthur altijd een uitstekende behandeling kreeg en zelfs in het ziekenhuis mocht blijven wanneer andere, ziekere mensen al naar huis werden gestuurd. Achteraf voelde hij zich daar meestal erg schuldig over, maar wanneer hij in het ziekenhuis lag, was hij er doorgaans te slecht aan toe om erbij stil te staan.

Arthurs vader was muzikant. Een heel goede muzikant zelfs, zij het dat hij over weinig commercieel benul beschikte. Hij schreef briljante nummers, en vervolgens vergat hij er iets mee te doen. Ooit was hij gitarist geweest in een beroemde popgroep, The Ratz. Dat was inmiddels zo'n vijfendertig jaar geleden, maar het gebeurde nog regelmatig dat mensen hem herkenden. *Ratzobob*, werd hij genoemd, maar dat was lang geleden. Inmiddels was hij weer gewoon Robert – Bob – Penhaligon. Hij ontving echter nog steeds veel geld dankzij zijn tijd bij The Ratz omdat hij de meeste nummers van de groep had geschreven. Sommige waren wereldhits geworden, die nog altijd op de radio werden gedraaid. Bovendien gebruikten nieuwe groepen stukken uit die oude nummers, vooral uit de gitaarpartijen van Bob.

Tegenwoordig zorgde Bob Penhaligon voor het gezin en trommelde hij voor zijn plezier wat op een van zijn drie piano's, of hij pakte een van zijn twaalf gitaren, terwijl Emily Penhaligon meer tijd dan haar lief was doorbracht in het laboratorium, waar ze dingen deed met computers en met DNA, waar de hele mensheid van profiteerde, maar die haar weghielden bij haar gezin.

Arthur had zes broers en zusters. De oudste drie – twee jongens en een meisje – waren het resultaat van Bobs verhoudingen met drie verschillende vrouwen, allemaal in de tijd van The Ratz. Nummer vier was een product van Emily's eerste huwelijk, nummer vijf en zes waren kinderen uit het huwelijk van Bob en Emily.

Arthur, de jongste, was geadopteerd. Zijn biologische ouders waren allebei dokter geweest, collega's van Emily. Ze waren gestorven tijdens de laatste grote griepepidemie, die uiteindelijk tot staan was gebracht door een nieuw vaccin dat mede dankzij hen was ontwikkeld, want ze hadden deel uitgemaakt van Emily's team. Arthur was pas een week oud geweest toen ze stierven. Hij had de griep overleefd, maar waarschijnlijk had hij daar wel zijn astma aan te danken. Behalve zijn ouders had hij geen rechtstreekse familie gehad, dus de aanvraag van Emily en Bob om het baby'tje te mogen adopteren was meteen gehonoreerd.

Arthur had het er niet moeilijk mee dat hij geadopteerd was, maar af en toe bladerde hij het fotoalbum door dat bijna het enige was wat hij nog van zijn biologische ouders had. Behalve dat was er een korte video-opname van hun huwelijk, maar hij kon het nauwelijks verdragen daarnaar te kijken. Anderhalf jaar later waren ze gestorven aan de griep, en zelfs in de ogen van Arthur zagen ze er op de videoband belachelijk jong uit. Hij vond het prettig dat hij op verschillende manieren steeds meer op zijn echte ouders begon te lijken naarmate hij ouder werd. Zo leefden ze in hem voort.

Arthur had van meet af aan geweten dat hij geadopteerd was. Bob en Emily behandelden alle kinderen hetzelfde, en de kinderen voelden zich onderling allemaal broers en zusters. Tegenover buitenstaanders viel nooit het woord 'halfbroer' of 'halfzuster', en ze gaven niemand ooit uitleg over de twintig jaar verschil tussen de oudste, Erazmuz (geboren in Bobs hoogtijdagen als rockmuzikant), en de jongste, Arthur. Net zo min als ze uitleg verschaften over het verschil in uiterlijk, huidskleur of wat dan ook. Ze maakten allemaal deel uit van het gezin, zo simpel was het. Ook al waren alleen de drie jongsten nog thuis.

Erazmuz was majoor in het leger en had zelf al kinderen. Na hem kwam Staria, die toneelspeelster was, met een indrukwekkende carrière in het theater. Nummer drie, Eminor, was muzikant en had zijn naam veranderd in Patrick. Suzanne, de jongste van de vier oudste kinderen, zat op college. De drie kinderen die nog thuis woonden, waren Michaeli, die naar een plaatselijk college ging, Eric, in de hoogste klas van de middelbare school, en tenslotte Arthur.

Arthurs vader, Michaeli en Eric waren de vorige avond al op het bezoekuur geweest, en zijn moeder was die ochtend vroeg even aangewipt om te zien of alles goed met hem ging. Toen ze daar eenmaal van overtuigd was, had ze hem een preek gegeven dat hij beter in de ogen van iedereen een totale *loser* kon zijn dan dood. Arthur wist altijd wanneer zijn moeder in aantocht was, want dan kwamen er plotseling van alle kanten doktoren en verpleegsters aanzetten, en tegen de tijd dat ze op de afdeling arriveerde, had Emily minstens acht of negen mensen in witte jassen in haar kielzog. Arthur was eraan gewend dat ze een Medische Legende was, net zoals hij eraan gewend was dat zijn vader ooit een Muzikale Legende was geweest.

Omdat het hele gezin, voor zover het in de stad woonde, hem al had opgezocht, was Arthur verrast toen hij dinsdagmiddag opnieuw bezoek kreeg. Van kinderen van zijn eigen leeftijd nog wel! Omdat ze deze keer geen zwart droegen, herkende hij hen niet meteen. Maar ineens drong het tot hem door wie ze waren. Natuurlijk! Ed en het meisje dat hem met de inhalator had geholpen. Anders dan de vorige dag waren ze gewoon in schooluniform; een wit overhemd, grijze broek en blauwe das.

'Hallo,' zei het meisje vanuit de deuropening. 'Mogen we binnenkomen?'

'Eh, natuurlijk,' mompelde Arthur. Wat zouden ze van hem willen?

'We hebben niet echt kennisgemaakt gisteren,' zei het meisje. 'Ik ben Lover.'

'Lover?' vroeg Arthur verbaasd. Die naam had hij nog nooit gehoord!

'Ja, Lover. Je weet wel, bladeren aan de bomen!' zei Lover met tegenzin. 'Onze ouders hebben hun naam veranderd om duidelijk te maken hoe belangrijk ze het milieu vinden.'

'Ja, mijn vader noemt zich Boom,' zei Ed. 'Mij hebben ze Tak genoemd, maar zo wil ik niet heten. Ik ben gewoon Ed.'

'Oké,' zei Arthur. 'Lover en Ed. Mijn vader noemden ze vroeger Ratzobob.'

'Het is niet waar!' riepen Lover en Ed uit. 'Je wilt toch niet beweren dat hij bij The Ratz zat?'

'Ja.' Arthur was verrast. Meestal kenden alleen oude mensen de namen van de individuele leden van de band.

'We doen veel aan muziek,' zei Lover bij het zien van de verraste uitdrukking op Arthurs gezicht. Ze keek naar haar schooluniform. 'Daarom droegen we gisteren gewone kleren. Er was tussen de middag een optreden van Zeus Suit in het winkelcentrum, en daar wilden we niet voor gek lopen.'

'Nou ja, uiteindelijk hebben we het toch gemist,' zei Ed. 'Door jou.'

'Eh, hoe bedoel je?' vroeg Arthur enigszins op zijn hoede. 'Ik ben erg blij dat jullie...'

'Trek het je niet aan,' zei Lover. 'Wat Ed bedoelt, is dat we Zeus Suit

hebben gemist omdat we iets belangrijkers te doen hadden nadat we...
Nou ja, nadat we die twee rare kerels hadden gezien, en dat rolstoelding.'

'Rolstoelding? Rare kerels?' herhaalde Arthur. Het was hem gelukt zichzelf ervan te overtuigen dat hij een tijdelijke vlaag van verstandsverbijstering had gehad en zich alles had verbeeld, hoewel hij niet de proef op de som had willen nemen door in de zak van zijn schooloverhemd te kijken of het notitieboekje erin zat. Het overhemd hing in de kast van de ziekenhuiskamer.

'Ja, hele rare kerels,' zei Lover. 'Er was een lichtflits, en ineens zag ik ze, en ze verdwenen op dezelfde manier, net voordat we bij jou waren. Het was echt héél raar, maar er was verder niemand die ook maar verblikte of verbloosde. Waarschijnlijk komt het doordat ik het tweede gezicht heb geërfd van onze over-overgrootmoeder. Dat was een Ierse heks.'

'Heks weet ik niet, maar ze was in elk geval Iers,' zei Ed. 'Ik heb niet hetzelfde gezien als Lover, maar we zijn later teruggegaan om een kijkje te nemen. We waren er nog geen vijf minuten of er kwam een stel kerels uit het park. "Ga weg!" riepen ze. "Ga weg." Verder niets, maar ze waren wel érg raar...'

'Ja, ze hadden een soort hondenkoppen, met hangwangen en zware kaken en gemene, kleine oogjes, als bloedhonden,' viel Lover hem in de rede. 'Hun adem stonk echt afschuwelijk, en het enige wat ze konden zeggen was "Ga weg".'

'Ja, en ze bleven maar rondsnuffelen. Toen we wegliepen, zag ik nog net dat er eentje op zijn knieën ging liggen om zijn neus tegen de grond te drukken. Het waren er een heleboel, minstens twaalf, en ze droegen een soort... Charlie Chaplinpakken en bolhoeden. Ze zagen er raar uit, we werden er bang van, dus we zijn weggelopen en ik heb ze aangegeven bij de school, want het park is verboden terrein voor mensen die er niets te zoeken hebben. Dus de Octopus stormde naar buiten om te zien wat er aan de hand was. Maar hij zag niks! Terwijl ze er nog altijd rondliepen! Wij konden ze duidelijk zien, maar de Octopus niet. Al met al moet ik een week nablijven omdat ik "zijn kostbare tijd heb verspild".'

'Ja, en ik drie dagen,' zei Lover.

'De Octopus?' vroeg Arthur zwakjes.

'De conrector, meneer Doyle. We noemen hem de "Octopus" omdat hij niets liever doet dan spullen van leerlingen in beslag nemen.'

'Weet jij wat er aan de hand is, Arthur?' vroeg Lover. 'En wie die twee andere kerels waren?'

'Ik heb geen idee.' Arthur schudde verbijsterd zijn hoofd. 'Ik... ik dacht dat ik aan hallucinaties leed. Dat ik het me allemaal had verbeeld.'

'Het zou kunnen,' zei Ed. 'Het is alleen wel vreemd dat jullie je allebei hetzelfde hebben verbeeld.'

Lover gaf hem een venijnige por in zijn zij, en Ed vertrok zijn gezicht van pijn. *Duidelijk broer en zus*, dacht Arthur.

'Dat verklaart natuurlijk niet waarom de Octopus die kerels met de bolhoeden niet kon zien,' voegde Ed er snel aan toe, over zijn arm wrijvend. 'Tenzij we alle drie niet helemaal fris waren omdat we het een of andere gas hebben binnengekregen, of een raar soort stuifmeel.'

'Als het geen hallucinatie was, dan moet er een notitieboekje in de zak van mijn overhemd zitten,' zei Arthur. 'Het hangt hier in de kast.'

Lover deed haastig de deur open, toen aarzelde ze.

'Toe nou maar,' zei Arthur. 'Ik heb dat overhemd amper een paar uur aangehad, en ik heb er nauwelijks in hardgelopen.'

'Ik ben niet bang dat het naar zweet stinkt.' Lover stak haar hand in de zak. 'Alleen... als dat notitieboekje er is, dan heb ik dus écht iets gezien. En die kerels met die hondenkoppen waren griezels, zelfs in het daglicht, met Ed erbij...' Ze zweeg en trok haar hand terug. Tussen haar vingers hield ze krampachtig het notitieboekje geklemd. Het viel Arthur op dat ze haar nagels zwart had gelakt, met rode strepen. Net als zijn vader, in zijn tijd bij The Ratz.

'Het voelt raar,' fluisterde Lover terwijl ze Arthur het boekje voorhield. 'Alsof het elektrisch geladen is. Het tintelt een beetje.'

'Wat staat er op de voorkant?' vroeg Ed.

'Ik weet het niet.' Lover staarde niet-begrijpend naar de symbolen op de voorkant. Het leek wel alsof ze er geen scherp beeld van kon krijgen. Tegelijkertijd voelde ze sterk de neiging om het boekje aan Arthur te geven. 'Alsjeblieft. Het is van jou.'

'Niet echt. Het kwam min of meer uit de lucht vallen.' Arthur pakte het boekje aan. 'Of misschien moet ik zeggen, uit een soort wervelwind van letters... woorden... regels tekst... die een soort slurf in de lucht vormden.'

Hij keek naar het notitieboekje. Het had een harde kaft, beplakt met groen linnen, en daardoor deed het hem aan oude bibliotheekboeken denken. Op de voorkant stonden letters in reliëf. Gouden letters die zich geleidelijk aan steeds scherper aftekenden en voortdurend nieuwe combinaties vormden. Arthur knipperde een paar keer met zijn ogen terwijl de letters over elkaar heen tuimelden en elkaar leken te verdringen om ruimte te maken, zodat de woorden goed konden worden gespeld.

'Er staat *De Voledige Atlas van het Huis en Onmiddellijke Omgeven*,' las Arthur hardop. 'De spelling klopt niet helemaal, waarschijnlijk omdat de letters zo vaak van plaats zijn verwisseld.'

'Een kwestie van hi-tech,' zei Ed, maar hij klonk niet echt overtuigd, noch overtuigend.

'Magie,' zei Lover nuchter, bijna nonchalant. 'Doe het eens open.'

Arthur probeerde het, maar er was geen beweging in het voor- en achterkaft te krijgen. Het leek wel alsof het boek was dichtgeplakt. Arthur kon duidelijk zien dat de bladzijden zachtjes rimpelden, alsof ze los van elkaar waren, maar hij slaagde er niet in het boek open te doen. Zelfs niet toen hij zoveel kracht gebruikte dat hij van elk normaal boek de kaft zou hebben gescheurd.

Door de plotselinge inspanning moest hij hoesten, en daarna viel het niet mee om zijn ademhaling weer onder controle te krijgen. Hij voelde dat er een nieuwe astma-aanval op komst was, zijn longen leken van het ene op het andere moment weer op slot te gaan. De monitor die het zuurstofgehalte in zijn bloed controleerde, begon te piepen, en vrijwel onmiddellijk klonk het geluid van haastige voetstappen in de gang.

'O hemel, ik ben bang dat onze tijd om is,' zei Lover.

'Heb je ook gezien of de mannen met de hondenkoppen iets hebben gevonden?' piepte Arthur gejaagd. 'Een stuk metaal?'

'Hoe zag het eruit?'

'Als de grote wijzer van een klok,' bracht Arthur hijgend uit. 'Van zilver, ingelegd met goud.'

Ed en Lover schudden hun hoofd.

'Het bezoekuur is voorbij, jongens,' zei de verpleegster die kwam binnenstormen. 'We willen niet dat jongeheer Penhaligon zich te veel opwindt.'

Arthur vertrok zijn gezicht vanwege dat *jongeheer Penhaligon*. Ed en Lover volgden zijn voorbeeld, en Lover maakte zelfs kokhalzende geluiden.

'Sorry, Arthur.' De verpleegster had het onmiddellijk in de gaten. 'Neem me niet kwalijk. Ik ben de hele ochtend op de kinderafdeling aan het werk geweest. Zo, en nu wegwezen, jullie!' Dat laatste was tegen Lover en Ed gericht.

'Nee, we hebben geen wijzer gevonden, of iets wat daarop leek,' zei Ed. 'En de hondenkoppen... de... de honden waren vanmorgen nergens meer te zien. Maar de hele renbaan was omgespit, ook al hebben ze het gras daarna weer netjes teruggelegd. Keurig zelfs. Van een afstand was er niets van te zien. Het is ongelooflijk, zo snel als ze dat voor elkaar hebben gekregen.'

'De hele renbaan?' vroeg Arthur verbouwereerd. Waarom zouden ze dat hebben gedaan? Hij had de wijzer ergens halverwege begraven. Dus zodra ze die hadden gevonden, hadden ze toch kunnen stoppen met graven? Of hadden ze willen verdoezelen wat ze hadden gedaan?

'Weg, jullie!' zei de verpleegster. 'Ik moet Arthur een injectie geven.'

'De hele renbaan,' riep Lover vanuit de deuropening. 'We komen zo snel mogelijk weer langs!'

'Dat zal dan morgen worden. Eerder niet,' zei de verpleegster op besliste toon.

Arthur stak zijn hand op toen ze de deur uit liepen en dacht ondertussen koortsachtig na. Hij merkte amper dat de verpleegster hem opdracht gaf op zijn buik te gaan liggen, dat ze zijn idiote ziekenhuisschort optilde en zijn huid ontsmette op de plek waar ze hem een prik ging geven.

Meneer Maandag en Snuiter... Wie zouden dat in 's hemelsnaam kunnen zijn? Te oordelen naar wat ze hadden gezegd, maakte de wijzer deel uit van de een of andere Sleutel en had Meneer Maandag het ding aan Arthur gegeven, in de stellige verwachting dat deze op het punt had gestaan dood te gaan. Daarna zou Maandag de wijzer terugpakken. En Snuiter had het hele plan bedacht, maar er zat iets niet goed. Er zat iets helemaal niet goed! Want vlak voordat ze waren verdwenen, was Snuiter duidelijk in de macht geraakt van het een of andere geheimzinnige wezen. Het wezen dat die vurige woorden had uitgesproken. Waarschijnlijk hetzelfde wezen dat ervoor had gezorgd dat het notitieboekje in zijn bezit was gekomen; de *Voledige Atlas*, die hij niet kon openen, dus het deed er niet echt toe hoe 'voledig' hij was.

Arthur had de grote wijzer aangepakt – die hij van nu af aan de Sleutel zou noemen – en hij was niet doodgegaan, hij leefde nog steeds. Dus wat de Sleutel ook was, voor zijn gevoel had hij er nog altijd recht op. Hoewel de mannen met de hondenkoppen en de bolhoeden waarschijnlijk voor Meneer Maandag werkten. Als ze de hele renbaan hadden omgewoeld, dan zouden ze de Sleutel ongetwijfeld hebben gevonden en deze aan Meneer Maandag hebben teruggegeven.

Misschien was dat het eind van het hele mysterie, maar op de een of andere manier dacht Arthur van niet. Op de een of andere manier was hij er heilig van overtuigd dat het mysterie net was begonnen. De Sleutel en de Atlas waren hem niet zomaar gegeven, en hij zou erachter komen wat de reden was dat ze in zijn bezit waren gekomen. Bij hem thuis zeiden ze altijd dat hij veel te nieuwsgierig was. Maar nog nooit was hij gestuit op iets wat naar zijn gevoel zo de moeite waard was om er nieuwsgierig naar te zijn.

Om te beginnen zal ik zorgen dat ik de Sleutel terugkrijg, dacht hij vastberaden terwijl hij zijn handen onder zijn kussen schoof en door de prik van de naald werd teruggebracht in de werkelijkheid.

Op het moment dat hij de injectienaald in zijn bil voelde dringen, strekte hij zijn vingers... en stuitte op iets kouds, iets metaalachtigs. Het onderstel van het bed, was zijn eerste gedachte. Maar dat voelde anders, en de vorm klopte ook niet. Ineens besefte Arthur wat het was.

De grote wijzer. De Sleutel. En hij wist absoluut zeker dat die er een paar minuten eerder nog niet had gelegen. Wanneer hij op zijn buik ging liggen, schoof hij zijn handen altijd onder het kussen. Misschien had de Sleutel zich gematerialiseerd toen Lover hem de Atlas had gegeven. Net als de magische voorwerpen in verhalen, voorwerpen die hun eigenaar volgden.

Alleen ging het in dat soort verhalen meestal om voorwerpen waarop een *vloek* rustte, voorwerpen waar je niet meer van afkwam, zelfs niet als je dat wilde...

'Lig eens stil!' commandeerde de verpleegster. 'Dat ben ik niet van je gewend, Arthur, zulk kleinzerig gedoe.'

3

Arthur mocht op vrijdagavond naar huis. Hij had de Sleutel en de Atlas veilig in een overhemd gewikkeld, in de plastic tas waarin hij zijn spulle-tjes had gepakt. Om de een of andere reden waren Ed en Lover niet meer bij hem langs geweest. Arthur had overwogen te proberen hen te bellen, maar omdat hij hun achternaam niet wist, bleek dat onmogelijk. Hij had zelfs aan zuster Thomas gevraagd of zij wist wie ze waren. Helaas, de zuster had het ook niet geweten, en het was in de loop van de week steeds drukker geworden in het ziekenhuis. Dus Arthur veronder-stelde dat hij hen maandag op school wel zou zien.

Zijn vader kwam hem halen en bracht hem naar huis, zacht neuriënd terwijl ze door de straten van de stad reden. Arthur staarde afwezig uit het raampje, in gedachten bij de Sleutel, de Atlas en Meneer Maandag. Sterker nog, hij had de hele week aan weinig anders gedacht.

Ze waren al bijna thuis toen Arthur iets zag wat hem met een schok uit zijn dagdromen deed ontwaken. Hij zag het op het moment dat ze de op een na laatste heuvel af kwamen, voordat ze bij hun straat waren. In de vallei beneden hen werd een heel blok tussen vier straten in beslag genomen door een enorm huis dat eruitzag alsof het al heel oud was. Een reusachtig gebouw, opgetrokken uit merkwaardige gevormde bak-stenen in verschillende maten, met een eeuwenoude betimmering in allerlei kleuren en van diverse soorten hout. Het gebouw wekte de in-druk alsof er zonder enig beleid, zonder enige zorg of aandacht voort-durend gedeelten waren aangebouwd, telkens in een andere stijl, zodat het een soort hutspot was geworden van bogen, aquaducten en apses, van erkertorentjes, steunberen en klokkentorens, van schoorstenen, kantelen en koepels, van gaanderijen en waterspuwers, van zuilen en valhekken, van balkonnetjes en kleine torentjes die blijkbaar alleen als versiering dienden.

Het gebouw wekte een totaal misplaatste indruk, alsof het uit de lucht was komen vallen midden in wat voor het overige een moderne buitenwijk was.

Daar moest een reden voor zijn, besefte Arthur.

Het reusachtige, krankzinnig ogende gebouw had er nog niet gestaan toen hij die maandag naar school was gegaan.

'Wat is dat?' vroeg hij en wees.

'Wat?' Bob nam gas terug en volgde met zijn blik Arthurs wijzende vinger.

'Dat huis daar! Het is enorm, en... het stond er vroeger nog niet!'

'Waar?' Bob liet zijn blik over de bebouwing gaan. 'Volgens mij zijn ze allemaal zo'n beetje hetzelfde. Tenminste, wat afmetingen betreft. Daarom zijn wij ook buiten de stad gaan wonen. Want als je een tuin wilt, dan moet het wel de moeite zijn, waar of niet? Of bedoel je dat huis waar die jeep voor staat? Volgens mij hebben ze de garagedeur pas geschilderd, vandaar dat het er een beetje anders uitziet.'

Arthur knikte zwijgend. Het was hem duidelijk. Zijn vader kon het enorme, kasteelachtige gebouw waar ze op af reden niet zien. Bob zag alleen de huizen die er vroeger hadden gestaan.

Of misschien staan ze er nog steeds, dacht Arthur. *Misschien zie ik een andere dimensie of zoiets.* Hij zou ernstig aan zijn verstand zijn gaan twijfelen als hij de Atlas en de Sleutel niet had gehad, en als hij niet had kunnen terugvallen op zijn gesprek met Ed en Lover.

Terwijl ze erlangs reden, viel het Arthur op dat het huis – of Huis, zoals het naar zijn gevoel moest worden genoemd – omringd was door een muur. Een met spiegelend marmer beklede muur van zo'n drie meter hoog, die eruitzag alsof het niet zou meevallen ertegenop te klimmen, zo glad was hij. Een poort was nergens te bekennen, althans niet aan de kant waar ze langsreden.

Het was nu nog maar zo'n anderhalve kilometer naar het nieuwe huis van het gezin Penhaligon, aan de andere kant van de volgende heuvel. Het huis stond in een soort overgangsgebied tussen de buitenwijken en het platteland. De Penhaligons hadden het royale perceel jaren eerder al gekocht, waarvan het grootste deel bestond uit een redelijk verwilderde tuin. Bob zei altijd dat hij dol was op tuinieren, maar wat hij vooral leuk vond was nadenken over de tuin en er plannen voor maken. De daadwerkelijke uitvoering van die plannen lag hem aanzienlijk minder. Emily en hij hadden destijds meteen na aankoop de tuin laten aanleggen, maar ze hadden pas heel recent besloten er ook een huis te bouwen.

Het huis was dan ook fonkelnieuw en een paar maanden eerder opgeleverd. Het was echter nog lang niet klaar. Er kwamen nog regelmatig loodgieters en elektriciens om de laatste hand te leggen aan de diverse installaties. Het ontwerp was van de hand van een beroemde architect, die de vier verdiepingen gedeeltelijk in de helling van de heuvel had verwerkt. De onderste verdieping was tevens de grootste, met de garage, de werkplaats, Bobs studio en een kantoor voor Emily wanneer ze thuis wilde werken. De verdieping daarboven bestond uit woonvertrekken en de keuken. Daar weer boven lagen slaapkamers en badkamers: die van Bob en Emily en twee logeerkamers. Op de bovenste verdieping, die de kleinste was, bevonden zich de kamers van Michaeli, Eric en Arthur, en een badkamer waar ze om vochten, of waar ze werden buitengesloten zodat ze een van de badkamers op de lagere verdieping moesten gebruiken.

Het huis was verlaten toen Arthur en zijn vader thuiskwamen. Op een prikbord tegen de deur van de koelkast hingen briefjes en e-mails van de diverse gezinsleden. Emily had nog werk te doen op het lab, Michaeli was simpelweg 'niet thuis' en kwam 'later', en Eric had een basketbalwedstrijd.

'Wil je buiten de deur gaan eten? Wij met ons tweetjes?' vroeg Bob. Hij neuriede opnieuw, een onmiskenbaar voorteken dat er een compositie zat aan te komen. Zijn aanbod om uit eten te gaan was dan ook duidelijk een opoffering, want diep van binnen popelde hij om achter een keyboard te gaan zitten of een van zijn gitaren te pakken.

'Nee bedankt, pap,' zei Arthur, die niets liever wilde dan alleen zijn, zodat hij de Sleutel en de Atlas aan een nadere inspectie kon onderwerpen. 'Ik pak wel iets uit de koelkast. Als je het niet erg vindt, wil ik het liefst naar mijn kamer om te zien of de anderen er geen rommel van hebben gemaakt terwijl ik in het ziekenhuis lag.'

Ze wisten allebei dat Arthur Bob de ruimte wilde geven om met zijn compositie aan de slag te gaan. Maar daar hadden ze ook allebei vrede mee.

'Dan ben ik in de studio,' zei Bob. 'Druk op de intercom als je iets nodig hebt. Je inhalator, heb je die bij de hand?'

Arthur knikte.

'Eventueel kunnen we straks een pizza laten bezorgen,' riep Bob nog terwijl hij de trap af liep. 'Als je maar niks tegen je moeder zegt.'

Arthur liep de trap op naar zijn kamer. Het ging langzaam, tree voor tree. Zijn ademhaling was in orde, maar na vijf dagen ziekenhuis was hij duidelijk verzwakt. Dus zelfs een trap op lopen was al een heel karwei.

Nadat hij de deur achter zich op slot had gedaan, voor het geval dat een van de anderen eerder thuiskwam dan verwacht, legde Arthur de Atlas en de Sleutel op het bed. Toen deed hij het licht uit, zonder te weten waarom.

De maan scheen door het open raam, maar ondanks dat was het erg donker. En het zou nog donkerder zijn geweest zonder de vreemde, blauwe gloed die zowel de Sleutel als de Atlas verspreidde; een gloed die rimpelde en bewoog, als water. Arthur nam de Sleutel in zijn linkerhand, de Atlas in zijn rechter.

Zonder dat hij er iets voor hoefde te doen, klapte de Atlas plotseling open. Arthur was zo verrast dat hij hem op het bed liet vallen. Het boek bleef openliggen, en Arthur keek verbaasd toe terwijl het steeds hoger en breder werd, tot het ongeveer net zo groot was als zijn kussen.

De openliggende bladzijden waren aanvankelijk blanco, maar geleidelijk aan begonnen er lijnen op te verschijnen, alsof een onbekende artiest koortsachtig aan het werk was. De lijnen waren krachtig en duidelijk, en voor Arthurs verbaasde ogen verschenen ze steeds sneller en sneller op het papier. Binnen enkele seconden besefte hij dat hij keek naar een afbeelding van het vreemde Huis dat hij had gezien. Een afbeelding die zo duidelijk en gedetailleerd was dat het bijna een foto leek.

Naast de afbeelding verscheen een met de hand geschreven bijschrift: *Het Huis, Een Uiterlijk Aspect zoals zich dat manifesteert in Vele Lagere Domeinen.*

Daarna verschenen er nog een paar woorden, veel kleiner geschreven. Arthur keek halsreikend toe terwijl er achter de woorden een pijltje verscheen; een pijltje dat wees naar een donker vierkant in de buitenmuur van het Huis.

'Maandags Poterne,' las Arthur hardop. 'Wat is een poterne?'

Op de boekenplank boven zijn bureau stond een woordenboek. Arthur haalde het te voorschijn terwijl hij ondertussen met een half oog naar de Atlas bleef kijken, voor het geval dat daarin nog iets interessants gebeurde.

En dat gebeurde er inderdaad! Arthur moest de Sleutel neerleggen om het woordenboek te kunnen pakken omdat het ingeklemd stond tussen andere boeken. Zodra hij de Sleutel op het bureau legde, klapte de Atlas dicht. Arthur schrok zich dood. In minder dan een seconde was de Atlas gekrompen tot het oorspronkelijke formaat van een notitieboekje.

Dus je hebt de Sleutel nodig om de Atlas te openen, dacht Arthur. Hij liet de Sleutel waar deze was en zocht *poterne* op in het woordenboek.

Poterne (Fr.), v. (m.) 1. achterdeur of -poort. 2. Elke mindere of privé-ingang.

Dus in de voor het overige volkomen gladde muur was wel degelijk een poort, Maandags Poort. Peinzend legde Arthur het woordenboek op zijn nachtkastje. De afbeelding van het Huis en de aanwijzing dat zich een ingang in de muur bevond, vormden duidelijk een soort uitnodiging. Iemand... of iets... wilde dat hij het Huis zou binnen gaan. Maar kon hij de Atlas vertrouwen? Arthur was er vrij zeker van dat Meneer Maandag en Snuiter hem vijandig gezind waren. Of op z'n minst geen vriend-schappelijke bedoelingen hadden. Van de wervelende tekst, de woorden in de lucht die Snuiter in hun greep hadden genomen en hem vervolgens de Atlas hadden gegeven, was hij minder zeker. Hij veronderstelde dat het ook die woorden waren geweest die hem de Sleutel hadden gegeven, of die op z'n minst Meneer Maandag zover hadden weten te krijgen dat hij de Sleutel afstond. Maar waar waren ze – wie *ze* ook mochten zijn – op uit?

Er was maar één manier om daarachter te komen. Zodra hij kon, zou hij een kijkje gaan nemen bij het Huis, hetzij de volgende dag, hetzij de eerstvolgende zondag, en hij zou proberen via Maandags Poterne het Huis binnen te komen. Afhankelijk van wat hij daar aantrof, zou hij Ed en Lover verslag uitbrengen en hun om hulp vragen. Want hij vermoed-de dat zij het Huis wel konden zien. Tenslotte hadden ze de snuffelaars met hun hondenkoppen ook gezien, terwijl de conrector had gedacht dat ze hem voor de gek hielden.

Ondertussen zou hij de Sleutel en de Atlas verstoppen op het beste plekje dat hij daarvoor wist: in de buik van de levensgrote, stenen draak op het dakbalkon, net boven zijn slaapkamer. Het beeld van de draak – of eigenlijk was het een reuzenhagedis – was hol, maar omdat de bek maar half open was, kon alleen iemand met zulke kleine handen als Arthur naar binnen reiken.

Nauwelijks had hij zijn missie voltooid of zijn moeder kwam thuis, waardoor het huis van het ene op het andere moment veranderde van een stil en vredig toevluchtsoord in een thuis waar een gezin woonde. Nadat ze Arthur aan een grondige inspectie had onderworpen, stond ze erop dat Bob uit zijn studio kwam, zodat ze gedrieën konden eten. Emily was blij en tevreden. Alles was weer goed met Arthur, en voor het eerst sinds wat haar een eeuwigheid leek was ze niet wanhopig op zoek naar een vaccin of een remedie voor de een of andere nieuwe griepstam. De winter was in aantocht, maar wat ziektes betrof leek het erop dat alles tamelijk rustig zou blijven.

Arthurs voornemen om een kijkje bij het Huis te gaan nemen werd meteen de grond in geboord toen hij te horen kreeg dat hij voorlopig de deur niet uit mocht.

'Ik wil dat je het rustig aan doet,' kreeg hij van zijn moeder te horen. 'Een beetje lezen, een beetje televisie kijken of computeren, meer niet. Althans, de eerste paar dagen. Volgende week zien we wel weer verder.'

Arthur fronste zijn wenkbrauwen, maar hij wist dat protesteren geen zin had. Hij werd bijna gek van het idee dat het Huis op hem stond te wachten, maar hij besefte dat hij geen keus had. Als hij nu naar buiten glipte, zou hij minstens een maand huisarrest krijgen, misschien wel een jaar!

'Ik weet dat je het moeilijk vindt om niets te kunnen doen.' Emily knuffelde hem. 'Maar het is maar voor even. Je moet jezelf de tijd gunnen om aan te sterken. Ik denk dat het al een hele inspanning voor je wordt wanneer je maandag weer naar school gaat.'

Dankzij het verbod om ook maar iets zinvols te doen, leek het weekend niet om te komen. Zijn twee oudere broers waren druk met hun gebruikelijke, geheimzinnige activiteiten. Bob was nog altijd bezig met componeren, en Emily werd naar haar werk geroepen om een paar vreemde ziektegevallen te controleren die in het plaatselijke ziekenhuis waren opgenomen. Ze werd doorgaans gebeld wanneer er een stijging was in patiënten met uitzonderlijke symptomen. Arthur voelde altijd een enorme opluchting als ze bij thuiskomst kon melden dat het niets ernstigs was. Doordat hij zijn biologische ouders aan een epidemie had verloren, was Arthur zich scherp bewust van de potentiële tragedie bij elke nieuwe influenzastam of een mogelijke virusuitbraak.

Zondagochtend kon Arthur de verleiding niet langer weerstaan, en hij haalde de Atlas en de Sleutel te voorschijn uit het beeld van de draak. Opnieuw hield hij de Sleutel in zijn hand, en opnieuw viel de Atlas open bij de afbeelding van het Huis. Hoewel er verder geen details zichtbaar waren, en hoewel er buiten de aantekening over Maandags Poterne niets bij geschreven stond, zat Arthur er uren naar te kijken terwijl hij probeerde zich voor te stellen hoe het Huis was opgebouwd en hoe het er van binnen uitzag.

Eindelijk werd het zondagavond. Arthur stopte de Sleutel en de Atlas weer in de ingewanden van de hagedis en ging vroeg naar bed, in de hoop dat hij snel in slaap zou vallen waardoor het des te eerder ochtend was. Maar natuurlijk lukte dat niet. Hij lag te draaien en te woelen en kon de slaap niet vatten. Nadat hij bijna een heel boek had uitgelezen, lag hij nog lang naar het plafond te staren en na te denken.

Toen hij eindelijk in slaap viel, duurde zijn rust niet lang. Iets deed hem wakker schrikken. Aanvankelijk wist hij niet wat het was. Hij draaide zijn hoofd om en zag de rode cijfers van de digitale wekker, die opgloeiden in het donker: *00.01*

Eén minuut over twaalf, maandagochtend.

Toen hoorde hij een geluid bij het raam; een geluid als van een boomtak die langs het glas schuurde. Maar geen boom in de tuin was hoog genoeg of stond dicht genoeg bij het huis om tot Arthurs slaapkamerraam te reiken.

Arthur ging rechtop zitten en knipte het licht aan. Zijn hart ging plotseling wild tekeer. Zijn ademhaling werd moeizamer, oppervlakkiger.

Hou het onder controle, dacht Arthur wanhopig. *Probeer kalm te blijven en langzaam adem te halen. Kijk naar het raam.*

Hij draaide zijn hoofd om en deinsde verschrikt terug, zodat hij achter zijn bed belandde. Vóór het raam hing een gevleugelde man in de lucht, minstens vijftien meter boven de grond. Een lelijke, gedrongen man met een vlezig gezicht en zware kaken, als een bloedhond. Een man met een hondenkop. Zelfs zijn luchtig geveerde, snel klapperende vleugels zagen er lelijk en onverzorgd uit. In het licht dat uit Arthurs kamer naar buiten stroomde leken ze vuilgrijs. Hij was gekleed in een erg ouderwets, donker pak, en in zijn hand hield hij een bolhoed, waarmee hij op het raam tikte.

'Laat me erin!'

Hoewel zijn lage, hese stem werd verwrongen door het glas, klonk hij onmiskenbaar dreigend.

'Laat me erin.'

'Nee,' fluisterde Arthur terwijl beelden uit alle vampierfilms die hij ooit had gezien aan zijn geestesoog voorbijtrokken. Dit was geen vampier, maar wel een wezen dat vroeg om te worden binnengelaten. Dus misschien gold hier, net als bij vampiers, dat ze alleen maar binnen konden komen wanneer ze daartoe werden uitgenodigd. Hoewel, de vampiers in films hypnotiseerden hun slachtoffers doorgaans om te zorgen dat ze werden binnengelaten...

Op dat moment ging de deur van de slaapkamer open.

Arthur had het gevoel alsof zijn hart stilstond. Misschien had het wezen al iemand gehypnotiseerd! Iemand die het wezen met de hondenkop zou binnenlaten...

Een lange, gespleten tong schoot om de hoek van de deur en leek de lucht te proeven. Arthur pakte het woordenboek, dat nog altijd naast zijn bed lag, en hief het boven zijn hoofd.

De tong werd gevolgd door een geschubde kop en een poot met lange, gruwelijke klauwen. Arthur liet het woordenboek iets zakken. Het was de draak van het balkon! Het standbeeld was tot leven gekomen, en het bewoog zich razendsnel.

Langzaam klauterde Arthur weer op het bed, en hij drukte zich tegen de muur, met het woordenboek nog altijd klaar om te gooien. Aan wiens kant stond de draak?

'Laat me erin!'

De grote hagedis stormde sissend en onthutsend snel naar voren, naar het raam, en ging op zijn achterpoten staan. Toen hij zijn bek opendeed, braakte hij een vurige witte gloed uit, krachtig als de bundel van een zoeklicht. De man met de hondenkop gooide schreeuwend zijn armen omhoog, zijn bolhoed vloog door de lucht, en nog altijd schreeuwend en woest met zijn vleugels slaand viel hij achterover. Het volgende moment was hij verdwenen, opgegaan in een kronkelende zuil van gitzwarte rook.

De hagedis deed met een klap zijn bek dicht, en op slag was de vurige gloed verdwenen. Toen keerde het reptiel het raam langzaam de rug toe en liep het met dreunende tred naar het voeteneind van Arthurs bed, waar het zijn gebruikelijke houding weer innam. Er ging een rimpeling door zijn huid, alsof elke spier plotseling verstarde, toen stond hij roerloos. Opnieuw een standbeeld.

Arthur liet het woordenboek vallen, pakte zijn inhalator en nam diverse pufjes. Terwijl hij naar de deur liep om deze dicht te doen, merkte hij tot zijn verbazing dat zijn knieën knikten en dat zijn benen hem nauwelijks konden dragen. Op de terugweg naar het bed klopte hij de draak op zijn kop, en hij overwoog vluchtig om zijn hand in de bek te steken om te controleren of de Sleutel en de Atlas er nog waren. Maar dat leek hem iets waarmee hij beter tot de volgende dag kon wachten.

Weer in bed wierp Arthur opnieuw een blik op de wekker terwijl hij de dekens over zich heen trok. Het was ongetwijfeld niet toevallig dat dit het eerste was wat er die dag was gebeurd. Het was tenslotte maandag.

Ik weet zeker dat het een boeiende dag gaat worden, dacht hij. Toen wendde hij zich welbewust af van het raam, zodat hij niet in de verleiding zou komen ernaar te kijken, en hij deed zijn ogen dicht.

Maar het licht liet hij aan.

4

Arthur zag er die maandagochtend nog meer tegenop om naar school te gaan dan de week daarvoor. Na de gebeurtenissen in het holst van de nacht had hij maar heel even geslapen. Hij was elk uur wakker geworden, snakkend naar lucht en met een gevoel van opkomende paniek. Maar telkens weer bleek dat het licht nog brandde, dat alles rustig was en dat de nacht zonder verdere commotie overging in de nieuwe dag. De stenen draak stond nog altijd roerloos aan het voeteneind van zijn bed, en toen de zon eenmaal de kamer binnen scheen, kon Arthur nauwelijks geloven dat de hagedis tot leven was gekomen en het gruwelijke wezen had verdreven dat voor zijn raam had gezweefd.

Arthur wenste vurig dat hij het hele gebeuren kon afdoen als een nachtmerrie, maar hij wist drommels goed dat het allemaal echt was gebeurd. Daarvan waren de Sleutel en de Atlas het bewijs. Hij dacht erover ze achter te laten, in het inwendige van de hagedis, maar na het ontbijt haalde hij ze te voorschijn en stopte hij ze in zijn rugzak. Toen keek hij uit het raam of de kust veilig was, voordat hij naar buiten rende om bij zijn moeder in de auto te stappen.

In hun vorige woonplaats had Arthur altijd naar school gelopen. Hier zou hij uiteindelijk met de fiets gaan. Maar zijn ouders hielden bij hoog en bij laag vol dat hij zich nog niet mocht inspannen. Vandaar dat zijn moeder hem naar school bracht, voordat ze zelf naar haar werk ging.

Onder normale omstandigheden zou Arthur hebben geprotesteerd. Dan zou hij hebben willen laten zien dat hij zich heus wel alleen wist te redden, vooral tegenover zijn broer Eric, tegen wie hij erg opkeek. Eric was niet alleen een geweldige basketballer, maar hij blonk ook uit met hardlopen. Hij had dan ook totaal geen last van aanpassingsproblemen op de nieuwe school. Sterker nog, hij was al hard op weg om een van de in het oog lopende spelers te worden in het hoogste basketbalteam van de school. Hij had een auto, gekocht van het geld dat hij in het weekend als ober verdiende, maar als bij stilzwijgende afspraak nam hij Arthur niet mee naar school, tenzij zich echt een noodsituatie zou voordoen. Want het was niet goed voor zijn image om met zijn veel jongere broertje te worden gezien. Niettemin was hij op hun vorige school al diverse keren te hulp geschoten, bijvoorbeeld toen een stel grote lummels zijn broertje pestte in het winkelcentrum, of toen Arthur een ongeluk had gehad met zijn fiets.

Die ochtend was Arthur echter maar al te blij dat zijn moeder hem bracht. Hij had een sterk vermoeden dat de mannen met de hondenkoppen en de bolhoeden – ze zagen er in elk geval uit als mannen – hem bij de school zouden opwachten. Die nacht had hij lang wakker gelegen, zich afvragend hoe hij zich tegen hen zou moeten beschermen. Dat was des te moeilijker omdat grote mensen de hondenkoppen blijkbaar niet konden zien. Tenminste, dat bleek uit wat Ed hem had verteld.

Tijdens de rit naar school gebeurde er niets bijzonders, hoewel ze opnieuw het bizarre kasteelachtige bouwwerk passeerden dat in de plaats was gekomen van enkele tientallen nieuwbouwhuizen. Om erachter te komen of zijn moeder het Huis kon zien, leverde Arthur commentaar op de afmetingen ervan. Maar net als zijn vader zag zijn moeder alleen de huizen die er altijd al hadden gestaan. Arthur kon zich nog heel goed herinneren hoe de wijk er vroeger had uitgezien, maar hoe hij ook zijn best deed, hoe hij zijn ogen ook tot spleetjes kneep of plotseling zijn hoofd omdraaide, hij zag alleen het Huis.

Bij nadere inspectie vond hij dat het er zo rommelig, zo complex, zo vreemd uitzag, dat het bijna onmogelijk was de bijzonderheden in zich op te nemen. Er waren eenvoudig te veel architectonische stijlen, te veel merkwaardige aanbouwsels. Arthur werd duizelig toen hij probeerde de verschillende gedeelten van het Huis afzonderlijk te zien en erachter te komen hoe ze in elkaar pasten. Hij begon bijvoorbeeld bij een toren en volgde deze omhoog, maar halverwege werd hij afgeleid door een overdekte wandelgalerij of een lunet die uit een nabije muur stak, of een ander, vreemd detail.

Bovendien vond hij het ook erg moeilijk om terug te keren naar een plek die hij al eerder had bekeken. Het leek wel alsof het Huis voortdurend veranderde op de plekken waar hij niet naar keek, of misschien reden ze er te snel langs en maakten de complexiteit, de veelvoud en de diversiteit van de verschillende delen het hem onmogelijk om zich bij herhaling op één speciaal detail te concentreren.

Toen ze het Huis waren gepasseerd, werd Arthur als het ware in slaap gesust door de rest van de rit naar school, waarbij hem niets bijzonders of merkwaardigs opviel. Alles was net als elke andere ochtend, met het gebruikelijke verkeer en overal voetgangers en kinderen. Ook terwijl ze de straat in sloegen waaraan de school lag, zag hij niets vreemds. Arthur voelde zich opgelucht en getroost doordat het er allemaal zo normaal, bijna saai uitzag. De zon scheen, overal waren mensen, dus hij was ervan overtuigd dat hem niets kon gebeuren.

Maar hij was nog niet bij het hek uit de auto gestapt, en zijn moeder was nog maar amper weggereden, of op het parkeerterrein voor de leraren, rechts van hem, verschenen tussen de auto's vijf mannen in zwarte pakken en met een bolhoed op hun hoofd, als marionetten die aan hun touwtjes omhoog werden gehesen. De mannen zagen hem ook en kwamen tussen de rijen auto's door naar hem toe. Ze liepen in vreemde, rechte lijnen, en wanneer ze van richting veranderden om leerlingen of leraren te ontwijken – die hen niet konden zien, dat was duidelijk – deden ze dat met abrupte, rechte hoeken.

Aan zijn linkerhand verschenen nog meer hondenkoppen. Arthur zag hen uit de grond komen, als duistere dampen die in een oogwenk leken te stollen tot mannen met hondenkoppen, zwarte pakken en bolhoeden.

Hondenkoppen links... hondenkoppen rechts... maar recht vóór hem waren er geen. Dus Arthur begon te rennen. Al na een paar meter werd zijn ademhaling moeizamer, en hij besefte dat hij niet het risico mocht nemen dat hij een astma-aanval zou krijgen. Hij ging langzamer lopen terwijl zijn blikken heen en weer schoten, van de ene groep hondenkoppen naar de andere, en terwijl hij koortsachtig hun snelheid en hun richting berekende.

Als hij rechtstreeks over het hoofdpad naar het bordes liep, moest hij binnen kunnen zijn voordat de hondenkoppen hem inhaalden.

Hij liep zo snel als hij zich dat kon permitteren, groepjes pratende en rondhangende leerlingen ontwijkend. Voor het eerst was hij blij dat nog niemand hem hier kende, zodat hij niet werd aangeklampt. Er was niemand die riep: 'Hé Arthur, wacht even!' Niemand die hem staande hield voor een praatje, iets wat op zijn oude school zeker zou zijn gebeurd.

Hij bereikte de treden naar de ingang. De hondenkoppen haalden hem in. Ze waren nog maar een meter of tien, vijftien achter hem, en het was een enorm gedrang op de treden, vooral van oudere leerlingen. Arthur kon zich niet met geweld een weg tussen hen door banen, dus hij moest zigzaggen, voortdurend 'Sorry!' roepend en 'Neem me niet kwalijk!'

Hij had bijna de deuren bereikt en – naar hij hoopte – de veiligheid daarachter, toen iemand zijn rugzak vastgreep en hem abrupt tot stilstand bracht. Gedurende een afschuwelijk moment dacht Arthur dat de hondenkoppen hem toch te pakken hadden gekregen. Maar toen hoorde hij een dreigement waardoor er vreemd genoeg een golf van opluchting over hem heen spoelde.

'Hé! Een beetje koest jij! Je denkt toch niet dat je ongestraft tegen me aan kan botsen!'

De jongen die Arthurs rugzak vasthield, was aanzienlijk groter dan hij, maar echt gemeen zag hij er niet uit. Dat viel ook niet mee in het brave schooluniform. Hij had zelfs zijn das keurig gestrikt. Arthur herkende hem onmiddellijk als iemand die zich graag stoer voordeed, maar het diep in zijn hart niet was.

'Ik moet overgeven!' bracht hij uit, met zijn hand voor zijn mond terwijl hij zijn wangen bol blies.

De zogenaamd stoere bullebak liet hem zo haastig los dat ze allebei hun evenwicht dreigden te verliezen. Omdat Arthur iets dergelijks had verwacht, herstelde hij zich als eerste. Met drie treden tegelijk rende hij het bordes op, nauwelijks een paar meter voor de meute hondenkoppen met bolhoeden.

Het leek wel alsof ze overal waren, als een zwerm raven die neerdaalden op een kadaver. Leerlingen en leraren gingen hen uit de weg, zonder te beseffen dat ze dat deden. Veel van hen keken enigszins verward terwijl ze plotseling bleven staan of haastig een stap opzij deden, alsof ze zichzelf niet begrepen.

Heel even dacht Arthur dat hij het niet zou halen. De hondenkoppen zaten hem op de hielen, en hij hoorden hen hijgen en snuiven. Sterker nog, hij kon zelfs hun adem ruiken, en het was net zo erg als Lover had gezegd. Ze stonken naar rottend vlees, nog erger dan het vuilnis in een steeg achter een restaurant. De stank en het geluid van hun gehijg en gekwijl gaven Arthurs voeten vleugels. Hij stormde de laatste treden op, wierp zich tegen de klapdeuren en liet zich naar binnen vallen.

Daar stond hij in een oogwenk weer overeind, klaar om het op een lopen te zetten. Zijn ademhaling werd steeds oppervlakkiger, het slot dreigde weer op zijn longen te gaan. Angst overviel hem; de angst dat de hondenkoppen ook binnen zouden komen en dat hij een astma-aanval zou krijgen, waardoor hij volslagen hulpeloos was en geen verzet zou kunnen bieden.

Maar de hondenkoppen kwamen niet binnen. In plaats daarvan verzamelden ze zich voor de ingang, met hun afgeplatte gezichten tegen het glas gedrukt. Ze zagen er inderdaad uit als een kruising tussen bloedhonden en mensen, kon Arthur niet nalaten te denken, met hun varkensoogjes, hun platgeslagen gezichten, hun hangwangen en hun tong die uit hun mond hing en de ramen bevochtigde. Ze hadden wel iets van Winston Churchill op een van zijn mindere dagen. Merkwaardig genoeg hadden ze allemaal hun bolhoed afgenomen, die ze in de buiging van hun linkerarm hielden. Dat maakte hun aanblik er niet beter op, want ze hadden allemaal kortgeknipt, bruin haar. Een soort hondenhaar.

'Laat ons erin, Arthur,' zei een van de mannen met een raspende stem. Een ander viel hem bij, en al snel ontstond er een gruwelijke kakofonie, waarin de woorden door elkaar werden gehaspeld. 'Ons... Erin... Laat... Arthur... Arthur... Ons... Laat... Erin... Arthur... Erin... Erin...'

Arthur sloeg zijn handen voor zijn oren en liep weg, de centrale gang in. Ondertussen concentreerde hij zich op zijn ademhaling, tot deze weer rustig en regelmatig was. Langzaam maar zeker verdwenen de blaffende basstemmen naar de achtergrond.

Aan het eind van de gang draaide Arthur zich om. De hondenkoppen waren verdwenen, en leerlingen en leraren stroomden lachend en pratend de school binnen. Achter hen scheen nog altijd de zon. Alles leek normaal.

'Wat is er met je oren?' vroeg iemand, niet onvriendelijk.

Arthur trok blozend zijn vingers uit zijn oren. Het was duidelijk dat de hondenkoppen hem hier niet te pakken konden krijgen, dus hij kon zich concentreren op de gebruikelijke schoolproblemen en hoe hij zich daar doorheen moest slaan. In elk geval tot het eind van de dag. Bovendien kon hij op zoek gaan naar Ed en Lover. Hij popelde om hun te vertellen wat er was gebeurd, en hij was benieuwd of zij de hondenkoppen nog steeds konden zien. Misschien konden ze hem helpen te bedenken hoe hij deze zaak moest aanpakken.

Arthur had verwacht hen bij de gymzaal te zien, in afwachting van de veldloop. Hij had een briefje bij zich dat hij niet hoefde mee te doen, maar dat moest hij nog wel aan meneer Welter geven. Eerst had hij echter nog een hele ochtend wiskunde, natuurkunde en grammatica voor de boeg. Het waren allemaal vakken waar hij goed in was. Tenminste, als hij wilde. Vandaag kon hij zich echter niet concentreren. Toen hij tenslotte naar de gymzaal liep – via het schoolgebouw in plaats van de binnenplaats – ontdekte hij tot zijn verrassing dat maar tweederde van de groep was komen opdagen. Minstens vijftien leerlingen ontbraken, onder wie Ed en Lover.

Meneer Welter was niet blij om Arthur te zien. Hij pakte het briefje aan, las het en gaf het terug zonder een woord te zeggen. Toen keerde hij Arthur de rug toe. Deze vroeg zich af wat er van hem werd verwacht; wat hij moest doen terwijl de anderen met de veldloop bezig waren.

'Is er verder nog iemand met een briefje?' riep Welter. 'Zijn er soms mensen die een andere les hebben? Waar is iedereen?'

'Ziek,' zei een van de leerlingen zacht.

'Allemaal?' vroeg Welter. 'En het is nog niet eens winter! Als dit soms een streek is, dan kan ik jullie wel vertellen dat de repercussies niet mals zullen zijn.'

'Nee, meneer, ze zijn echt ziek,' zei een van de serieuze atleten. 'Het is een soort kou die ze hebben gevat. Er zijn een heleboel mensen ziek.'

'Oké, Rick, ik geloof je,' zei Welter.

Arthur keek naar Rick, die er met zijn atletische bouw en plezierige, open gezicht uitzag alsof hij regelrecht uit een reclamespotje voor tandpasta of sportschoenen was gestapt. Geen wonder dat Welter hem geloofde.

Toch was het merkwaardig dat er in deze tijd van het jaar al zoveel leerlingen ziek waren. Zeker gezien het feit dat de griepinjecties die eens per twee jaar werden gegeven sinds vijf jaar verplicht waren. Het was amper twee maanden geleden dat iedereen was ingeënt, en doorgaans bood de injectie volledige bescherming tegen de gevaarlijkste virussen.

Arthur voelde diep van binnen een vertrouwde angst de kop opsteken. Een angst die hij zolang hij zich kon herinneren bij zich droeg. De angst dat een nieuwe epidemie hem al zijn dierbaren zou afnemen.

'Akkoord, we beginnen met wat oefeningen om de spieren warm te maken,' riep Welter. Toen keek hij eindelijk weer naar Arthur, en hij wenkte hem met een gekromde vinger.

'Penhaligon, je kunt voor mijn part uit je neus gaan zitten vreten. Zolang je maar niemand lastig valt.'

Arthur knikte, maar hij hield zijn mond stijf dicht, bang dat hij anders iets zou zeggen waar hij later spijt van kreeg. Het was al erg genoeg wanneer andere kinderen de spot met hem dreven, maar die kon hij tenminste terugpakken, of hij kon erom lachen. In het geval van een leraar was dat veel moeilijker.

Dus wendde hij zich af en liep de gymzaal uit. Halverwege de deur hoorde hij dat er iemand achter hem aan kwam rennen, en vrijwel onmiddellijk voelde hij een hand op zijn arm. Hij kromp ineen en trok zijn schouders op, plotseling bang dat de hondenkoppen alsnog hadden weten binnen te komen. Maar het was een meisje. Een meisje dat hij niet kende, met knalroze haar.

'Ben jij Arthur Penhaligon?' vroeg ze terwijl de rest van de groep begon te lachen en te gniffelen vanwege de manier waarop hij in elkaar was gedoken.

'Ja.'

'Lover heeft me een e-mail gestuurd, en ze vroeg of ik die aan jou wilde geven.' Ze gaf hem een opgevouwen stuk papier. Arthur pakte het aan, zonder op het fluitconcert van de jongens achter haar te reageren.

'Let maar niet op dat stel idioten,' zei het meisje luid en duidelijk. Ze schonk Arthur een glimlach en rende toen terug naar haar eigen groepje, bestaande uit lange, verveeld ogende meisjes.

Arthur stopte het stuk papier in zijn zak en verliet met gloeiende wangen de gymzaal. Hij wist niet goed waardoor hij zich meer in verlegenheid gebracht voelde; door de opmerking van Welter om uit zijn neus te gaan vreten, of door het feit dat hij een briefje had gekregen van een meisje, voor het oog van de rest van de klas.

Hij zocht zijn toevlucht in de bibliotheek. Nadat hij de bibliothecaresse had uitgelegd dat hij niet met de veldloop hoefde mee te doen en haar het briefje van zijn moeder had laten zien, keek hij aandachtig om zich heen en besloot aan een van de bureaus op de tweede verdieping te gaan zitten, naast een raam dat uitkeek op de voorkant van de school en de straat.

Het eerste wat hij deed, was een muur van dikke naslagwerken om zich heen bouwen, zodat hij als het ware in zijn eigen hokje zat. Tenzij iemand achter hem kwam staan en meekeek over zijn schouder, zou niemand kunnen zien wat hij las.

Toen haalde hij de Sleutel en de Atlas uit zijn tas en legde ze naast het briefje van Lover op het bureau. Terwijl hij dat deed, ving hij vanuit zijn ooghoek een flits van beweging op. Hij keek uit het raam, en zoals hij al had verwacht, zag hij beneden zich de hondenkoppen. Ze kwamen tussen de bomen en de geparkeerde auto's te voorschijn en gingen onder zijn raam naar boven staan staren. Blijkbaar wisten ze precies waar hij was.

Arthur had gehoopt dat hij zich veiliger zou voelen wanneer hij hen kon zien; wanneer hij wist waar ze waren. Dat hij zich dapperder zou voelen door het feit dat hij zich voor het raam had laten zien. Maar dat was niet zo. Er ging een huivering door hem heen toen ze zich samenvoegden tot een meute; een meute die zwijgend omhoog bleef staren, naar hem! Tot op dat moment had hij nog nergens vleugels ontdekt, zoals bij de hondenkop die de vorige nacht voor zijn raam had gezweefd. Maar dat was misschien slechts een kwestie van tijd.

Zichzelf dwingend zijn blik af te wenden, stelde hij zich voor dat hij een witte muis was, die zijn blik losrukte van een cobra. En dat hij kon ontsnappen zodra hij dat eenmaal had gedaan.

Hij voelde een dringend verlangen om zijn toevlucht te zoeken in de dieper gelegen gedeelten van de bibliotheek; om zich te verbergen tussen de veilige stapels boeken. Maar daar zou hij niets mee opschieten, wist hij. Hier wist hij tenminste waar de hondenkoppen waren. Wát ze waren, dat was weer een andere vraag; een van de vele vragen die Arthur in gedachten op een lijstje had gezet.

Toen vouwde hij de uitdraai open van de e-mail van Lover.

Aan: suikerspin5@hotmail.com
Van: milprepteam20 afd.gevaarlijke stoffen

Hallo Allie,
Dit briefje komt niet van het leger, maar van mij, Lover. wil je de
boodschap hieronder doorgeven aan Arthur Penhaligon? dat is die
jongen die afgelopen maandag bij de veldloop van zijn stokje ging.
tamelijk dun + bleek, ongeveer net zo lang als ed, net zulk haar als
ben kragt. erg belangrijk dat hij dit krijgt. sorry, grote haast. bedankt.
Lover

hallo art,
sorry dat we niet meer bij je zijn gew. in ziekenhuis. ed dinsnacht
ziek, en daarna mama, papa en tante mango (niet echte naam). ik
ben niet ziek, maar ons huis in quarantaine. stikt hier v.d. legerdok-
ters. in beschermende pakken. ziet er eng uit, net varkenskoppen.
denken nieuw soort griep, injecties HELPEN NIET. niemand al
echt erg ziek, maar wanneer ik in de buurt kom van ed of anderen,
ruik ik zelfde braakverwekkende lucht die de HONDENKOPPEN
hadden. het lijkt wel alsof het met elkaar te maken heeft. maar de
dokters kunnen het niet ruiken, want ze zijn in hun pakken. ed en
papa en mama ruiken ook niets, maar dat is niet verbazend met al
dat snot in hun neus. dokters hebben machine die voor hen ruikt,
en ze zeggen dat alles in orde is, maar dat IS HET NIET! niemand
gelooft me.
ik denk virus van hondenkoppen. IK HOOP ECHT dat je ze kunt
zien. je moet erachter zien te komen wat er aan de hand is. IK
REKEN OP JE.
politie heeft net de tel. afgesneden. ik denk bang voor algehele
paniek. deze boodschap via een laptop die ik van een van de doktoren heb GESTOLEN. zal niet lang duren of ze komen erachter.
kben bang

5

Arthur staarde naar die laatste woorden: kben bang. Tenslotte vouwde hij huiverend het papiertje dicht en stopte het weer in zijn zak. Hij voelde dat zijn ademhaling opnieuw begon te haperen en concentreerde zich op een gelijkmatig, rustig ritme. Langzaam inademen, vasthouden, langzaam uitademen. Maar ondertussen dacht hij koortsachtig na. Het was zelfs nog erger dan hij had gedacht.

Alle angsten die hij onder controle had weten te houden, dreigden naar de oppervlakte te komen, zodat hij in paniek zou raken. Het was de oude angst voor een nieuwe uitbraak. En een nieuwe angst, voor de hondenkoppen en Meneer Maandag, en zelfs voor de Sleutel.

Rustig blijven ademhalen, dacht Arthur. *En goed nadenken.*

Waarom had hij de Sleutel gekregen... en de Atlas? Wie... of wat... waren Meneer Maandag en de hondenkoppen? Hadden ze inderdaad iets te maken met deze plotselinge uitbraak van een influenzasoort die bestendig was tegen alle bekende medicijnen? Was het wel een uitbraak? Of was het misschien alleen de familie van Ed en Lover...

Arthur keek opnieuw uit het raam naar de hondenkoppen die daar stonden, en hij raakte toevallig de Sleutel en de Atlas aan die nog altijd op het bureau lagen. Toen hij dat deed, voelde hij een venijnige, elektrische schok, en de Atlas sloeg met een klap open, zodat Arthur zich doodschrok. Precies zoals dat al eerder was gebeurd, begon de Atlas te groeien, tot hij bijna de hele ruimte vulde binnen de borstwering van naslagwerken.

Deze keer viel de Atlas niet open bij de afbeelding van het Huis. In plaats daarvan verscheen er vliegensvlug een tekening van een van de hondenkoppen, zij het zonder bolhoed, smerig overhemd en ouderwets, zwart pak. De hondenkop in de Atlas was gehuld in een soort zak, maar het gezicht liet geen ruimte voor misverstanden.

Naast de tekening verschenen woorden, geschreven door een onzichtbare hand. De woorden waren in een vreemd alfabet dat Arthur niet herkende, laat staan dat hij het kon lezen, maar voor zijn verbaasde ogen zag hij hoe de letters veranderden in letters uit zijn eigen alfabet en zich herschikten tot woorden die hij wél kon lezen, hoewel het handschrift er nog altijd merkwaardig en ouderwets uitzag. Af en toe viel er een inktvlek op een woord, die vervolgens haastig werd weggeveegd. Toen er tenslotte geen nieuwe woorden meer bij kwamen, begon Arthur te lezen.

Het Huis werd gebouwd uit het Niets, en de fundering rust op het Niets. Maar omdat het Niets voor altijd is en het Huis eeuwigdurend, zinkt de fundering langzaam weg in het Niets waaruit het Huis werd gewrocht, zodat het Niets bezit neemt van het Huis. In de diepste kelders, riolen en onderaardse kerkers van het Huis is het mogelijk contact te zoeken met het Niets en dat met de kracht van gedachten vorm te geven, op voorwaarde dat dergelijke gedachten sterk genoeg zijn. Hoewel verboden – zij het niet bij wet – is het te vaak beproefd door wie beter zou moeten weten, ook al staat het niet gelijk aan het hoogverraad van contact zoeken met de Nietslingen, de eigenzinnige wezens die af en toe uit het Niets naar boven komen, zonder zich ook maar iets aan Tijd of rede gelegen te laten liggen.

Een typisch voorbeeld van het vormgegeven Niets is de Apporteur, zie de illustratie. Een Apporteur is een wezen van een uiterst lage graad, doorgaans gevormd voor een speciaal doel. Hoewel het in strijd is met de Oudste Wet, worden deze schepselen tegenwoordig vaak belast met de laagste taken buiten het Huis zelf, in de Lagere Domeinen. Ze zijn namelijk buitengewoon duurzaam en minder schadelijk voor het sterfelijke leven dan de meeste schepselen van het Niets (of die van de hogere ordes binnen het Huis). De Apporteurs worden echter gehinderd door bepaalde beperkingen, zoals een onvermogen om ongenood drempels over te steken. Ze kunnen bovendien gemakkelijk worden verjaagd met zout of talloze vormen van lage magie.

Misschien een op de miljoen Apporteurs vindt uiteindelijk verlichting, of wordt deze verleend, zodat hij stijgt naar een hogere status die hem in staat stelt werkzaamheden binnen het Huis te verrichten. Het merendeel wordt echter teruggestuurd naar het Niets waaruit ze zijn voortgekomen zodra hun taak is gedaan.

Het is beslist af te raden Apporteurs uit te rusten met vleugels of wapens, en ze moeten te allen tijde met strakke hand worden geleid.

Arthur dacht opnieuw aan dat gruwelijke wezen voor het raam, met zijn gezicht tegen het glas gedrukt, wild klapperend met zijn vleugels. Blijkbaar had iemand dat laatste advies genegeerd en de Apporteur vleugels gegeven. Het zou Arthur niet verbazen als degenen die buiten op hem stonden te wachten ook over wapens beschikten, hoewel hij er nauwelijks over durfde na te denken wat dat voor wapens zouden kunnen zijn.

Arthur probeerde de bladzijde van de Atlas om te slaan, benieuwd of deze nog meer informatie bevatte, maar hij slaagde er niet in. Het boek telde nog veel meer bladzijden, maar het leek wel alsof ze tot één blok waren gelijmd. Arthur kon er zelfs geen nagel tussen krijgen.

Hij gaf het op en keek weer uit het raam. Tot zijn verrassing zag hij dat de Apporteurs zich hadden verplaatst in de korte tijd dat hij de Atlas had geraadpleegd. Ze hadden een kring op de weg gevormd en keken zonder uitzondering omhoog. Enkele auto's hadden zich gedwongen gezien te stoppen, maar het was duidelijk dat de bestuurders niet wisten wat hun de weg versperde. Ondanks de afstand en het dubbele glas kon Arthur een van hen horen vloeken en tieren. 'Haal dat stuk schroot hier weg! Ik heb niet de hele dag de tijd!'

De Apporteurs keken omhoog naar de hemel. Arthur volgde hun blikken, maar hij zag niets. En eigenlijk wílde hij ook niets zien, want de angst binnen in hem groeide.

Niet kijken, zei een stemmetje in zijn hoofd. *Als je de problemen niet ziet, bestaan ze ook niet.*

Maar ze bestaan wél, dacht Arthur, vechtend tegen zijn angst. *Langzaam blijven ademhalen. Je moet je angsten onder ogen zien. Je moet ermee afrekenen.*

Hij bleef kijken, tot er net boven de kring van hondenkoppen een vurig wit licht flitste. Daarop sloot hij zijn ogen, en hij schermde zijn gezicht af met zijn arm. Toen hij tenslotte weer opkeek, dansten er zwarte vlekken voor zijn ogen, en het duurde even voordat hij weer helder kon zien.

De lege ruimte in het midden van de kring was inmiddels niet meer leeg. Er was een man verschenen. Hoewel, het was niet echt een man. Uit zijn schouders groeiden reusachtige, ragdunne vleugels.

Arthur knipperde een paar keer met zijn ogen, in de hoop daardoor scherper te zien. De vleugels waren wit – althans, dat waren ze ooit geweest – maar ze zaten onder de donkere vlekken van iets wat er niet prettig uitzag. Tenslotte klapten ze dicht, achter de rug van de raadselachtige figuur, en het volgende moment waren ze verdwenen en stond er een buitengewoon knappe – en buitengewoon lange – man van een jaar of dertig in de kring. Hij droeg een wit overhemd, waarvan de puntige boord langs zijn kin schuurde, een rode das en een goudkleurig vest, met daaroverheen een flessengroene jas, een geelbruine broek en glimmend gepoetste bruine laarzen – een combinatie die al meer dan honderdvijftig jaar uit de mode was.

'O hemel!' klonk een stem achter Arthur. 'Dat is nou precies zoals ik me Mister Darcy uit *Sense and Sensibility* altijd heb voorgesteld. Het is vast een acteur! Maar waarom heeft hij dat kostuum aan?'

Het was de bibliothecaresse, mevrouw Stol. Ze was zachtjes achter Arthur komen staan toen deze even niet had opgelet.

50

'En wie zijn die vreemde mannen in die zwarte pakken?' vervolgde mevrouw Stol. 'Dat kan toch niet hun echte gezicht zijn! Maken ze soms opnamen voor een film?'

'Kunt u de hondenkoppen zien?' riep Arthur verbaasd uit. 'Ik bedoel de Apporteurs?'

'Ja...' antwoordde de bibliothecaresse afwezig, nog altijd uit het raam starend. 'Hoewel... nu je het zegt, ik geloof dat ik nodig mijn ogen weer eens moet laten controleren. Volgens mij zijn mijn lenzen niet goed meer, want ik zie die vreemde mannen nogal wazig.'

Ze draaide zich om en keek naar Arthur en zijn borstwering van boeken.

'Jou kan ik daarentegen heel goed zien, jongeman! Wat doe je met al die boeken? En wat is dat?'

Ze wees naar de Atlas.

'Niets!' riep Arthur uit. Hij klapte de Atlas dicht en liet de Sleutel los. Dat had hij beter niet kunnen doen, want de Atlas kromp onmiddellijk weer tot zakformaat.

'Hoe deed je dat?' vroeg mevrouw Stol.

'Dat... dat kan ik niet uitleggen,' zei Arthur gejaagd. Hij had hier geen tijd voor. De knappe man kwam naar de bibliotheek gelopen, met de Apporteurs in zijn kielzog. Hij leek een beetje op Meneer Maandag, zij het dat hij veel energieker was. Bovendien betwijfelde Arthur of de beperkingen die voor de Apporteurs golden – zoals hun onvermogen ongevraagd een drempel over te steken – ook op hem van toepassing waren.

'Hebt u hier misschien zout?' vroeg hij nerveus.

'Wat?' Mevrouw Stol keek opnieuw uit het raam en streek haar haar glad. Er was een wazige, dromerige blik in haar ogen verschenen. 'Hij komt de bibliotheek binnen!'

Arthur greep de Atlas en de Sleutel en stopte ze in zijn rugzak. Ze gloeiden terwijl hij ze wegborg en wierpen vluchtig een zachte, gele gloed op het gezicht van mevrouw Stol.

'Zeg alstublieft niet dat ik hier ben!' zei hij bezwerend. 'Dat mag u hem niet vertellen!'

Of de angst in zijn stem óf de vluchtige gloed van de Atlas en de Sleutel had haar aandacht getrokken, want mevrouw Stol zag er plotseling niet meer zo dromerig uit.

'Ik weet niet wat hier aan de hand is, maar het bevalt me helemaal niet,' zei ze nijdig. 'Niemand komt mijn bibliotheek binnen zonder mijn toestemming! Verstop je achter de kast Dierkunde, Arthur. Ik reken wel met deze persoon af!'

Dat liet Arthur zich geen twee keer zeggen. Zo snel als hij durfde, haastte hij zich weg van het raam, het doolhof van bibliotheekkasten in. Hij voelde dat zijn longen hun soepelheid verloren en weer op slot dreigden te gaan. De spanning en de angst waren funest voor zijn astma, en hij voelde dat er een aanval zat aan te komen.

Achter de kast met boeken over dierkunde bleef hij staan, en hij liet zich op zijn hurken zakken, zodat hij tussen twee planken door naar de voordeur kon kijken, waar mevrouw Stol de wacht had betrokken bij de uitleenbalie. Ze had een scanner in haar hand en was driftig bezig boeken in te nemen. De scanner piepte om de paar seconden wanneer het infrarode oog een streepjescode registreerde.

Arthur probeerde langzaam te ademen. Misschien kón de knappe man helemaal niet binnenkomen. Als hij buiten aan de voorkant bleef wachten, kon Arthur ontsnappen via de personeelsingang die hij aan de achterkant had ontdekt.

Op dat moment viel er een schaduw over de deur. Arthurs ademhaling haperde, en even dacht hij dat hij helemaal geen lucht meer kon krijgen, maar het was slechts een moment van paniek. Terwijl hij zijn longen vol lucht zoog, bleef de knappe man voor de deur staan.

Hij strekte zijn arm uit en duwde met zijn wit geschoeide hand de deur open. Heel even had Arthur nog de hoop dat hij de drempel niet kon oversteken, maar toen stapte de man de bibliotheek binnen. Terwijl hij dat deed, begon het bewakingspoortje klaaglijk te piepen, en de groene lichtjes op de bovenkant gingen uit.

Mevrouw Stol schoot vliegensvlug achter haar balie vandaan. 'Dit is een schoolbibliotheek,' zei ze ijzig. 'Bezoekers dienen zich eerst bij de receptie te melden.'

'Mijn naam is Noen,' zei de man. Met zijn diepe, muzikale stem klonk hij als een beroemd acteur. Een willekeurige, beroemde acteur met een volmaakte dictie. 'Ik ben privé-secretaris van Meneer Maandag, tevens drager van zijn beker. En ik ben op zoek naar een jongen die Ar-tor heet.'

Hij had een zilveren tong, zag Arthur. Letterlijk van zilver, dat glansde in zijn mond. Ook zijn woorden waren glad en glanzend. Arthur moest zich bedwingen om niet te voorschijn te komen en te roepen: 'Ik ben hier!'

Het was duidelijk dat mevrouw Stol een soortgelijke neiging had. Arthur zag dat er een huivering door haar heen ging terwijl ze haar hand ophief, alsof ze op het punt stond te wijzen waar hij zich had verstopt. Maar op de een of andere manier slaagde ze erin zich tegen die neiging te verzetten.

'Ik... dat kan me niet schelen,' zei mevrouw Stol. Ze leek ineens veel kleiner, haar stem zwakker. 'U... u moet zich melden...'

'Werkelijk?' vroeg Noen. 'Kunt u me niet een paar woorden toestaan...'

'Nee, echt niet,' fluisterde mevrouw Stol.

'Wat jammer nou,' zei Noen. Zijn stem werd killer en kreeg een dreigende, autoritaire klank. Hij glimlachte, maar het was een wrede glimlach, die niet verder kwam dan zijn dunne lippen. Hij ging met een van de geschoeide vingers over de bovenkant van een stelling met boeken en hield de vinger toen omhoog naar mevrouw Stol. De witte handschoen zat onder het grijze stof.

De bibliothecaresse staarde naar zijn vinger als naar het lampje van haar oogarts.

'Het is tijd voor de grote schoonmaak.' Noen blies op het stof, en er belandde een wolkje op het gezicht van mevrouw Stol. Ze knipperde met haar ogen, niesde twee keer en viel op de grond.

Vervuld van afschuw keek Arthur toe terwijl Noen zorgvuldig over het lichaam van de bibliothecaresse heen stapte en met grote passen langs de uitleenbalie liep. Heel even dacht Arthur dat mevrouw Stol dood was, tot hij zag dat ze probeerde zich op te richten.

'Ar-tor,' riep Noen zacht. Zijn zilveren tong glinsterde in zijn mond. Hij was net voorbij de balie blijven staan en keek wantrouwend naar de kasten vol met boeken. 'Ar-tor, kom te voorschijn. Ik wil alleen maar met je praten.'

Het was een gebiedende stem, en opnieuw voelde Arthur de drang om zich bekend te maken, om te voorschijn te komen. Maar hij was zich ook bewust van de kracht van de Sleutel en de Atlas in zijn rugzak, die zich daartegen verzetten. Een kracht als een sussende vibratie, als het spinnen van een jong poesje, die de woorden van Noen neutraliseerde. Arthur gespte de tas open, haalde de Sleutel te voorschijn en stopte de Atlas in het borstzakje van zijn overhemd. Er ging een enorme troost vanuit, en Arthur merkte zelfs dat hij gemakkelijker ademhaalde.

'Ar-tor!'

Noen fronste zijn wenkbrauwen, waardoor zijn knappe gezicht even erg lelijk werd. Toen strekte hij zijn wit geschoeide hand uit en hij maakte een klein kastje open, dat van het ene op het andere moment in de lucht vóór hem was verschenen. Er stond een telefoon in. Een erg ouderwetse telefoon, met een afzonderlijk oorstuk aan een koord en een mondstuk om in te praten.

'Meneer Maandag,' zei Noen in het mondstuk.

Arthur hoorde een stem aan de andere kant van de lijn.

'Dit gaat om een officiële kwestie, idioot!' snauwde Noen. 'Wat is je naam en je nummer?'

Nog meer gemompel aan de andere kant. Noen fronste opnieuw zijn wenkbrauwen, toen hing hij langzaam en doelbewust het oorstuk op, wachtte even en pakte het weer op.

'Met de telefoniste? Meneer Maandag, graag. Ja, onmiddellijk. Ja, ik weet waar ik vandaan bel! U spreekt met Maandags Noen. Dank u wel.' Het werd even stil terwijl hij met Meneer Maandag werd doorverbonden. 'Heer? Ik heb de knaap in de val zitten.'

Arthur hoorde duidelijk dat Meneer Maandag gaapte voordat hij antwoord gaf. Zijn stem kwam niet alleen uit het oorstuk, maar schalde door de hele bibliotheek.

'Heb je de Grote Wijzer? Hij moet onmiddellijk bij me worden teruggebracht!'

'Nog niet, heer,' antwoordde Noen. 'De knaap verbergt zich in een... bibliotheek.'

'Het kan me niet schelen waar hij zich verbergt!' schreeuwde Maandag. 'Zorg dat ik de Sleutel krijg!'

'Hij zit in een bibliotheek, heer,' zei Noen geduldig. 'Dus het is hier vol met letters, woorden, tekst. Het zou heel goed kunnen dat de Wil hier ook is...'

'De Wil! De Wil! Ik heb zo genoeg van dit soort praatjes! Doe wat je moet doen. Je hebt absolute volmacht. Gebruik die dan ook!'

'Dat moet ik zwart-op-wit hebben, heer,' zei Noen kalm. 'De Morgen Dagen...'

Er klonk een geluid dat het midden hield tussen een geeuw en een snauw, toen vloog een strak opgerold stuk papier uit het oorstuk. Noen dook vliegensvlug opzij – zo snel dat Arthur het nauwelijks zag gebeuren – en terwijl de rol voorbijschoot, plukte Noen deze met zijn vrije hand uit de lucht.

'Dank u, heer,' zei hij en zweeg. Er kwam geen antwoord. Aan de andere kant van de lijn klonk alleen een langgerekt gesnurk.

Noen hing de telefoon op en deed zorgvuldig het kastje dicht. Terwijl het deurtje in het slot viel, verdween het kastje in het niets.

Noen rolde het papier af en las wat erop stond. Vluchtig gleed er een glimlach over zijn gezicht, en een rode gloed flitste kortstondig in zijn ogen. 'Dit is je laatste kans om te voorschijn te komen,' zei Noen luchtig. 'Ik kan ook de Apporteurs naar binnen halen. Die hebben je in een oogwenk opgespoord, Ar-tor.'

Arthur zei niets, terwijl Noen afwachtend met de rol papier tegen zijn dijbeen sloeg. Achter hem trok mevrouw Stol zich op aan de balie, en ze greep de telefoon. In paniek keek Arthur toe, niet wetend wat hij moest doen. Moest hij mevrouw Stol helpen? Moest hij zich overgeven? Misschien zouden ze hem verder met rust laten als hij Noen de Sleutel gaf.

Mevrouw Stols hand beefde zo dat ze de telefoon amper kon vasthouden. Ondanks dat begon ze een nummer in te toetsen. Toen hij het gepiep van de toetsen hoorde, draaide Noen zich met een ruk om. Op zijn rug en boven zijn hoofd en zijn schouders waaierden zijn vleugels uit. Reusachtige vleugels van zachte veren die ooit stralend wit waren geweest, maar nu onder de vlekken zaten. Donkere vlekken van iets verschrikkelijks, iets dat heel goed opgedroogd bloed zou kunnen zijn.

Noens vleugels wierpen een gruwelijke schaduw over de bibliothecaresse terwijl hij zijn hand uitstak en zijn vingers boog. Er verscheen een vlammend zwaard in zijn vuist, en hij haalde ermee uit naar de telefoon. De vlammende kling deed het apparaat in een oogwenk smelten en de papieren op de balie stonden van het ene op het andere moment in lichterlaaie. Mevrouw Stol deinsde wankelend achteruit en sloeg vlak bij de deur tegen de grond terwijl rookwolken naar het plafond stegen.

'Zo is het genoeg!' Noen liep met grote stappen naar de voordeur – zijn vleugels nog altijd uitgewaaierd – en deed deze open. 'Treedt binnen, mijn Apporteurs! Treedt binnen en vindt de knaap. Treedt binnen en vindt Ar-tor!'

6

Zwarte rook rolde langs het plafond. Buiten begon een brandalarm oorverdovend te rinkelen, een seconde later gevolgd door de korte stoten van de evacuatiesirene. Begeleid door dat kabaal stormden de Apporteurs als een woeste meute de bibliotheek binnen, blaffend van opwinding omdat ze binnen werden genodigd.

Noen wees naar de boekenkasten, en de Apporteurs stortten zich naar voren, velen diep gebogen, zodat ze de grond konden besnuffelen. Hun tong hing uit hun mond, en ze trokken met hun platte neuzen, snuivend of ze hun prooi al konden ruiken. Hun prooi. Arthur.

Maar Arthur had hun komst niet afgewacht. In plaats daarvan stond hij al bij de achterdeur. Deze zat op slot, maar de knop waarmee het slot in geval van nood kon worden geopend bevond zich in een glazen hokje, beplakt met waarschuwingssymbolen en tekenen die duidelijk maakten dat de knop alleen mocht worden gebruikt in geval van brand.

En er was brand! Arthur sloeg met zijn rugzak tegen het kleine hokje en verbrijzelde het glas. Het brak in kleine brokjes in plaats van splinters. Toen reikte hij met zijn linkerhand naar binnen en drukte op de knop, want in zijn rechterhand hield hij de Sleutel, en die wilde hij niet loslaten. Op de een of andere manier kon hij dankzij die Sleutel beter ademhalen, en op dit moment was het van levensbelang om zijn ademhaling onder controle te houden. Achter zich hoorde hij de Apporteurs, grommend en grauwend terwijl ze door de gangen tussen de kasten renden en bleven staan bij elke kruising van het speciale nummeringssysteem zoals dat in bibliotheken werd gebruikt, om te snuffelen welke kant ze uit moesten.

Er gebeurde helemaal niets nadat Arthur op de knop had gedrukt. Zijn hand beefde toen hij het opnieuw probeerde. Het kostte hem geen enkele moeite om de knop in te drukken, maar de deur ging niet open. Arthur gaf een harde schop tegen de deur, maar nog steeds was er geen beweging in te krijgen. Hij schopte opnieuw, en op hetzelfde moment kroop er een rode vlam langs de deurlijst. Dezelfde rijke, diepe kleur rood als van Noens vlammende zwaard.

'De achterdeur, mijn Apporteurs! Ar-tor probeert via de achterdeur te ontsnappen!'

Noens stem schalde boven het brandalarm, de sirene en het geblaf van de Apporteurs uit. Arthur besefte onmiddellijk dat Noen zijn vermogens moest hebben gebruikt om de deur te verzegelen. Maar Arthur had zijn eigen magie. Althans, hij had iets wat macht bezat, ook al wist hij niet goed wat het was of hoe hij het moest gebruiken.

De Sleutel.

Hij raakte de deur aan met de punt van de grote wijzer en riep: 'Deur, ga open!'

Een flits van helder wit licht, een plotselinge hitte op zijn gezicht, toen vlogen de twee helften van de dubbele deur open, en een nieuw alarm voegde zich bij de jammerende kakofonie. Arthur rende naar buiten, naar de brandtrap, en sprong de eerste twee treden af. Toen bleef hij met een ruk staan, draaide zich vliegensvlug om en rende terug. Hij moest de deur achter zich verzegelen, anders zouden de Apporteurs achter hem aan komen en hem te pakken krijgen. Hij had echter al een paar kostbare seconden verspild. Zou hij nog wel op tijd zijn?

Hij wierp zich tegen de dubbele deur en drukte deze dicht, net op het moment dat twee Apporteurs zich op de opening stortten. Arthur werd naar achteren geslingerd, de deuren begonnen weer open te gaan, en de Apporteurs jankten en staken grauwend hun handen naar hem uit. Arthur voelde dat vingers aan zijn overhemd trokken. De knopen vlogen in het rond, maar hij maaide wild om zich heen met de Sleutel, en de Apporteurs lieten los, onder het slaken van hoge, gruwelijke kreten.

Arthur smeet de deuren weer dicht, haalde de Sleutel er in een woest gebaar overheen en riep: 'Dicht! Op slot!'

Of het nu kwam door het gebaar of de woorden, de deuren bleven dicht, hoewel Arthur kon horen hoe de Apporteurs zich er aan de andere kant woest tegenaan gooiden. Hij bleef echter niet wachten, want Arthur wist dat Noen zich door geen deur zou laten tegenhouden.

Hij had nog maar net de smalle steeg tussen de bibliotheek en de eetzaal bereikt, toen zich boven hem een explosie voordeed. Arthur liet zich op zijn hurken zakken en keek achterom, terwijl vlammen in alle richtingen schoten en deuren boven zijn hoofd door de lucht vlogen, recht op het gebouw voor de exacte vakken af, zo'n vijfhonderd meter verderop. Noen kwam naar buiten en begon de brandtrap af te dalen terwijl zwarte rook zich boven zijn hoofd kronkelde. De Apporteurs om hem heen maakten zich zo klein mogelijk. Ze zagen er meer uit als halfmenselijke honden dan als mensen. Hun zwarte pakken waren gerafeld, hun bolhoeden waren ze kwijtgeraakt in de brandende bibliotheek.

Arthur draaide zich om en zette het weer op een rennen. Hij had echter nog maar een paar meter gelopen toen hij boven zijn hoofd het

zuigende geluid en de gelijkmatige cadans hoorde van reusachtige vleugels. Er viel een koele schaduw over hem heen, en het volgende moment
landde Noen vlak vóór hem. Hij had zijn vleugels gespreid, in zijn hand
hield hij opnieuw het vlammende zwaard, en het was recht op Arthurs
keel gericht.

'Geef me de Sleutel,' commandeerde Noen kalm.

'Nee,' fluisterde Arthur. 'Ik heb hem gekregen.'

'Dat was een vergissing, dwaas die je bent.' Noen keek door het raam
naar de zon en fronste zijn wenkbrauwen. 'Geef hem aan mij, met de
ronde kant naar voren. Ik heb niet de hele dag de tijd.'

Iets in de frons en in de manier waarop hij die laatste woorden zei,
bracht Arthur op een idee. Hij sloeg zijn ogen neer, zogenaamd alsof hij
overwoog de Sleutel af te staan. In werkelijkheid wierp hij echter tersluiks een blik op zijn horloge. Het was één minuut voor één.

'Ik weet het niet,' mompelde Arthur, wanhopig om zich heen kijkend.
Achter zich hoorde hij de Apporteurs naderen, en het vlammende
zwaard bevond zich zo vlak voor hem dat hij ineenkromp van de hitte.
Zweet droop langs zijn gezicht en prikte in zijn ogen. Maar hij kon
tenminste ademhalen, ook al wist hij bijna zeker dat daar een eind aan
zou komen zodra hij de Sleutel uit handen gaf.

'Geef me de Sleutel!'

'Kom hem maar halen!' Arthur draaide in het rond als een discuswer-
per, slingerde de Sleutel de steeg door naar de dichtstbijzijnde deur, en
zichzelf erachteraan.

Toen hij het op een rennen zette, raakte het uiterste puntje van het
vlammende zwaard hem in zijn linkerarm. Een felle pijn trok van zijn
schouder naar zijn elleboog. Zijn longen waren op slot gegaan op het
moment dat hij de Sleutel losliet, en plotseling kon hij geen lucht meer
krijgen, zodat hij bang was dat hij het nog geen paar stappen zou volhouden.

Hij had verwacht dat de Sleutel zou afketsen op de deur en dat hij
hem van de grond zou kunnen rapen, maar de wijzer had zich als een
dolk recht in de papierdunne kloof geboord tussen de deur en de muur.
Dus Arthur stortte zich tegen de deur, en opnieuw werd hij voor een
verrassing geplaatst. Anders dan hij had verwacht, zat de deur niet op
slot. Dus in plaats van een terugslag, waardoor hij achteruit zou zijn
geslingerd, recht naar Noens vlammende zwaard, schoot hij dwars door
de deuropening. Hij belandde op de grond en rolde nog een paar keer
door. Zijn gespreide vingers vonden de Sleutel en sloten zich er krampachtig omheen, zo strak als ze konden. Met de Sleutel opnieuw in handen voelde hij dankbaar dat hij weer lucht kreeg, en de brandende pijn

in zijn arm ebde weg, tot het niet meer was een dof, zeurend gevoel.

'Die belachelijke capriolen van je dienen geen enkel doel,' zei Noen terwijl hij door de deuropening kwam. 'Geef me de Sleutel, en ik zal je de gelegenheid geven om te vluchten. Zo niet, dan hak ik je hand af om de Sleutel terug te krijgen.'

Arthur keek op zijn horloge. De secondewijzer was op weg naar de twaalf. Het was bijna één uur. Zijn horloge was heel nauwkeurig, en hij had het nog maar een week eerder precies gelijk gezet.

Langzaam begon hij de Sleutel los te laten, alsof hij deed wat Noen wilde. Terwijl hij losliet, voelde hij zijn longen weer verkrampen, en de brandende pijn in zijn arm terugkeren.

'Schiet op!' riep Noen. Hij hief zijn zwaard, en de vlammen laaiden nog vuriger, nog stralender op.

De secondewijzer stond op de elf. Arthur hield met een schok zijn adem in terwijl hij besefte dat hij op het punt stond om zijn hand – zijn *leven* – in te zetten op iets wat hij alleen maar gokte. De gok dat Noen alleen tussen twaalf en één uur in de middag hier in Arthurs wereld kon zijn.

'Nee!' Arthur greep de Sleutel weer vast, deinsde achteruit en sloot zijn ogen. Het laatste wat hij zag waren de ogen van Noen, vurig, bloedrood, en het vlammende zwaard dat neerdaalde, recht op zijn hand af.

Maar de pijn kwam niet. Toen Arthur zijn ogen weer opendeed, was de secondewijzer op zijn horloge de twaalf al gepasseerd, de kleine wijzer stond op de één, de grote op de twaalf. Van Maandags Noen was geen spoor meer te bekennen. De Apporteurs stonden kwijlend maar zwijgend in de steeg aan de andere kant van de deur. Op de grond, nauwelijks twee centimeter van Arthurs vingertoppen, liep een lijn van smeulende as. Hij keek ernaar en vroeg zich af hoe het mogelijk was dat Noen hem had gemist.

Het brandalarm schalde nog steeds, en ook de sirene produceerde nog altijd zijn gestage, korte stoten. In de verte hoorde Arthur andere sirenes naderen: brandweerauto's die zich verzamelden rond de school.

Hij stond langzaam op, keek om zich heen en ontdekte dat hij in het achterste gedeelte van de eetzaal stond, bij de personeels- en leveranciersingang van de keuken. De ruimte lag er verlaten bij, hoewel uit de gedeeltelijk bereide maaltijden, de ingrediënten die klaarstonden, de nog dampende pannen en de draaiende plateaus in de magnetrons bleek dat het keukenpersoneel net was vertrokken, in reactie op het evacuatie-alarm.

Arthur keek achterom naar de Apporteurs die aan de andere kant van de deuropening stonden. Ze hadden zich zwijgend in keurige rijen opgesteld. Op de een of andere manier hadden ze hun bolhoeden terug, en hun zwarte pakken waren gerepareerd. Het gevolg was dat ze er opnieuw meer uitzagen als erg lelijke mannen en minder als honden.

Een van hen stapte naar voren en deed zijn mond open, waarbij zijn grote hondentanden zichtbaar werden. Toen produceerde hij een merkwaardig grommend geluid. Een geluid dat zich bleef herhalen. Het duurde even voordat Arthur besefte dat het was bedoeld als lachen. Maar welke reden kon deze Apporteur hebben om te lachen?

Toen zag hij wat het schepsel tussen zijn korte, dikke vingers met de lange nagels hield. De Atlas! Arthurs hand schoot naar zijn overhemdzak. Daar hing alleen nog een losse reep stof. De zak was er afgescheurd. Dat moest in de bibliotheek zijn gebeurd, toen ze hem bijna te pakken hadden gekregen. Hij had ook een paar schrammen op zijn borst, waarvan hij niet eens had gemerkt dat hij die had opgelopen. Nu deden ze pijn. Maar minder pijn dan het verlies van de Atlas.

Op dat moment begonnen de Apporteurs allemáál te lachen, als je hun stijgende en dalende gegrom gelach kon noemen. Arthur deinsde achteruit voor de vlagen stinkende, misselijkmakende adem die met elke grauw uit hun mond kwamen. Het was duidelijk dat ze ervan overtuigd waren iets heel belangrijks te pakken te hebben; dat ze een overwinning hadden behaald.

Somber moest Arthur toegeven dat ze daarin gelijk hadden. Als hij er ooit achter wilde komen wat er aan de hand was, dan had hij de Atlas nodig. Dus hij moest zien dat hij het boek terugkreeg. Wat had er in de Atlas gestaan over de Apporteurs? Ze konden niet over drempels stappen...

Zout! Arthur draaide zich om naar de keukenplanken. Er moest hier zout zijn, waarschijnlijk zelfs in grote hoeveelheden. Het was tenslotte een bedrijfsmatige keuken. Hij rende de planken langs, met de Sleutel stevig in zijn ene hand terwijl hij met de andere zakken omkeerde en potten verschoof. Suiker, vier verschillende soorten meel, alle soorten kruiden, andere granen, gedroogde vruchten... zout! Daar was het, een grote tobbe gewoon zout en een kleine zak met bergzout.

Arthur aarzelde even, toen stak hij de Sleutel als een dolk tussen zijn riem en zijn broek. Zodra hij hem losliet, voelde hij zijn astma terugkeren. Het diepe ademhalen van een moment eerder was niet meer mogelijk. Toch voelde hij nog wel iets van het heilzame effect van de Sleutel, dus misschien was dichtbij beter dan helemaal niets.

Hij stopte de zak met bergzout in zijn rugzak, hing deze om zijn schouders, pakte de kuip gewoon zout en gooide het deksel opzij. De kuip was voor tweederde gevuld met fijn, wit zout. Arthur pakte de kuip met zijn linkerhand beet en nam met zijn rechter een handvol zout. Daarmee gewapend liep hij terug naar de deur, piepend en licht hijgend, maar klaar voor de strijd. Als hij hen kon verrassen en zout over de voorste gelederen kon gooien, zou hij misschien in staat zijn zich door de deuropening te storten en de Atlas te grijpen terwijl de Apporteurs... nou ja, wat het effect van het zout op hen ook mocht zijn.

Ergens in zijn achterhoofd sprong onmiddellijk een weifelende vraag op. Wat moest hij doen als het zout hen alleen maar nog woedender maakte en als ze hem vastgrepen zodra hij zich door de deuropening stortte, en hem aan stukken scheurden?

Arthur gaf geen antwoord op die vraag. In plaats daarvan concentreerde hij zich op maar één ding: het terugkrijgen van de Atlas. Wanneer hij die eenmaal had, kon hij zichzelf weer vragen gaan stellen.

Deze gedachten schoten door zijn hoofd toen hij het eind van de keukenplanken bereikte. Hij slikte, haalde zo diep mogelijk adem en stormde op de deuropening af, gooiend met zout en onder het slaken van een woeste kreet.

'Arrrrggghhh!'

7

Zout vloog uit zijn hand en daalde neer op de voorste Apporteurs. Er kwam onmiddellijk een eind aan hun gelach. Het ging over in gekef en verschrikte kreten. Op het moment dat het zout hen raakte, gilden de Apporteurs het uit, en ze vielen over elkaar heen in hun paniek om te ontsnappen. Het gevolg was een wirwar van wild maaiende armen en benen en van woede vertrokken gezichten, waardoor het Arthur nog gemakkelijker viel om de ene na de andere handvol zout over hen heen te gooien.

Het zout maakte een sissend geluid wanneer het de Apporteurs raakte. Zowel hun vlees als de zwarte stof van hun pakken smolt weg, alsof het zout het krachtigst denkbare zuur was. Zelfs een snufje zout dat een Apporteur raakte, begon al een kettingreactie waardoor het wezen binnen enkele seconden was gereduceerd tot een hoopje borrelend, akelig uitziend schuim.

Nadat Arthur zijn negende of tiende hand zout had gegooid, waren er geen Apporteurs meer te bekennen. Wat overbleef, waren veertien hoopjes — ongeveer zo groot als een wieldop — van kwalijk riekende smurrie die het midden hield tussen olifantenpoep en heet pek.

Arthur staarde naar de hoopjes terwijl het zout nog altijd tussen zijn vingers door stroomde. Hij voelde dat zijn longen nog meer verkrampten, dus hij trok de Sleutel tussen zijn riem vandaan. Zodra zijn vingers zich eromheen sloten, voelde hij zijn borst als het ware opengaan en zijn adem terugkeren, vrij en onbelemmerd. Hij was zich ervan bewust dat er nog altijd een astma-aanval loerde, maar deze werd door de vreemde macht van de Sleutel op een afstand gehouden.

De astma, wist hij, was een reactie op de schok van het effect dat het zout op de schepselen had, waardoor hij op een onaangename manier was herinnerd aan het zout dat hij op de bloedzuigers had gestrooid die zich tijdens een wandeltocht in de vorige zomer aan zijn benen hadden vastgezogen.

Bovendien vervulde het hem met afschuw en weerzin dat hij elk hoopje smurrie zou moeten inspecteren, op zoek naar de Atlas.

Er was echter geen denken aan dat hij de smurrie met zijn blote handen zou aanraken. Alleen door zijn mond ademend, duwde Arthur heel voorzichtig met de punt van zijn schoen tegen het dichtstbijzijnde hoopje. Zodra hij contact maakte, ging er een huivering door de weerzinwekkende substantie, waarop deze veranderde in een zuil van rook, net zo gitzwart en glimmend als de schoenen van zijn schooluniform. Arthur sprong naar achteren terwijl de rook een mistige miniatuurreplica vormde van de Apporteur. De kleine replica draaide een paar keer om zijn as... en verdween.

Even later gebeurde hetzelfde met de andere hoopjes. Terwijl Arthur wanhopig naar de overblijfselen schopte, ging ook het laatste hoopje smurrie op in een zuil kolkende rook.

Op het plaveisel van de steeg was geen spoor meer van de Apporteurs te bekennen. Waar hun gezouten overblijfselen ook naar toe waren verdwenen, ze hadden de Atlas met zich meegenomen.

Het brandalarm en de sirenes loeiden nog altijd op volle kracht, wat het Arthur niet gemakkelijker maakte om helder te denken. Bovendien hadden zich inmiddels diverse sirenes bij de oorspronkelijke herrie gevoegd, en Arthur besefte dat hij ook helikopters kon horen. Blijkbaar was de brand veel erger dan hij had gedacht.

Plotseling schoot hem mevrouw Stol te binnen. Ze had bewusteloos op de grond gelegen, in het voorste gedeelte van de bibliotheek! Hij was zo bang geweest en zo gretig om te ontsnappen aan Noen en de Apporteurs dat hij helemaal niet meer aan haar had gedacht. Maar hij moest de brandweerlieden vertellen dat ze nog binnen was!

Hij rende naar het begin van de steeg en keek omhoog. Zoals hij al had gevreesd, kolkten er reusachtige rookwolken uit de kapotte deuren, en zelfs uit het dak van de bibliotheek. Het vuur moest zich met een ongelooflijke snelheid hebben verspreid.

Arthur begon in de richting van de trap te lopen. Als de Sleutel hem hielp met ademen ondanks zijn astma, zou hij waarschijnlijk ook geen last hebben van de rook, redeneerde hij. Sterker nog, misschien zou de Sleutel hem zelfs beschermen tegen het vuur. Tenslotte had die de snijwond van Noens vlammende zwaard in een oogwenk genezen. Hij hoopte vurig dat hij gelijk had.

Binnen hoorde hij het diepe gebulder van de vlammen terwijl hij de trap op rende. Het was een gruwelijk, angstaanjagend geluid, dat nog erger leek door de lugubere, grillige gloed in schelle kleuren die de donkere rook deed oplichten.

Arthur had de bovenste tree bijna bereikt toen iets hem bij zijn enkel greep. Hij viel voorover, verloor even zijn greep op de Sleutel en voelde de gruwelijke hitte en een acute paniek toen zijn longen leken te worden samengedrukt in een dodelijke bankschroef. Toen sloten zijn vingers zich weer om de Sleutel, en de verkramping verdween. Met de Sleutel stevig in zijn hand probeerde hij zich om te draaien, klaar om uit te halen met de Sleutel, in de veronderstelling dat het een Apporteur was die hem bij zijn been had gegrepen.

Maar dat was niet zo. In plaats van een Apporteur zag Arthur een fel geel pak, een rode helm en een gezicht dat hij slechts vaag kon onderscheiden door de veiligheidsbril van de ademhalingsapparatuur van de brandweerman.

'Rustig maar! Ik heb je!' De stem van de brandweerman klonk ver en gesmoord. Hij slingerde Arthur over zijn schouder. Ondertussen kwamen andere brandweermannen langslopen, allemaal in brandwerende pakken met ademhalingsapparatuur. Sommigen droegen bijlen en brandblussers, anderen sleepten met slangen.

'Mevrouw Stol!' bracht Arthur hijgend en kuchend uit terwijl hij een voorbijkomende brandweerman aan zijn elleboog trok. Want het gezicht van zijn redder kon hij niet zien omdat hij over diens schouder hing. Door het kortstondige verlies van de Sleutel was er rook in zijn longen gekomen. Hij voelde dat ze geleidelijk aan weer schoner werden, maar blijkbaar had zelfs de Sleutel zijn tijd nodig. 'Ze ligt op de grond, bij de balie!'

De passerende brandweerman bleef staan. 'Wat?' bulderde hij, moeilijk verstaanbaar door zijn masker.

'De bibliothecaresse!' schreeuwde Arthur. 'Bij de balie.'

'We hebben haar al naar buiten gebracht!' antwoordde de brandweerman. 'Was er verder nog iemand binnen?'

'Nee.' Arthur wist zeker dat er verder niemand binnen was geweest. Tenzij iemand zich had verstopt tussen de boekenkasten, net zoals hij dat had gedaan. 'Tenminste, ik geloof het niet.'

'Het komt helemaal goed met je!' riep de brandweerman, toen was hij weer verdwenen in de rook en de vlammen.

Arthurs brandweerman droeg hem de trap af, de steeg door, waar het inmiddels wemelde van de brandweermannen met slangen en allerlei apparatuur, langs de zijkant van de bibliotheek naar de voorkant van de school. Daar waren zelfs nog meer brandweerlieden. Op straat stonden vier brandweerauto's, drie ziekenwagens, zes politieauto's... en daarachter een hele stoet bussen die er op de een of andere manier merkwaardig uitzagen. Het duurde even voordat Arthur besefte dat ze geen ramen hadden en volslagen ongemarkeerd waren.

De brandweerman bracht Arthur naar een gedeelte van het parkeerterrein waar al brancards klaarstonden. Hij legde hem op een van de brancards, sloeg hem op zijn schouder en glimlachte. Arthur glimlachte terug, nu pas beseffend dat het gezicht waar hij naar keek dat van een vrouw was. Het volgende moment was ze verdwenen, terug naar de brand.

De andere brancards waren leeg. Arthur vermoedde dat mevrouw Stol al naar het ziekenhuis was gebracht.

Hij ging op zijn rug op de brancard liggen en voelde zich plotseling verdwaasd en doodmoe. Het was ook allemaal zo snel gegaan. Hoewel hij de Sleutel stevig in zijn hand hield, drukte hij hem tegen zijn been, zodat niemand hem zou zien.

Bijna recht boven hem hingen drie helikopters aan de blauwe hemel. Hij veronderstelde dat ze van het televisienieuws waren, maar opeens schoot hij overeind...

Een van de helikopters was donkergroen. Het was helemaal geen televisiehelikopter, maar een toestel van het leger! De andere twee waren fel oranje en aan alle kanten beschilderd met grote zwarte Q's.

De Q van quarantaine.

Terwijl Arthur om zich heen keek, zag hij een paar ziekenbroeders op zich afkomen, gewapend met eerste-hulpkoffers die waren voorzien van een vuurrood kruis. Dat was normaal. Wat echter niet normaal was, waren de chemische beschermingspakken die ze droegen, compleet met soortgelijke ademhalingsapparatuur als de brandweer.

Arthur voelde hoe de angst die hij altijd bij zich droeg veranderde in werkelijkheid. Het was niet langer een knagende emotie die hij naar de achtergrond kon dringen. Het was echt!

Hij zag ook politiemensen in blauwe beschermende kleding en soldaten in camouflage-uitrusting die hen tevens beschermde tegen gevaarlijke stoffen. De soldaten waren bezig allerlei apparatuur op te stellen, inclusief mobiele ontsmettingsdouches. De politie zette het terrein rond de school af met quarantainetape en dirigeerde een groep kinderen – de laatste groep, vermoedde Arthur – vanuit de school naar de bussen zonder ramen.

De kinderen liepen zwijgend en terneergeslagen, zonder ook maar een zweem van de gebruikelijke drukte en de uitbundigheid waarmee een onderbreking in de routine doorgaans gepaard ging.

Arthur herkende alles wat er gebeurde. Hij was nog te jong om het in het echt te hebben meegemaakt, maar hij had veel documentaires gezien, en hij had boeken gelezen en foto's bekeken. Bovendien had Emily het er vaak met hem over gehad, om hem te helpen begrijpen wat er met zijn biologische ouders en de wereld was gebeurd.

De omgeving werd afgezet en onder quarantaine geplaatst. De school werd geïsoleerd en iedereen die zich daarin had bevonden werd afgevoerd naar een gesloten ziekenhuis. Dat betekende dat de autoriteiten tot de conclusie waren gekomen dat er sprake was van een uitbraak, waardoor de noodtoestand van kracht was geworden. Blijkbaar was de veronderstelling dat het virus afkomstig was uit de school, of dat de school een belangrijke bron van dragers was.

Het betekende ook dat sommige mensen al aan het onbekende virus moesten zijn gestorven. Arthur dacht aan de e-mail van Lover, en aan Ed. Als Lover gelijk had en de hondenkoppen... de Apporteurs hadden het virus meegebracht...

Arthur sloot zijn ogen en probeerde zich te herinneren wat hij in de Atlas over de Apporteurs had gelezen.

Ze zijn minder schadelijk voor het sterfelijk leven dan de meeste schepselen van het Niets...

Schadelijk betekende dat ze een bedreiging vormden; minder schadelijk wilde alleen maar zeggen dat ze minder erg waren dan sommige andere bedreigingen. Zoals een kleine aardbeving minder erg was dan een grote. Hoewel het niets uitmaakte als je er middenin zat. Waarschijnlijk hadden de Apporteurs inderdáád de een of andere verschrikkelijke ziekte meegebracht. Een ziekte waar zijn moeder ongetwijfeld mee aan het werk was, in een poging een vaccin of een remedie te vinden. Ze had echter geen schijn van kans wanneer de ziekte afkomstig was van een bron die buiten de wereld lag zoals zij die kenden.

Wat het virus ook was, misschien zouden alle beschermende en expansiebestrijdende maatregelen in Emily's lab er niet tegen opgewassen zijn. Dat betekende dat Arthur haar zou kunnen verliezen. Dat hij de enige moeder die hij ooit had gekend zou kwijtraken. En dan zou Bob het ongetwijfeld ook krijgen, en zijn broers en zusters...

'Is alles goed met je? Haal eens diep adem.'

Arthur deed zijn ogen open. Weer een beschermende bril en ademhalingsapparatuur, weer een vaag gezicht en een gesmoorde stem.

'Ja, alles is goed met me,' zei hij beverig. *Althans, lichamelijk,* kon hij niet nalaten te denken terwijl hij de paniek verdrong die dreigde hem te overweldigen.

Hij haalde diep adem, opnieuw verrast hoe gemakkelijk dat ging zolang hij de Sleutel in zijn hand hield.

'Heb je rook binnengekregen?'

Arthur schudde zijn hoofd.

'Heb je ergens brandwonden? Of pijn?'

'Nee, alles is goed met me,' zei Arthur. 'Echt waar. Ik was al buiten voordat de brand in volle hevigheid losbarstte.'

De broeder keek haastig in Arthurs ogen, zette het een of andere kleine, elektronische diagnoseapparaatje tegen zijn nek en controleerde de huid onder zijn gescheurde overhemd.

'Til je arm eens op. Wat is dat?'

'Dat is mijn project Metaalbewerking. Als ik het kwijtraak krijg ik een onvoldoende.'

'Akkoord. Van mij mag je het houden,' zei de broeder. 'Til je andere arm maar even op. Wiebel met je vingers. Oké. En nu je voeten. Een voor een optillen.'

Arthur deed wat hem werd opgedragen en voelde zich een soort marionet.

'Je bent in een veel betere conditie dan je zou moeten zijn na wat je hebt doorgemaakt,' zei de broeder terwijl hij de uitslag bestudeerde op het kleine apparaatje. Ze keken allebei achterom, naar de brandende bibliotheek. De zuil van rook die eruit sloeg was inmiddels tientallen meters hoog. 'Nou ja, sommige mensen hebben blijkbaar gewoon geluk.

Hoewel, zoveel geluk nu ook weer niet,' verbeterde de broeder zichzelf toen er een politieagent kwam langslopen die een afzetting maakte door tape af te rollen, met daarop lichtgevende klaverbladsymbolen, die waarschuwden dat er gevaarlijke stoffen in het gebied waren. 'Ik vrees dat je school is bestempeld tot risicogebied, volgens de wet op de gevaarlijke stoffen die bepaalt...'

'Ik weet wat er in die wet staat,' viel Arthur hem in de rede. Er rustig en redelijk over praten maakte het gemakkelijker om zijn angst onder controle te houden. Daardoor werd de angst een concreet probleem, iets wat hij kon analyseren en waarop hij kon reageren, in plaats van een abstract maar slopend gevoel. 'Moeten we allemaal in quarantaine?'

'Ik ben bang van wel,' zei de broeder. 'Wacht even! Ik hoor je je rechten nog voor te lezen. Je rechten als burger in quarantaine.'

Hij haalde een plastic kaart te voorschijn, hield hem zo dicht mogelijk bij zijn veiligheidsbril en bestudeerde hem aandachtig.

'Oké, daar gaan we. "In het kader van de Wet Gevaarlijke Stoffen heeft de overheid zich genoodzaakt gezien je een vrijheidsbeperking op te leggen. Zolang je in quarantaine verkeert, heb je recht op elektronische communicatie, en bovendien heb je het recht om tegen de quarantaine in beroep te gaan. De quarantaine mag niet langer duren dan de incubatieperiode van de ziekte of de stof waarvoor de quarantaine is opgelegd, plus driehonderdvijfenzestig dagen, zónder formele verlenging door een rechter. Zolang je in quarantaine wordt gehouden, zal elke actie die je onderneemt waarmee je de quarantaine doorbreekt of de gezondheid van anderen in gevaar brengt, worden beschouwd als een misdrijf met als uiterste sanctie de doodstraf." Is dat duidelijk?'

67

'Ja,' zei Arthur langzaam. Het woord leek zwaar in de lucht tussen hen in te hangen. Dat ene woordje was een van de belangrijkste dingen die hij ooit had gezegd, besefte Arthur.

Hij had de Wet Gevaarlijke Stoffen op school bestudeerd. De wet was een rechtstreeks gevolg van de griepepidemieën zoals die waardoor zijn biologische ouders waren gestorven. Sindsdien was de wet diverse keren bijna afgeschaft, omdat er geen ernstige nieuwe uitbraken meer hadden gedreigd en omdat de wet de overheid erg veel macht gaf over burgers die in quarantaine werden gehouden. Vooral die laatste bepaling, over de doodstraf, was erg omstreden, omdat hij was gebruikt om het neerschieten van mensen die hadden geprobeerd uit hun quarantaine te ontsnappen te rechtvaardigen.

Zoals mij zou overkomen als ik nu zou proberen te ontsnappen. Maar als hij er niet voor zorgde dat hij het Huis binnenkwam en uitzocht wat er aan de hand was, zou er misschien nooit een remedie worden gevonden voor het virus dat de Apporteurs hadden meegebracht.

'Waarom moeten we in quarantaine?' vroeg Arthur terwijl hij zich van de brancard liet glijden.

'Dat weten we nog niet,' antwoordde de ziekenbroeder. Hij keek een andere kant uit, en zijn stem klonk heel onduidelijk door het masker. 'De ziekte begint als een ernstige vorm van kou vatten. Dat duurt een paar dagen. Daarna valt de patiënt in slaap.'

'Dat klinkt toch niet zo ernstig?'

'Behalve dan dat we ze niet meer wakker krijgen,' zei de ziekenbroeder grimmig. 'Wat we ook proberen.'

'Maar slapen is goed voor je...' begon Arthur, in een halfslachtige poging zichzelf te overtuigen.

'We kunnen de patiënten niet zover krijgen dat ze eten of drinken, en intraveneus nemen ze wonderlijk genoeg ook niets op,' vervolgde de broeder. 'Zonder dat iemand er een verklaring voor heeft.'

Arthur keek de broeder aan. Zelfs door het masker heen kon hij zien dat deze doodsbang was.

'Alle ziektegevallen staan in verband met de school. Maar dat zou ik je eigenlijk niet moeten vertellen,' zei de broeder. 'Maak je geen zorgen. Dankzij de quarantaine hebben we de boel snel onder controle. En dan zullen de doktoren wel een remedie weten te vinden.'

Hij gelooft het zelf niet, dacht Arthur. *Hij denkt dat we allemaal doodgaan.*

De broeder nam het apparaatje van Arthurs hals, controleerde het resultaat opnieuw en gooide het apparaat toen in een ton met daarop het symbool van een klaverblad met prikkeldraad, dat gevaarlijk biochemisch afval aanduidde.

'Ga je nu naar melden bij brigadier Hu, bij die bus daar.' Zijn hand beefde terwijl hij naar de bussen wees.

'Oké.'

Arthur liep langzaam naar de politieman die met een stuk of drie, vier kinderen bij de deur van de laatste bus stond. Ondertussen dacht hij koortsachtig na. Hij móést iets ondernemen. Tenslotte was hij de enige die iets aan deze uitbraak kon doen. Maar wat?

Hij keek over zijn schouder naar de brandende bibliotheek terwijl hij wanhopig probeerde een plan uit te werken. De rook steeg nog altijd als een machtige zuil omhoog, maar als een streng van een suikerspin boog er een pluim opzij. Voor Arthurs verbaasde ogen werd de streng plotseling gedraaid en opgerekt en gebogen op een manier zoals dat bij normale rook nooit zou kunnen gebeuren.

De rook was bezig letters te vormen, besefte Arthur. Sterker nog, complete woorden. Hij keek haastig om zich heen en zag dat verder niemand dezelfde kant uit keek. Misschien was het net als met de Apporteurs. Misschien was hij de enige die dit verschijnsel kon zien.

De woorden waren een beetje in elkaar gedrukt en overlapten elkaar, zodat het niet meeviel om uit te vinden wat er stond. Maar tenslotte kon Arthur het lezen.

Arthur. Ga naar het Huis, dan zal ik je helpen. Wil.

'Dat kan jij gemakkelijk zeggen,' mompelde Arthur terwijl de woorden uit elkaar vielen en wegdreven, weer gewoon rook werden.

Het was véél gemakkelijker gezegd dan gedaan. Om te beginnen moest Arthur zien te ontsnappen aan zijn quarantaine zonder dat hij werd doodgeschoten, en zonder dat hem het zwijgen werd opgelegd. Wanneer hij eenmaal in die bus zat, zou het bijna onmogelijk zijn om te ontsnappen.

Allerlei mogelijkheden gingen door zijn hoofd. De meeste brachten echter beelden met zich mee waarin hij wegrende van de bus, achtervolgd door schreeuwende politiemannen en soldaten, van wie uiteindelijk iemand een wapen trok. Een salvo van schoten...

Er moest een andere manier zijn. Arthur ging langzamer lopen, zodat hij meer tijd had om na te denken. Hij was halverwege de bus, wat betekende dat hem nog minder dan een minuut in vrijheid restte. Er móést een oplossing te bedenken zijn. Kon hij de Sleutel misschien op de een of andere manier gebruiken?

Hij keek ernaar, strak tegen zijn zij gedrukt, en werd zich bewust van een probleem waarover hij nog niet had nagedacht. De politieman fouilleerde alle kinderen voordat ze in de bus stapten. Aan zijn voeten vormde zich een stapel kleine messen, busjes peperspray en andere gevaarlijke voorwerpen. Een veel kleinere stapel dan hij bij Arthurs oude school zou hebben ingezameld, en er zaten geen pistolen bij, maar toch waren het stuk voor stuk dingen die als dodelijke wapens konden worden gebruikt.

Volgens de politienormen zou de Sleutel geen project Metaalbewerking zijn dat hij mocht houden, maar een lang, dun, merkwaardig mes. Arthur was ervan overtuigd dat hij hem zou kwijtraken, en dan...

Dan zou hij een astma-aanval krijgen. Natuurlijk had hij zijn inhalator, maar na al het rennen, al het vechten, en na alle rook die hij had binnengekregen, verwachtte hij niet dat hij er iets aan zou hebben.

Plotseling besefte hij dat de Sleutel hem in leven hield!

'Hé, jij daar! Schiet eens op!' riep de politieman.

8

De politieman klonk extra dreigend door zijn masker, waardoor zijn stem dieper klonk; dieper, met een bijna zoemende klank, die nauwelijks menselijk meer was. De laatste leerling zat inmiddels in de bus, en de volle aandacht van de brigadier was op Arthur gericht.

Bij zijn aansporing om op te schieten stond Arthurs besluit vast, en plotseling schoot hem een idee te binnen. Een plan. Zonder er verder over na te denken begon hij met de uitvoering.

'Ik heb...' begon hij, 'ik heb...'

Hij duwde de Sleutel diep in zijn zak, zodat de punt door de stof prikte en de wijzer naar beneden zakte en tegen de huid van zijn been drukte. Toen liet hij los.

Het effect liet niet op zich wachten. Hoewel hij nog altijd enig contact had met de Sleutel, veranderde zijn ademhaling op slag. Het was alsof hij een stomp tegen zijn borst had gekregen, zodat de inhoud van zijn longen van het ene op het andere moment met de helft was teruggebracht.

'Astma!' piepte Arthur, en hij liet zich op tien stappen van de brigadier op de grond vallen. Ondanks zijn beschermende kleding en ondanks wat Arthur had gezegd, sprong de brigadier onmiddellijk achteruit, de treden van de bus op, alsof hij het nieuwe virus in actie zag.

Arthur tastte in zijn andere zak naar zijn inhalator en bracht deze naar zijn mond. Tegelijkertijd rolde hij zich op zijn zij, zodat de Sleutel nog krachtiger tegen zijn been werd gedrukt. Ongeveer de helft van de wijzer stak door zijn zak, en het metaal voelde koel aan tegen zijn huid. Hij kreeg meteen meer lucht in zijn longen. Hij hoopte dat het ronde uiteinde van de Sleutel zou voorkomen dat deze uit zijn broekspijp viel wanneer hij opstond.

'Broeder!' riep de politieman in paniek. Ondertussen maakte hij het riempje van zijn holster los, en zijn hand ging naar de kolf van zijn pistool. 'Broeder!'

'Astma!' piepte Arthur opnieuw en hij drukte een paar keer op het pompje van de inhalator, waarna hij het ding omhoogheld, zodat de politieman het kon zien. Hij had er niet op gerekend dat de brigadier zo bang was voor het virus dat hij zijn pistool zou trekken.

De broeder die Arthur even daarvoor had onderzocht, kwam al aanrennen, evenals een tweede broeder, met in zijn kielzog diverse politiemannen en een paar soldaten. Het leek wel alsof Arthurs plotselinge instorting het sein had gegeven tot de actie waar ze allemaal naar hadden uitgekeken. Arthur hoopte vurig dat de soldaten niet net zo nerveus waren als de politieman. Tenslotte waren ze gewapend met het een of andere ultramoderne machinepistool.

De broeder was als eerste bij hem. Hij nam de inhalator van Arthur over en drukte nog een paar keer op het pompje terwijl hij zijn tas openklapte en daarin begon te rommelen. Hoewel Arthur door het masker zijn gezicht niet kon zien, was het wel duidelijk dat de man boos was.

'Waarom heb je me niet verteld dat je astma hebt?' vroeg hij nijdig.
'Het is in orde, brigadier. Hij heeft gewoon astma en niet de nieuwe slaapziekte. Bovendien, het neerschieten van patiënten zou alleen maar leiden tot het verspreiden van stukjes besmettelijk materiaal, dus ik zou het niet aanbevelen.'

'Het s-s-spijt me...' bracht Arthur hijgend uit.

'Oké. Rustig maar.' De broeder keerde zich naar zijn collega. 'Ik denk dat wij hem maar beter mee kunnen nemen. Wil jij de brancard even gaan halen?'

Nog geen minuut later hadden de twee broeders Arthur een injectie gegeven, waardoor hij gemakkelijker ademhaalde. Hij werd er echter ook slaperig van, dus hij moest vechten om wakker te blijven. Vervolgens werd hij op een brancard gelegd en naar een ziekenwagen gereden, waar hij met brancard en al in werd geladen.

Weer drie minuten later waren ze op weg en haalden ze de bussen in terwijl ze koers zetten naar het ziekenhuis dat voor de quarantaine was aangewezen. Arthur rekende erop dat ze naar het Ooster Ziekenhuis gingen, want dat lag het dichtst bij de school. Het lag ook dicht bij het Huis, en als zijn vermoeden klopte, zouden ze langs het vreemde gebouw komen, zij het aan de andere kant, via een straat die parallel liep aan zijn route naar huis.

Arthur rekende ook op de belofte van 'Wil' om hem te helpen. Hij vermoedde dat deze 'Wil' dezelfde persoon was als 'De Wil' over wie Meneer Maandag en Snuiter het hadden gehad; dezelfde persoon die hem de Atlas had gegeven. Dus wanneer hij erin slaagde in de buurt van het Huis te komen, verwachtte hij dat deze geheimzinnige figuur hem op de een of andere manier zou helpen binnen te komen.

Helaas kon hij vanuit de ziekenwagen niet naar buiten kijken. Hij was losjes vastgebonden op de brancard, met als gevolg dat hij niet rechtop kon gaan zitten. Bovendien had de auto geen ramen, alleen in de achterdeur.

'Waar gaan we heen?' vroeg Arthur.

'Naar het Ooster Ziekenhuis,' zei de broeder die naast hem zat. 'Je kunt beter niet praten en je adem sparen.'

Arthur glimlachte. Dat deel van het plan werkte tenminste. Nu zou hij een minuut of vijf geduld moeten hebben tot ze op de Parklaan kwamen, die langs het Huis liep. Daar zou iets gebeuren, dat wist hij gewoon zeker!

Ze reden verder, zonder sirene. Terwijl de minuten verstreken – althans, wat voelde als minuten – begon Arthur hoe langer hoe nerveuzer te worden. Misschien had hij het wel helemaal mis. Voor zijn gevoel waren ze de Parklaan al voorbij en stonden ze op het punt het terrein van het ziekenhuis op te rijden. Hij had zich vast en zeker vergist met zijn veronderstelling dat de Wil hem zou helpen. Of misschien had deze het geprobeerd en was het niet gelukt. Misschien hadden de volgelingen van Meneer Maandag hun eigen plan in werking gezet om de Sleutel terug te krijgen...

Toen klonk er plotseling een hevig geraas op het dak van de ziekenwagen, die onmiddellijk langzamer ging rijden.

'Wat gebeurt er in godsnaam!' riep de bestuurder uit. Door zijn masker klonk het als 'Watebeurteringosnaam?'

De andere broeder klauterde langs Arthur heen om door de voorruit naar buiten te kunnen kijken. Arthur maakte van de gelegenheid gebruik om de Sleutel uit zijn zak te halen. Terwijl zijn vingers zich eromheen sloten, verdwenen de laatste sporen van zijn astma.

De ziekenwagen kwam volledig tot stilstand. Het geroffel van de regen was inmiddels een oorverdovend dreunen op het dak, alsof ze naast de oceaan geparkeerd stonden, waar de branding woest tekeerging.

'Een wolkbreuk!' riep de broeder die naast Arthur had gezeten naar de bestuurder. 'Heel plaatselijk!' Hij stond nog altijd voorover gebogen, met zijn bovenlichaam in de cabine, zijn middel en zijn benen in het achterste gedeelte van de ziekenwagen. 'We moeten maar even wachten tot het afgelopen is. Met dat joch gaat alles prima.'

Arthur haalde diep adem en raakte met de Sleutel de riem om zijn middel aan.

'Ga los! Ga open! Gesp, ga los!' fluisterde hij, vurig hopend dat het zou werken.

De riem viel open. De klik van de gesp die los ging werd overstemd door het getrommel van de regen op het dak. Haastig fluisterde Arthur de woorden opnieuw terwijl hij de andere riem aanraakte. Toen ging hij rechtop zitten, en hij herhaalde de procedure met de riem over zijn benen.

Toen ook die los was, dook hij naar de achterdeur, trok aan de hendel, duwde de deur open en belandde half springend, half vallend in de zwaarste regenbui die hij ooit had meegemaakt. Zo zwaar dat het pijn deed. De druppels waren zo groot als zijn vuist, en toen ze op zijn gezicht vielen, dacht hij dat hij zou verdrinken.

De regen was zo dicht dat Arthur geen hand voor ogen kon zien. Verblind waadde hij om de achterkant van de ziekenwagen heen en begon weg te lopen, vurig hopend dat hij de goede kant uit ging. Het kolkende water reikte al tot zijn knieën, want de rioolputten konden het niet verwerken.

Met de Sleutel in zijn hand geklemd, waadde Arthur verder, zijn hoofd gebogen, zijn kin tegen zijn borst gedrukt, in een poging de regen uit zijn ogen, zijn neus en zijn mond te houden. Het water stroomde bulderend en gorgelend langs hem heen. Achter zich hoorde hij vaag een kreet, afkomstig uit de ziekenwagen.

Toen hield de regen plotseling op, van het ene op het andere moment. Arthur hief zijn hoofd op, en terwijl hij om zich heen keek zag hij dat de regen niet was gestopt, maar dat hij er gewoon uit was gelopen. Een paar stappen achter hem kwam het water nog met dezelfde kracht uit de hemel vallen. De regen viel echter alleen op de weg, uit een donkere wolk die niet veel groter was dan de ziekenwagen.

Het viel niet mee om iets te zien in deze merkwaardige, ongelooflijk plaatselijke wolkbreuk, maar Arthur kon vaag een gedaante onderscheiden die uit de achterkant van de ziekenwagen sprong. Het was de broeder die achter hem aankwam!

Arthur dook in elkaar om het op een rennen te zetten, maar de broeder kwam niet ver, zag hij. De regen werd zelfs nog heviger en veranderde van afzonderlijke druppels in een muur van water, een enorme vloedgolf die loodrecht uit de hemel leek te vallen. De broeder werd omvergegooid en meegesleurd, deinend als een kurk terwijl hij uit het zicht verdween. Gelukkig zou zijn beschermende kleding, voorzien van ademhalingsapparatuur, ervoor zorgen dat hij niet verdronk, dacht Arthur.

Even later begon ook de ziekenwagen te glijden, met het kreunende geluid van rubber banden die hun greep verloren, en de auto volgde de broeder de weg af, zij het veel langzamer. Arthur keek ze na terwijl ze werden meegevoerd door de vreemdste overstroming die hij ooit had gezien. Ongetwijfeld niet ver, maar ver genoeg zodat Arthur kon ontsnappen. De regen werd al minder, en de wolk begon te krimpen.

Arthur keerde de weg de rug toe. Zoals hij had gehoopt – en ook min of meer had verwacht – stond hij voor de muur van glad, koel marmer, en daarboven verhief zich het Huis, met al zijn krankzinnige architectonische grillen.

Hoewel hij de Atlas was kwijrgeraakt, herinnerde Arthur zich de afbeelding van het Huis nog maar al te goed. Hij had er uren naar gekeken, en hij wist precies waar hij de plek zou kunnen vinden die op de afbeelding was aangeduid als Maandags Poterne. Wanneer hij daar eenmaal doorheen was, hoefde hij alleen maar te lopen naar het punt waar VOORDEUR stond, in een van de zalen, als afzonderlijke gebouwen, die het hart van het Huis vormden. En wanneer hij de VoorDeur had gevonden, dan...

Tja, wat dan? Arthur had geen idee. Hij wist echter wel dat er geen weg terug was. Hij móést een remedie zien te vinden, of in elk geval zien dat hij meer te weten kwam over de ziekte die de broeder de nieuwe slaapziekte had genoemd. En hij moest erachter zien te komen waarom hij de Sleutel en de Atlas in zijn bezit had gekregen.

Alle antwoorden lagen in het Huis, dus daar zou hij naar toe gaan. Arthur liep recht op de muur af, legde zijn handen op het koele marmer en begon langs de muur in zuidelijke richting te lopen, waar hij vermoedde dat Maandags Poterne zich bevond. Tijdens het lopen hield hij één hand tegen het marmer gedrukt.

Tien minuten later had hij de zuidwesthoek van het Huis bereikt. Hij had gemerkt dat hij het verkeer op de Parklaan niet kon horen zolang hij zijn hand op de muur hield. Net zo min als hij mensen kon zien in de huizen of de tuinen aan de overkant van de weg. Het was alsof de laan en de huizen een beschilderd toneeldoek waren, wachtend tot de spelers opkwamen voor de voorstelling.

Als hij een stap bij de muur vandaan deed en zijn hand van het marmer nam, zag hij auto's langskomen en kon hij mensen hun huizen binnen zien gaan. Hij kon honden horen blaffen, kinderen horen huilen, en bovendien kon hij in de verte sirenes horen en het voortdurende geratel van helikopters. Het was duidelijk dat het quarantainegebied zich tot ver voorbij de school uitstrekte.

Het grootste deel van de tijd bleef Arthur de muur aanraken. Als hij geen mensen kon zien of horen, veronderstelde hij dat omgekeerd hetzelfde gold.

Maandags Poterne bevond zich in de zuidelijke muur, slechts een paar honderd meter van de westelijke hoek. Net voordat hij het punt had bereikt waar hij dacht dat hij moest zijn, deed Arthur een paar stappen bij de muur vandaan. Hij liet zijn blik over het marmer gaan, op zoek naar een poort of een deur of wat dan ook. Maar er was niets. Alleen koel, glad, glanzend marmer.

Arthur fronste zijn wenkbrauwen en liep naar de muur. Hij zag nog altijd niets. Toen hief hij de Sleutel en tikte ermee tegen het marmer.

Dit had onmiddellijk effect. Op de plek waar de Sleutel de muur raakte, begon het marmer helder te glanzen, en de donkere aderen in het gesteente begonnen te pulseren en te bewegen als levende vloeistofgeleiders. Een stuk of tien, twaalf stappen bij Arthur vandaan verscheen de donkere rechthoek van een in schaduwen gehulde deuropening.

De aanblik beviel Arthur helemaal niet, maar hij liep er toch naar toe, met de Sleutel nog altijd tegen de muur. In het marmer keerde achter de Sleutel de rust weer terwijl het tot leven kwam op de plek waar het metaal het aanraakte.

De deuropening was zo inktzwart dat Arthur niet kon zien of de deur open of dicht was. Op de een of andere manier absorbeerde de nis al het licht, zodat het was alsof Arthur naar een donkere schaduw keek. De donkerste schaduw die hij ooit had gezien. Het kon gewoon een donkere rechthoek op de muur zijn, maar het kon ook betekenen dat zich hier een deur bevond, een donkere, geheimzinnige toegang tot het onbekende.

Arthur betrapte zich erop dat hij huiverde toen hij nog dichter naar de poterne toe liep. Het waren bijna een soort stuiptrekkingen, waar hij geen eind aan kon maken. Hij moest echter die deuropening door om in het daadwerkelijke Huis te komen, en om daar op zoek te kunnen gaan naar de VoorDeur.

De eerste stap diende om te zien of de deur open stond of niet.

Aarzelend stak Arthur de Sleutel uit. Hij stuitte niet op verzet, en de zilver-met-gouden wijzer glansde nog altijd terwijl hij werd omringd door de duisternis van de deuropening, maar slaagde er niet in deze te verlichten.

Arthur voelde een vluchtige, elektrische tinteling op zijn hand en zijn pols, maar het deed geen pijn. Hij leunde voorover en strekte zijn arm uit, tot deze tot zijn elleboog in de inktzwarte deuropening verdween. Het deed nog altijd geen pijn, en er was nog steeds niets wat hem tegenhield. Geen verzet, geen hard voorwerp waar de Sleutel op stuitte.

Haastig trok Arthur zijn hand terug. Zowel de Sleutel als zijn hand en zijn arm zagen er nog net zo uit als voordat hij ze in de deuropening had gestoken. Zijn huid was niet veranderd, niet beschadigd, of op welke zichtbare of voelbare manier dan ook aangetast.

Hij aarzelde nog steeds. Het maakte hem bang dat hij niet kon zien wat zich achter de deuropening bevond. Zijn rugzak was hij kwijtgeraakt, en daarmee het zout, zijn wapen tegen de Apporteurs. Ze waren waarschijnlijk in de ziekenwagen achtergebleven.

Maar hij had de Sleutel, en ondanks zijn angst was hij tegelijkertijd opgewonden. Het Huis en al zijn mysteries – en antwoorden – lagen achter deze muur. Voor zover hij wist was Maandags Poterne de enige manier om binnen te komen.

Dus hij had geen keus, hij moest erdoorheen.

Hij haalde diep adem, op zich al een zeldzame ervaring, en hij genoot dan ook met volle teugen van het gevoel hoe zijn longen tot hun maximale capaciteit uitzetten. Met de Sleutel geheven, als een zwaardvechter aan het begin van een duel, stapte hij de deuropening binnen.

9

Arthur stapte de deur binnen, maar belandde niet op stevige grond. Sterker nog, er wás helemaal geen grond! Hij schreeuwde het uit toen hij besefte dat hij in een soort niets was beland. Maandags Poterne bevond zich niet áchter maar bóven hem, een helder verlichte rechthoek, terwijl hij om zich heen alleen maar duisternis zag. Een stralende deuropening die zich steeds verder terugtrok, met elke seconde waarin hij verder in de diepte verdween.

Arthurs schreeuw verstomde toen hij merkte dat hij niet erg snel viel. Het leek er eerder op alsof hij bezig was weg te zinken in water, hoewel hij niet nat werd en geen moeite had met ademhalen. Hij schopte met zijn benen om te zien of hij zijn val daarmee vertraagde. Het was moeilijk te zeggen, want de deuropening ver boven hem was zijn enige referentiepunt. Het leek echter alsof het treugtrekken met enige vertraging verliep.

Arthur begon opnieuw met zijn benen te trappen en met zijn vrije hand te zwaaien. Dat leek ook effect te hebben. Hij overwoog de Sleutel tussen zijn broekband en zijn riem te stoppen en te proberen zwembewegingen te maken, toen de Sleutel plotseling heftig bewoog. Een seconde later gebeurde het opnieuw, nu nog heftiger, als de hengel van een visser die beet heeft. Vervolgens stortte de Sleutel zich in vliegende vaart naar voren, met zoveel geweld dat hij Arthur bijna ontglipte. Als hij zijn greep niet had verstevigd, zou hij hem zijn kwijtgeraakt en nog verder in de diepte zijn gevallen.

In plaats daarvan hield hij de Sleutel zo stevig mogelijk vast, en hij sloot ook de vingers van zijn andere hand eromheen. De spieren in zijn onderarmen stonden strak van de inspanning. De Sleutel spoot steeds sneller vooruit, als een kleine raket, gelukkig zonder vlammende uitlaat. Zo werd Arthur door de inktzwarte duisternis gesleept.

Hij kon nog altijd niets zien. Zonder de sensatie van lucht die voorbij raasde, zonder iets om naar te kijken, was het erg moeilijk te zeggen hoe snel hij werd voortgesleept. Maar op de een of andere manier voelde Arthur duidelijk dat de Sleutel nog steeds vaart meerderde en hem steeds sneller en sneller met zich meevoerde. Na een tijdje – Arthur had geen idee hoe lang – begon het eind van de Sleutel te gloeien van de hitte.

Rode vonken sproeiden in het rond. Arthur kromp ineen en probeerde zijn gezicht af te wenden, maar de vonken vlogen opzij, alsof zich een soort schild rond hem bevond, en het uiteinde van de Sleutel in zijn hand raakte niet verhit.

De tijd verstreek. Arthur probeerde op zijn horloge te kijken, maar de wijzerplaat was naar onderen gegleden, en hij durfde de Sleutel niet los te laten om zijn horloge goed te doen. Dus probeerde hij seconden en minuten te tellen, maar hij raakte voortdurend de tel kwijt, en uiteindelijk gaf hij het op.

Er was inmiddels minstens een uur verstreken, daarvan was hij overtuigd. Zijn vingers waren pijnlijk verkrampt, net als zijn schouders. Toch besefte hij dat de pijn onder normale omstandigheden veel erger zou zijn. Opnieuw werd hij zich bewust van het vermogen van de Sleutel om pijn en stijfheid te genezen, op dezelfde manier als waarop deze hem hielp met ademhalen.

Uiteindelijk begon hij zich zelfs te vervelen, en hij keek om zich heen, ingespannen de duisternis in turend, in de hoop iets te zien. Iets, wat dan ook. Maar behalve de gloed van de Sleutel en de vonken bleef alles donker. Af en toe meende Arthur bij de gloed van een ver weggespatte vonk beweging te zien, als van vormen die zich parallel met hem bewogen. Maar als hij zijn ogen nog meer inspande zag hij helemaal niets meer.

Net toen de angst hem weer te veel dreigde te worden, net toen hij begon te denken dat hij misschien helemaal nooit ergens zou aankomen, veranderde de Sleutel plotseling van richting. Arthur schreeuwde het uit toen zijn lichaam een abrupte bocht maakte, achter zijn gestrekte armen aan. Het ging met zoveel kracht dat zijn benen onder hem dubbelklapten.

In de verte werd iets zichtbaar. Een speldenpuntje van licht, dat geleidelijk aan groter werd, tot het een stip was en tenslotte een duidelijk afgetekende rechthoek. Het kwam met verontrustende snelheid dichterbij, en Arthur onderscheidde opnieuw een verlichte deuropening, veel en veel groter dan Maandags Poterne. Ze zouden er met duizelingwekkende snelheid – minstens honderdvijftig kilometer per uur – tegenaan botsen, en hij zou tot pulp worden geslagen...

Op het moment van de inslag sloot Arthur zijn ogen... en hij struikelde, met een vaart die niet groter was dan wanneer hij in zijn slaapkamer zou zijn gestruikeld omdat hij met zijn neus in een boek liep.

Arthur deed zijn ogen open, maaide met zijn armen en sloeg tegen de grond. Daar bleef hij even roerloos liggen, overspoeld door een golf van opluchting toen hij vaste bodem onder zich voelde. Hij hield de sleutel nog altijd in zijn hand, maar deze gloeide niet langer, en het feit dat hij geen noemenswaardige pijn voelde, leek erop te wijzen dat hij geen botten had gebroken of andere beschadigingen opgelopen.

Maar waar was hij? Het was duidelijk dat hij in het gras lag – dat kon hij zien en voelen. Langzaam kwam hij overeind. Toen keek hij om zich heen. Het eerste wat hem opviel was het vreemde licht. Schemerig, koel, oranje-roze, als bij een zonsondergang, met de zon als een oranje bol vlak boven de horizon. Er was echter geen zon te bekennen.

Arthur stond op een hoge, kale heuvel van kort gemaaid gras en keek neer op een witte zee... Nee, het was geen zee. Het was een mistbank die zich uitstrekte tot de horizon. In die mist stonden gebouwen, vage vormen die hij niet helemaal kon onderscheiden. Door de grijswitte mist drongen spitsen en torens, maar geen daarvan was zo dichtbij dat hij details kon onderscheiden waaraan hij ze eventueel zou kunnen herkennen.

Toen Arthur omhoogkeek verwachtte hij de hemel te zien, dus hij kromp instinctief ineen door wat hij in plaats daarvan zag.

Geen hemel, maar een soort gewelf; een uitgestrekt, koepelvormig plafond van dof zilver dat zich kilometers ver naar alle kanten uitstrekte. Het epicentrum bevond zich ongeveer tweehonderd meter boven de heuvel waarop hij stond. Over het zilveren oppervlak van de koepel bewogen zich wervelingen van paars en oranje, die zorgden voor het weinige licht dat er was.

'Mooi, hè?' vroeg een stem achter Arthur. Een diepe, bezadigde mannenstem. Absoluut niet dreigend. Het was het soort opmerking dat iedereen op een uitkijkpunt zou kunnen maken tegen een andere bezoeker.

Arthur schrok en viel bijna weer toen hij zich omdraaide om te zien aan wie die stem toebehoorde. Het enige wat hij zag was een reusachtige, op zichzelf staande deur van donker geolied hout, met aan weerskanten hoge, wit-stenen deurlijsten. De deur stond op de top van de heuvel, hoewel deur een ontoereikende omschrijving was, vond Arthur. Het was meer een poort, minstens drie of vier keer zo groot als de garagedeur van zijn ouders.

De poort was versierd met smeedijzeren klimranken en fraaie krullen die diverse patronen en afbeeldingen vormden, afhankelijk van waar je keek en vanuit welke gezichtshoek. Bijna als een puzzel. Binnen enkele seconden onderscheidde Arthur een boom, die ook een zeepaard kon zijn als hij zijn hoofd schuin hield. De staart van het zeepaard leek tevens een komeet, omringd door sterren, die zich vervolgens weer samenvoegden tot de vorm van een schip...

Toen hij een keer met zijn ogen knipperde, zag hij opnieuw verschillende vormen en patronen. Hij knipperde nogmaals met zijn ogen en dwong zich zijn blik af te wenden. De deur was gevaarlijk, voelde hij. De patronen en vormen zouden hem kunnen strikken, zodat hij gedwongen was er tot in lengte der tijden naar te kijken.

En waar was de persoon – of wat het ook was geweest – die tegen hem had gesproken? Hij keek om zich heen, maar op de vreemde deur en de kale heuvel na was er niets te zien. Een reusachtige, hoge deur die nergens heen leek te leiden en slechts grimmig en geïsoleerd op de heuveltop stond.

Arthur liep eromheen en was niet verrast te ontdekken dat de andere kant er precies hetzelfde uitzag. Misschien was de deur een soort beeldhouwwerk, dacht hij, alleen bedoeld als kunstuiting. Diep in zijn hart wist hij echter dat de deur wel degelijk toegang gaf tot iets. Dat hij aan de andere kant niet de heuvel zou zien wanneer de deur openging.

'Even geduld. Er wordt van ploeg gewisseld,' klonk op dat moment opnieuw de stem. 'Daarna zul je iets zien wat de moeite van het bekijken waard is.'

'Waar ben je?' vroeg Arthur.

'Waar ik ben?' De stem klonk verrast. 'O. Dat zou ik niet precies kunnen... Wacht even... Een stapje naar links...'

Er ontstond beweging in het smeedwerk op de deur, dat de gedaante aannam van een man, die vervolgens uit de deur stapte. IJzer veranderde in vlees en bloed, en van het ene op het andere moment stond Arthur oog in oog met een lange, bezadigd ogende man. Hij schatte hem ongeveer net zo oud als Bob, zijn vader, hoewel hij lang wit haar had dat tot over zijn schouders viel. Net als Meneer Maandag, Snuiter en Noen droeg hij erg ouderwetse kleren. In zijn geval betekende dat een blauwe rokjas met gouden knopen en een enkele gouden epaulet op zijn linkerschouder. Daaronder droeg hij een sneeuwwit overhemd, een geelbruine kniebroek en glimmend gepoetste laarzen, waarvan hij de bovenrand had omgeslagen. In zijn linkerhand hield hij een zwaard, in de schede. Zijn vingers omklemden het wapen bijna nonchalant net onder het heft. Twee gouden kwasten vielen over zijn pols. Hij wekte niet de indruk alsof hij op het punt stond het zwaard te trekken.

'Neem me niet kwalijk,' zei de gedaante. 'Ik kan soms erg onbeleefd zijn. Mag ik me even voorstellen? Ik ben Luitenant Bewaarder van de VoorDeur. Sta me toe te salueren voor de drager van de Mindere Sleutel van het LagerHuis.'

Hij ging in de houding staan, salueerde en stak zijn hand uit.

'Arthur Penhaligon,' zei deze terwijl hij automatisch de uitgestoken hand schudde. De huid van de Luitenant Bewaarder voelde merkwaardig glad en koel aan, maar zonder weerzin op te roepen. Arthur bracht voorzichtig de Sleutel over naar zijn linkerhand, waarbij hij er angstvallig voor zorgde dat hij zijn greep niet liet verslappen. Ondertussen vroeg hij zich af waarom deze merkwaardige figuur had gesproken over de Mindere Sleutel.

'Waar ben ik?'

'Waar u bent? Dat lijkt me duidelijk. In het BenedenAtrium van het Huis,' zei de Luitenant Bewaarder. 'Op de DrempelBerg.'

'Aha,' antwoordde Arthur. Hij stond op het punt nog een vraag te stellen, maar dat kwam er niet van omdat zijn volgende gedachte werd verdrongen door de aanblik van een schacht van stralend licht die plotseling vanuit de voet van de heuvel omhoogschoot naar het hoogste punt van de koepel. Even later voegde zich daarbij een straal die van boven naar beneden liep, gevolgd door een veelvoud aan stralen die op en neer gingen, alsof er honderden, misschien zelfs duizenden verticale lichtbundels waren ingeschakeld. Allemaal samen schiepen ze een belichting die niet hetzelfde was als daglicht, maar daarmee wel te vergelijken viel.

Inmiddels kon Arthur door de mist heen kijken, die langzaam begon op te trekken en uiteen te vallen. Aan de voet van de heuvel lag een complete stad; een stad waarvan de architectuur opvallend sterk deed denken aan die van het Huis in zijn eigen wereld. De gebouwen stonden hier echter los van elkaar, aan weerskanten van brede straten, en waren niet zoals in het Huis tot één geheel samengevoegd.

'Wat... wat zijn die schachten van licht?'

'Liften. Er wordt van ploeg gewisseld,' legde de Luitenant Bewaarder uit. 'Het eind van de nacht, de komst van het licht. Het werk moet gedaan worden, en de liften brengen de werkers van boven naar beneden, ze nemen de nachtwakers mee voor een welverdiende rust, en ze vervoeren alle zaken en momenten die op deze nieuwe dag moeten worden behandeld.'

'Wat voor werk is dat dan? En door wie moet dat worden gedaan?'

'Ik heb geen tijd om vragen te beantwoorden,' zei de Luitenant Bewaarder. 'Er wordt weliswaar van ploeg gewisseld, maar degene die mij zou moeten aflossen heeft zich al tienduizend jaar niet laten zien, noch heeft de Kapitein Bewaarder de laatste tien eeuwen zijn ronde gemaakt. Dus ik moet terug naar mijn post. Tijdens het wisselen van ploegen is de kans op gevaar het grootst, dus ik moet weer op wacht gaan staan. Ik kan je echter wel een goede raad geven: verberg de Sleutel voor nieuwsgierige blikken. Bovendien zal ik je mijn reserveoverhemd en mijn bewaarderspet geven, zodat je niet al te veel opvalt. Het ga je goed, Arthur Penhaligon.'

Hij salueerde voor de tweede maal, stapte terug in de deur en werd opnieuw een figuurtje in het smeedwerk. Een seconde later viel zelfs dat figuurtje in diverse patronen uiteen en moest Arthur zich weer dwingen om zijn blik af te wenden, voordat hij bezweek voor de verleiding om de voortdurend veranderende beelden te blijven volgen. Daardoor zag hij niet dat zich een overhemd en een gebreide pet in het smeedwerk vormden, die het volgende moment aan zijn voeten vielen.

Arthur trok het overhemd aan over zijn kleren. Het was gemaakt van wit linnen, had lange achterpanden en was veel te groot. Het merkwaardige boord kon worden afgeknoopt, maar de manchetten hadden daarentegen geen knopen. Dat gaf niet, want Arthur moest de mouwen toch diverse keren oprollen. De ronde bewaarderspet was donkerblauw en gemaakt van stevige, zware wol.

Verberg de Sleutel voor nieuwsgierige blikken. Arthur dacht over die woorden na. Ze klonken als goede raad, en op de een of andere manier had de Luitenant Bewaarder van de VoorDeur iets waardoor Arthur hem meteen sympathiek had gevonden en instinctief had vertrouwd. Maar hoe kon hij de Sleutel verbergen als hij hem in zijn hand moest houden om normaal te kunnen ademhalen?

Of was dat hier misschien niet nodig? Waren de omstandigheden hier anders? Waar of wat *hier* ook was, hij wist zeker dat het geen deel uitmaakte van zijn eigen wereld. Na een korte aarzeling deed Arthur bij wijze van experiment zijn hand open, en hij liet de Sleutel op zijn palm balanceren. Er veranderde niets aan zijn ademhaling, hoewel dat natuurlijk ook kon komen doordat het metaal nog in contact was met zijn huid.

Arthur liet zich op een knie zakken, aarzelde opnieuw en liet de punt van de Sleutel voorzichtig in het gras zakken. Hij verwachtte min of meer dat zijn longen weer op slot zouden gaan zodra de Sleutel op de grond lag. Maar dat gebeurde niet. Zijn ademhaling ging nog altijd gemakkelijk, en hij had geen last van plotselinge pijn of een verkramping in zijn borst. Hij voelde zich precies hetzelfde als mét de Sleutel. Sterker nog, hij voelde zich uitstekend, besefte hij plotseling. Ongewoon sterk en energiek.

Dus blijkbaar was het hier niet nodig om de Sleutel voortdurend in zijn hand te houden – waar *hier* ook was. Arthur pakte de Sleutel op, dacht even na en stak hem toen tussen zijn broekband en zijn riem. Omdat het overhemd van de Luitenant Bewaarder bijna tot op zijn knieën viel, was de glimmend metalen wijzer volledig verborgen.

Toen hij dat had gedaan, keek hij opnieuw naar de stad of het dorp aan de voet van de heuvel. Hij kon mensen in de straten zien en hij hoorde lawaai en geroezemoes, hoewel er geen auto's reden en de geluiden van een moderne stad ontbraken. De enige voertuigen die hij kon zien – en dat waren er maar heel weinig – leken te worden getrokken door paarden. Althans, dieren die op paarden leken. Door de afstand kon Arthur het niet goed zien, maar hij had sterk de indruk dat paarden er anders uitzagen.

'Ik neem aan dat ik om te beginnen naar beneden zal moeten gaan, in de hoop dat ik iemand weet te vinden die me duidelijkheid kan verschaffen over... over alles,' zei hij hardop tegen zichzelf.

Het zag er allemaal erg veilig uit. De merkwaardige lichtbanen bleven heen en weer schieten, maar hij had al gezien dat ze alleen uit de bovenkant van de gebouwen kwamen. Dus hij kon ze ontwijken, zelfs als het reusachtige laserstralen waren, of als ze op de een andere manier kwaad zouden kunnen. Vanaf de heuvel zagen de mensen en de stad er heel gewoon uit, zij het erg ouderwets, zonder auto's, zonder verkeerslichten, zonder elektriciteitskabels.

Hij zou gewoon heel alert moeten zijn op Apporteurs en op Noen en Meneer Maandag. Trouwens, hij zou zijn ogen wijd open moeten houden voor iedereen die te veel belangstelling in hem stelde of die er gevaarlijk uitzag. Het was erg jammer dat hij zijn rugzak was kwijtgeraakt, kon hij niet nalaten te denken. En met zijn rugzak het zout. Anderzijds, dat zou hier misschien toch niet werken.

Arthur wierp nogmaals een blik om zich heen op de heuvel, maar dat was alleen maar uitstel van executie, besefte hij. Er was niets aan te doen, hij moest naar de stad in de diepte. Teruggaan was geen optie, zelfs niet als hij zou weten hoe. Want dat zou niets oplossen. De enige weg naar een remedie tegen de nieuwe slaapziekte lag vóór en niet achter hem.

Arthur moest weer even aan Lover en Ed denken, zijn beste kans op vrienden op zijn nieuwe school. Tenminste, als ze de epidemie overleefden. Er kon thuis ondertussen wel van alles gebeurd zijn. Arthur dacht aan de ongelooflijk snelle manier waarop het virus zich had verspreid dat zijn biologische ouders noodlottig was geworden. Van een enkele drager die bij de autoriteiten bekend was, had het virus binnen vierentwintig uur meer dan vijfduizend mensen besmet. De tweede dag waren dat er al bijna vijftigduizend geweest. Toen Emily en haar team een vaccin hadden ontwikkeld – niet meer dan achttien dagen na de eerste ziekmelding en met inachtneming van een uiterst strenge quarantaine – waren er bijna een miljoen mensen gestorven.

Ik wou dat ik die cijfers niet zo precies had onthouden, dacht Arthur. Het had echter geen zin alleen maar te blijven hopen. Hij moest iets doen.

'Tijd om alle registers open te trekken,' mompelde Arthur, denkend aan zijn vader. Hij stak zijn vuist in de lucht en begon de heuvel af te lopen, naar de dichtstbijzijnde rij gebouwen en de met kinderhoofdjes geplaveide laan die achter de huizen langs liep, aan de voet van de heuvel.

Een halfuur later liep Arthur in het hartje van de stad en was hij ten prooi aan grote verwarring. Overal liepen mensen – althans, ze zagen eruit als mensen. Maar ze waren gekleed op een manier die al meer dan honderd-vijftig jaar geen mode meer was. Alle mannen droegen hoeden, en ook alle vrouwen, hoewel die voornamelijk bonnetten droegen – hoeden met een band om hun keel – en petten. Zelfs de kinderen – ook al waren dat er niet veel – hadden een platte pet op hun hoofd of afdankertjes die hun veel te groot waren. Bovendien bestond er een ongelooflijke variatie in de kwaliteit van de kleren. Sommige mensen liepen in weinig meer dan rafelige overblijfselen van totaal verschillende en niet bij elkaar pas-sende garderobes. Anderen zagen er daarentegen onberispelijk uit, in smetteloze overjassen, gesteven witte overhemden met puntboorden, elegante halsdoeken, glanzende vesten en glimmende laarzen. Van de kinderen viel er niet een in deze laatste categorie. Ze zagen er allemaal smerig uit, gekleed in een ongelooflijk allegaartje van tweedehandskle-ren.

Zelfs nog vreemder dan wat ze dróégen, was wat de mensen déden. Arthur had verwacht dat hij de gebruikelijke stadsactiviteiten zou aan-treffen, te midden van winkels en restaurants, kroegen en bedrijven, mensen die inkopen deden of spullen verkochten, of mensen die ge-woon wat rondwandelden en hier en daar een praatje maakten.

Niets was minder waar. Er heerste weliswaar een enorme drukte en bedrijvigheid van mensen die gebouwen in en uit liepen, mensen die een praatje maakten op straat, en mensen die met kisten liepen te sjouwen of kleine karretjes voortduwden, die ze uitlaadden en weer inlaadden, waarbij ze onderling kisten en zakken, kratten en vaten uitwisselden. Er reden ook karren die werden getrokken door een soort paarden. Al-thans, dieren die van een afstand op paarden leken, maar dat niet waren. Anders dan paarden hadden ze drie tenen in plaats van hoeven, geen manen, en ze hadden glinsterend rode ogen, als robijnen, en hun huid was niet bedekt met paardenhaar maar had een soort metaalachtige glans. Nee, het waren beslist geen paarden.

De 'paarden' waren echter niet het vreemdste dat Arthur in de stad aantrof. Nog vreemder was het feit dat alles wat werd vervoerd of van eigenaar verwisselde – of wat het ook was dat de mensen deden – bestond uit papier, of iets wat op papier leek, of iets wat op de een of andere manier met papier en schrijven te maken had. Er waren mannen die met stapels papieren liepen te sjouwen, hun kin op de bovenste vellen gedrukt om te voorkomen dat ze wegwaaiden. Sommige mannen hadden hun jaszakken volgepropt met rollen perkament, waaraan zegels van was hingen. Arthur zag ook mensen die karren voortduwden, geladen met stenen tabletten waarin woorden en regels waren gebeiteld. Hier en daar wisselden vrouwen leren documentkokers uit, meisjes renden met boodschappennetten vol enveloppen en losse papieren, jongens gingen gebukt onder vaatjes met opschriften als: TWEEDE KWALITEIT AZUURBLAUWE INKT.

Terwijl Arthur over een marktplein zwierf, stampvol kramen, ontdekte hij dat elke koopman ganzenpennen verkocht of bezig was ganzenveren tot pennen te snijden. Rond de voeten van de menigte scharrelden gedeeltelijk geplukte ganzen. Een rij mannen met leren schorten kwam langslopen, met in hun armen bossen stengels, waarin Arthur papyrusriet herkende, dankzij zijn werkstuk over het oude Egypte dat hij op zijn vorige school had gemaakt. Vier vrouwen zwoegden met een reusachtig vel bladgoud, waarin vreemde symbolen waren gehamerd.

Behalve de enorme bedrijvigheid en al het papier en alle koopwaar die van hot naar her werd gesjouwd, heerste er ook een geweldige chaos, wáár Arthur ook kwam. Hij had de indruk dat veel mensen niet echt wisten waar ze mee bezig waren en maar iets deden omdat ze bang waren om niets te doen. Iedereen had het druk, en iedereen was bezig met papier, met stenen schrijftabletten, met papyrusrollen, met pennen of inkt of beitels. Arthur zag nergens iemand die op z'n gemak stond of zat rond te kijken; er was nergens iemand die een praatje maakte zonder zijn armen vol papieren te hebben.

De chaos kwam ook tot uiting in de flarden van gesprekken die Arthur opving. Gesprekken die vaak op ruzieachtige toon werden gevoerd. Hij hoorde een vrouw weigeren haar handtekening te zetten voor de ontvangst van zesenveertig verzamelwerken op kalfsleer, en een andere vurig ontkennen dat ze verantwoordelijk was voor het deel van *Aaach!* tot *Aaar* van het *Losbladige Register der Lagere Schepselen*.

Bij de deur van een gebouw stond een menigte mannen en vrouwen te discussiëren met een uitzonderlijk lange man in een blauwe uniformjas, die weigerde iemand binnen te laten terwijl hij de tekst op de perkamentrol in zijn hand voorlas, waarin werd verklaard dat de een of andere vergunning niet werd verlengd.

Een andere groep mensen was bezig de scherven op te rapen van een reusachtig stenen tablet dat blijkbaar uit een bovenraam was gevallen dat zelf ook danig begon te verpulveren. Twee mannen liepen om een stapel

gevallen papieren heen, beiden luidkeels elke verantwoordelijkheid af-
wijzend terwijl de wind de paperassen door de hele straat blies. Arthur
zag dat ze haastig werden opgeraapt door een paar uiterst haveloze
kinderen. Maar toen hij probeerde erachter te komen wat zij ermee
deden, raakte hij hen kwijt in de drukte.

Elk gebouw bleek een soort kantoor te zijn. Althans, elk gebouw
waar Arthur poolshoogte nam, in de hoop dat het iets anders was,
bijvoorbeeld een café, een restaurant of een supermarkt. Niet dat hij
honger had. Hij verlangde gewoon naar iets wat er normaal uitzag.

Alle gebouwen hadden bronzen plaquettes of kleine bordjes op de
deur of op de muur daarnaast, maar ze waren bijna allemaal bedekt met
zo'n dikke laag kopergroen dat Arthur niet kon lezen wat erop stond.
De paar bordjes die stralend gepoetst waren, vertoonden opschriften die
hem niets zeiden, zoals: ONDERAFDELING TWEEDE DIRECTORAAT DERDE DEPAR-
TEMENT VAN RATIO EN CONTROLE, of BENEDEN ATRIUMKANTOOR, of HOOFDBU-
REAU VOOR ACTIE MINUS REACTIE, of DEPENDANCE BENEDENATRIUM, of BUREAU
ELFDE ASSISTEREND ASSISTENT ALGEMEEN INQUISITEUR BELAST MET DE VLEUGEL-
DISTRIBUTIE, of INSPECTIEKANTOOR BENEDENATRIUM.

Een ander aspect van de chaotische bedrijvigheid was dat iedereen
Arthur negeerde. In zijn te grote overhemd en bewaarderspet zag hij er
niet zo anders uit dan de rest van de kinderen. Maar zelfs zij bleven op
een afstand, en hij wist dat ze dat met opzet deden.

Hij deed een poging een praatje aan te knopen met een vrouw die de
indruk wekte alsof ze het minder druk had dan haar omgeving, maar
zodra hij naar haar toe liep en beleefd vroeg of hij haar even mocht
storen, sprong ze bijna in de lucht van schrik. Ze haalde een stapel
papieren uit haar mouw, hield ze vlak voor haar gezicht en begon hardop
te lezen, zo snel dat Arthur er geen woord van verstond.

Hij probeerde het nog eens bij een stokoude man die langzaam door
de straat liep, met onder zijn arm een mand met kleine gouden schrijftabletten. Arthur kwam naast hem lopen en sprak hem vriendelijk aan.
'Neemt u me niet kwalijk, maar mag ik u iets vragen...'

'Ik kan er niets aan doen!' riep de oude man uit. 'Het luik van de kluis
van het Derde Archief Lagere Reservereserve is dicht, en er is al duizend
jaar geen Archivist meer op zijn post. Zeg dat maar tegen je superieur.'

'Ik wilde alleen maar vragen...' begon Arthur opnieuw. Voordat hij
kon uitspreken, zette de oude man het op een rennen, en hij drong zich
met een verbijsterende snelheid door de menigte. In het voorbijgaan
veroorzaakte hij een stroom van kleine ongelukjes en protesten, en het
duurde niet lang of de hele straat lag bezaaid met gevallen papieren.
Mensen stootten met hun hoofden tegen elkaar in een poging ze op te

rapen. Weer anderen struikelden over minstens duizend potloden die uit een omgevallen kuip op de keien waren gerold.

Terwijl hij de chaos gadesloeg, besloot Arthur eerst goed na te denken voordat hij weer iemand aanklampte. Dus hij beklom de treden van het dichtstbijzijnde kantoor en leunde naar achteren tegen de zoveelste koperen plaat, bedekt met een dikke groene laag. Zoals hij dat elke paar minuten had gedaan, voelde hij door de stof van zijn overhemd heen of de Sleutel nog tussen zijn broekriem zat.

Op het moment dat hij hem aanraakte, werd het straatlawaai plotseling aanzienlijk luider. De boze kreten, het geschreeuw en de discussies veranderden van toon. Arthur hoorde kreten van ongerustheid en oprechte angst. In plaats van door elkaar te krioelen, stoven de mensen uiteen en vluchtten ze alle kanten uit. 'Help!' klonk het van alle kanten. 'De Nietslingen komen eraan!'

Arthur duwde zich af van de muur en maakte zich zo lang mogelijk om te zien wat er aan de hand was. Binnen enkele seconden lag de straat er verlaten bij. Een paar vellen papier dwarrelden over de keien of bleven steken in de kieren tussen de stenen, en een groot stuk perkament van ossenhuid beschilderd met hiërogliefen in rood oker lag er verlaten bij, op de plek waar het enkele ogenblikken eerder uit iemands hand was gevallen.

Arthur kon niet zien wat de reden was van de paniek, maar hij kon wel iets ruiken. Een vertrouwde geur. De geur van rottend vlees, die hij zich herinnerde van de adem van de Apporteurs.

Toen zag hij dat de scheuren in de straat geleidelijk aan steeds langer en breder werden, en er sproeide een dunne, duistere mist omhoog, alsof er onder de keien olie was aangeboord.

In de verte klonk een scherp, schril gefluit, dat onmiddellijk van alle kanten werd beantwoord. Alsof dat het teken was, sperden de barsten in de straat zich onder luid gekreun nog verder open, en er stegen nog meer duistere walmen op uit de grond.

De walmende zuilen bleven groeien tot ze bijna twee meter hoog waren. Toen begon de zwarte mist te stollen tot half menselijke gedaanten, en uit het gas vormden zich mismaakte mannen en vrouwen, schepselen met hun gezicht op hun achterhoofd. Hun armen hadden dubbele gewrichten, en hun huid was gedeeltelijk bedekt met schubben. Uit de mist vormden zich bovendien gebrekkige kopieën van de kleren zoals de papiersjouwers van de stad die droegen – jassen waaraan een mouw ontbrak, hoeden zonder bovenkant, broeken waarvan de ene pijp veel langer was dan de andere en over de grond sleepte.

De eerste mistwolk die Arthur had gezien, was ook de eerste die zijn definitieve gedaante aannam: een stakerig wezen dat wel iets van een mens weg had, met rubberachtige armen die tot onder zijn knieën hingen. Midden op zijn voorhoofd had het wezen één roodomrand oog, en het enige kledingstuk dat het droeg zag eruit als een blauwe dwangbuis, vastgebonden op zijn rug. Zijn gedeukte hoge hoed had in plaats van een bovenkant een gapend gat, en zijn laarzen, voorzien van sporen, waren verschillend van maat.

Arthur staarde er vol afschuw naar, en het wezen staarde terug terwijl zijn doorzichtige ooglid langzaam over zijn roodomrande oog op en neer ging. Toen deed het zijn mond open. Zijn hoekige, gele tanden leken op die van een hond, en het wezen had een gespleten tong die vliegensvlug naar buiten en weer naar binnen schoot.

Arthur besefte dat hij tegelijk met alle anderen had moeten vluchten. Hij begon de treden af te dalen, maar het wezen stond al aan de voet daarvan terwijl daarachter zes soortgelijke wezens bezig waren vaste vorm aan te nemen.

10

Arthur deinsde achteruit tot hij met zijn rug tegen de deur stond. Toen hij ertegenaan duwde met zijn schouder was er geen beweging in te krijgen. Zonder zijn blik van het schepsel af te wenden reikte hij achter zich en begon hij uit alle macht aan de deurknop te trekken, maar ook die zat muurvast. Langs die weg hoefde hij er niet op te rekenen dat hij zou kunnen ontsnappen.

Snel liet Arthur zijn blik van links naar rechts gaan, op zoek naar een uitweg. Maar de misvormde wezens waren uitgewaaierd en hadden zich voor de nabijstaande gebouwen opgesteld, terwijl de eenogige gruwel de treden op kwam strompelen. Hij likte kwijlde zijn lippen en zijn ene oog was hongerig op Arthur gericht.

'Achteruit!' riep deze en trok de Sleutel, die gedurende één bloedstollend moment bleef haken in zijn overhemd. Toen hield Arthur hem — als een dolk — geheven.

Het eenogige schepsel siste bij het zien van de Sleutel. Het draaide met zijn kop, zijn misvormde mond begon te beven, en het bleef halverwege de treden staan, roepend naar zijn metgezellen die bezig waren zich nog verder over de straat te verspreiden. Arthur wenste dat hij de primitieve, keelachtige taal niet verstond, maar helaas begreep hij elk woord dat er werd gezegd.

'Help... Schat... Gevaar... Kom hier!'

Alle schepselen bleven staan, maakten rechtsomkeert en kwamen op Arthur af. Het eenogige wezen siste opnieuw en begon weer naar voren te sluipen, aanzienlijk meer op zijn hoede en met zijn ene oog niet op Arthur maar op de Sleutel gericht. De wijzer van de klok gloeide weer, zag Arthur. Licht bundelde zich op de zilveren punt. Het was duidelijk dat de Sleutel al zijn macht verzamelde, terwijl het wezen hetzelfde deed met zijn bondgenoten.

Plotseling ging het wezen op zijn hurken zitten, en Arthur besefte dat het op het punt stond te springen. Hij stak de Sleutel naar voren en schreeuwde het uit; een wilde kreet die niets betekende, maar slechts een uiting was van woede en angst.

Een stroom als van gesmolten goud stortte zich van de punt van de Sleutel op het toespringende wezen. Het gilde en siste als een stoomtrein die een noodstop maakt. Toen helde het opzij, en het viel achterover op straat. Daar bleef het schokkend en kreunend liggen terwijl rook uit een gat in zijn borst omhoogkringelde. Zijn soortgenoten waren er echter ook nog, en hoewel ze geschokt bleven staan bij het zien van het lot dat hun aanvoerder had getroffen, wist Arthur dat hij machteloos zou zijn wanneer ze zich allemaal tegelijk op hem stortten. Hij nam zich echter voor er zoveel mogelijk mee te slepen in zijn val, en met die gedachte richtte hij de Sleutel op het dichtstbijzijnde monster.

'Hé! Sufferd! Hier ben ik!'

Arthur voelde iets zachts tegen zijn achterhoofd en keek op. Over de rand van de dakgoot, diverse verdiepingen boven hem, keek een klein, smoezelig gezicht op hem neer. Onder dat gezicht en onder een dunne, in lompen gehulde arm hing een touw van aan elkaar geknoopte lappen. Wat hij had gevoeld, was het uiteinde van dat touw.

'Vooruit, sufferd! Klimmen!'

Achteraf begreep Arthur niet hoe het hem was gelukt, maar hij had de Sleutel achter zijn riem gestoken, was twee meter in de lucht gesprongen en bijna vier verdiepingen omhooggeklommen voordat de monsters zelfs maar halverwege de treden waren gevorderd.

'Schiet op! Vlugger! Nietslingen kunnen klimmen!'

Arthur keek over zijn schouder, zich in paniek optrekkend en naar elke volgende knoop reikend, met een snelheid die iedere gymleraar zou hebben verbaasd. *Meneer Welter zou me nu eens moeten zien*, kon hij niet nalaten te denken.

De monsters konden inderdaad ook klimmen. Eén hing er al aan het touw en vorderde zelfs nog sneller dan Arthur. Een ander klauterde ogenschijnlijk moeiteloos langs de bakstenen muur omhoog. Blijkbaar vonden zijn magere vingers houvast in de smalste kieren, maar hij ging niet zo snel als zijn makker.

Tenslotte bereikte Arthur het eind van het touw, en hij zwaaide zijn been over de dakrand. Op hetzelfde moment zag hij een flits van iets glimmends, het touw werd doorgesneden en viel naar beneden. Een kreet van pijn verriedt dat het monster dat Arthur op de hielen had gezeten ook in de diepte was gestort.

'Vlug! Pak een stuk dakpan! En smijten maar!'

Arthur zag een stapel gebroken dakpannen, greep een gekartelde scherf en boog zich over de dakrand om het projectiel naar beneden te smijten. Zijn redder deed hetzelfde, met aanzienlijk meer nauwkeurigheid. Arthur pakte nog een scherf, gooide deze naar het tweede monster en wierp toen een zijdelingse blik op zijn redder... nee, redster!

Het was een meisje, ongeveer net zo oud als hij, misschien iets jonger, gehuld in ouderwetse kleren, net als iedereen in deze vreemde stad. Een gedeukte, haveloze hoge hoed, een donkerblauwe, met zwarte lappen verstelde jas die haar veel te groot was, een gestreepte jongensbroek tot net over haar knieën in verschillende tinten grijs, en merkwaardige, niet bij elkaar passende lange sokken of kousen, met daaronder één enkellaars en één laars die tot haar knie reikte. Onder de jas droeg ze diverse overhemden in verschillende maten en kleuren en een zwart vest dat weliswaar niet nieuw was, maar er beter uitzag dan de rest van haar uitmonstering.

'Wie ben jij?' vroeg Arthur.

'Trudie Turkoois Blauw,' antwoordde het meisje terwijl ze tevreden toekeek hoe haar laatste dakpan doel trof. 'Ik heb 'm!'

Met een langgerekte schreeuw liet het monster de muur los en viel op straat, boven op een stel andere die inmiddels aan de klim naar boven waren begonnen.

'Kom mee! We moeten zorgen dat we hier weg zijn voordat de Commissionairs arriveren!'

'De wie?'

'De Commissionairs! Hoor je dat gefluit? Ze gaan de Nietslingen op hun donder geven, en daarna zullen ze jou arresteren. Daar is geen twijfel aan. Kom mee!'

'Wacht even!' zei Arthur. Het gefluit klonk inmiddels veel dichterbij. 'Bedankt dat je me hebt geholpen en zo, maar waarom zou ik niet gewoon met de... de Commissionairs gaan praten? En wie... wie zijn de Nietslingen?'

'Je bent echt een sufferd, hè?' Trudie rolde met haar ogen. 'Jammer voor je! Maar dit is echt niet het moment om vragen te stellen.'

'Waarom zou ik met je meegaan?' vroeg Arthur koppig, en hij bleef stokstijf staan.

Trudie deed haar mond open, maar de stem waarmee ze begon te praten was duidelijk niet de hare. Hij was veel te zwaar voor zo'n jong meisje en hij had een raspende klank. Arthur moest denken aan de stem waarmee Snuiter tegen Meneer Maandag had gesproken, die maandag op de renbaan, inmiddels een eeuwigheid geleden. Althans, zo leek het Arthur.

'De Wil heeft een oplossing gevonden, en jij maakt deel uit van die oplossing. Dit is niet het moment voor nukken en koppig gedoe. Doe wat Trudie Turkoois zegt.'

'G-goed,' zei Arthur, geschokt door het diepe stemgeluid. 'Ik ga mee. Zeg maar waar we heen moeten.'

Trudie draaide zich op haar hakken om, waarbij de panden van haar jas om haar benen dansten, en klauterde het dak op. Het was steil, maar de dakpannen waren ruw en voorzien van richels, wat het klimmen een stuk gemakkelijker maakte.

Met Trudie voorop en Arthur – iets langzamer – in haar kielzog bereikten ze de punt van het dak. De nok was vlak, maar amper dertig centimeter breed. Trudie rende eroverheen naar een groepje schoorstenen, waar ze zich langs wurmde, roekeloos aan een van de pijpen hangend. Arthur kon niet nalaten in de diepte te kijken. Dat had hij beter niet kunnen doen, want zijn maag maakte een salto.

Bij de schoorsteen gekomen, werkte hij zich er moeizaam omheen. Eenmaal aan de andere kant zag hij tot zijn afschuw dat Trudie naar een balkon stond te kijken, tegen de muur van het aangrenzende gebouw. Het balkon bevond zich ongeveer twee meter beneden hen, en de kloof tussen de gebouwen bedroeg zo'n drie meter, schatte Arthur.

'Je maakt zeker een grapje!' riep hij uit. 'Je denkt toch niet dat ik...'

Hij was nog niet uitgesproken of Trudie had de sprong al gemaakt en landde soepel en gehurkt op het balkon. Zonder op Arthur te wachten richtte ze zich vliegensvlug op en begon aan de deur te morrelen. Arthur kon niet zien of ze het slot openpeuterde of forceerde.

Hij keek in de diepte. De straat lag een heel eind beneden hem, en even dreigde hoogtevrees hem te overweldigen. Zijn angst verdween echter onmiddellijk door wat hij in de diepte zag. Daar woedde een bloedige strijd. Het gefluit was vervangen door geroep en geschreeuw, gehuil en gekrijs, gegil en een diep gerommel als van onafgebroken donderslagen.

De wezens die zich uit de zwarte dampen hadden gevormd – de Nietslingen – waren in het midden van de straat in het nauw gedreven, omsingeld door een uiterst gedisciplineerde groep grote, potige mannen met glimmende hoge hoeden en blauwe jassen, van wie velen de gouden strepen van een sergeant op hun mouwen hadden. Dat moesten de Commissionairs zijn, besefte Arthur. De Sergeant-Commissionairs waren ruim tweeëneenhalve meter lang, de gewone misschien een meter of twee. Bovendien waren de laatsten minder vloeiend in hun bewegingen. De Sergeant-Commissionairs gebruikten vurig gloeiende sabels, de gewone Commissionairs zwaaiden met houten knuppels die kleine bliksemschichten uitbraakten en een geluid als van donderslagen voortbrachten wanneer ze hun doelwit raakten.

Niet dat de Nietslingen een gemakkelijk doelwit waren. Ze beten, krabden en verzetten zich uit alle macht, en het gebeurde regelmatig dat een Commissionair zich wankelend achter zijn eigen gelederen moest terugtrekken, overdekt met hevig bloedende wonden. Althans, Arthur veronderstelde dat het bloed was, ook al was het bij de Sergeant-Commissionairs stralend blauw en bij de gewone Commissionairs zilverkleurig, traag en dik als kwik.

'Kom mee!' gilde Trudie.

Arthur rukte zich los van de strijd en concentreerde zich op het balkon. Hij kón het, wist hij. Als het niet zo'n diepe val was, zou hij geen moment hebben geaarzeld. Maar het was nu eenmaal wel een diepe val.

'Schiet op!'

Arthur ging op zijn hurken zitten, klaar om te springen. Toen herinnerde hij zich de Sleutel, en hij haalde hem te voorschijn. Want dat was wel het laatste waarop hij zat te wachten: dat het ding zich bij het neerkomen in zijn vlees zou boren.

Met de Sleutel in zijn hand voelde hij zich plotseling zekerder van zichzelf. Hij liet zich opnieuw op zijn hurken zakken en sprong toen zo ver als hij kon, en hij zweefde als een veertje naar beneden. Bij het neerkomen hoefde hij nauwelijks door zijn knieën te zakken. Trudie Turkoois verdween net naar binnen, en de deur viel met een klap achter haar dicht. Arthur kwam haastig overeind en volgde haar terwijl hij de Sleutel weer achter zijn riem stopte en zijn overhemd eroverheen liet vallen.

De kamer achter het balkon was ingericht als een ouderwets kantoor; iets dat Arthur nauwelijks verraste. Er stonden lage, brede bureaus van glimmend gewreven hout met een blad van groen leer, stuk voor stuk bezaaid met paperassen. In de boekenkasten lagen nog meer papieren, of de planken waren gevuld met rijen boeken. In elke hoek brandde een lamp – een soort gaslantaarn, dacht Arthur – en op een kleine tafel onder een van die lampen zag hij voor het eerst sinds zijn aankomst iets waaruit bleek dat de inwoners van deze merkwaardige stad ook wel eens aan de inwendige mens dachten: een bronzen heetwaterkan met diverse kraantjes en tuiten, en daarbovenop een zilveren theepot. Eromheen stonden porseleinen kopjes.

Er werd in het kantoor ook gewerkt. De mensen keken wel op toen Trudie en Arthur langs renden, maar ze zeiden niets en ze probeerden ook niet hen tegen te houden. Zelfs toen Arthur in het voorbijgaan een grote stapel perkamentvellen van de hoek van een bureau stootte, bleef de man die daarachter zat zwijgen, en hij schreef rustig door met zijn ganzenveer – ook al keek hij wel even op, met gefronste wenkbrauwen.

Trudie rende het kantoor uit, de grote trap af. Aan de voet daarvan keerde ze de hoofdingang de rug toe en liep ze een smalle gang in. Daar opende ze de deur van iets wat eruitzag als een bezemkast, en ze ging naar binnen. Toen Arthur haar volgde, ontdekte hij dat het inderdaad een bezemkast was. Of liever gezegd een dweilkast, want er stonden diverse emmers met dweilen. Het rook er vochtig en muf.

'Doe de deur dicht!' fluisterde Trudie.

Arthur deed wat ze zei, en het werd prompt aardedonker in de kast.

'Wat doen we hier?'

'Ons verstoppen. De Commissionairs gaan alle huizen aan de VerdwaalStraat uitkammen, op zoek naar de Nietslingen. Dus we blijven hier zitten tot ze weg zijn.'

'Maar dan vinden ze ons!' protesteerde Arthur. 'Dit is een waardeloze schuilplaats.'

'Je hebt Maandags Sleutel toch?' vroeg Trudie. 'Of in elk geval de helft ervan? Tenminste, dat hebben ze me verteld.'

'Ja, die heb ik.'

'Nou, gebruik hem dan!'

'Hoe?'

'Ik weet het niet,' zei Trudie. 'Het is een Sleutel, dus ik zou zeggen, probeer de deur ermee op slot te doen!'

Arthur haalde de Sleutel te voorschijn. Hij gloeide in het donker, met een zwakke, groene gloed. Arthur had hem gebruikt om de bibliotheekdeuren dicht te doen voor de neus van de Apporteurs, en in de ziekenwagen had hij de riemen van de brancard ermee losgemaakt, maar hij wist niet wat hij er nog meer mee kon.

'Hoe moet ik dan...'

'Ssst,' siste Trudie, en met die merkwaardig diepe stem voegde ze eraan toe: 'Leg de Sleutel tegen de deurknop en geef de deur opdracht zich te sluiten.'

Arthur legde de Sleutel tegen de sierlijke ijzeren knop en fluisterde: 'Ga dicht!'

Op hetzelfde moment hoorde hij het gestamp van laarzen op de gang. Zijn hart bonsde in zijn keel, bijna net zo luid als de voetstappen die hun schuilplaats naderden. Er werd aan de deur gerammeld... een keer... twee keer... maar de deur bleef dicht.

'Hij zit op slot, sergeant!' bulderde een diepe stem. Het klonk een beetje vreemd, alsof de spreker door een metalen trechter sprak. Een soort tinnen geluid, dacht Arthur. De voetstappen trokken zich terug, en enkele ogenblikken later hoorde Arthur zware voetstappen op de trap.

Hij deed zijn mond open om iets tegen Trudie te fluisteren, maar ze hief haar hand op – met een door de motten aangevreten gebreide handschoen – en schudde haar hoofd.

Enkele minuten verstreken terwijl ze zwijgend in de kast stonden, luisterend naar de voetstappen en af en toe een kreet. Toen klonk er geroffel op de trap, gevolgd door haastige voetstappen, en er werd opnieuw aan de deur van de kast gerammeld.

'Hij zit nog steeds op slot, sergeant!' bulderde dezelfde stem. Tenslotte verwijderden de voetstappen zich, en Arthur hoorde de voordeur dichtslaan.

'Ze doen bijna alles twee keer,' zei Trudie. 'Althans, de mannen van metaal, de gewone Commissionairs. Een onnozel stel, dat is het. De Sergeants leveren weer andere problemen op. Ze zijn niet Gemaakt. De meesten komen vanboven en zijn als straf tot Sergeant-Commissionairs gedegradeerd. Kom mee. Als het goed is moeten we nu naar buiten kunnen glippen. Doe de deur maar open.'

Arthur tikte met de Sleutel op de deur. 'Ga open!' commandeerde hij zacht.

De deur gehoorzaamde met zoveel kracht dat hij tegen de muur sloeg. Trudie stapte als eerste de kast uit, en Arthur wilde haar al volgen toen ze een kreet van verrassing slaakte. Geschrokken verstopte hij de Sleutel achter zijn rug. Net op tijd!

'O! Sergeant!'

In de gang stond een Sergeant-Commissionair, hoog opgericht in zijn volle lengte van tweeëneenhalve meter, hoewel bij nadere inspectie bleek dat dertig centimeter daarvan voor rekening kwam van zijn hoge hoed. Hij streek over zijn met was gemodelleerde snor onder een scherpe, lange neus en keek hen met zijn felblauwe ogen doordringend aan. De gouden strepen op de mouwen van zijn blauwe jas glansden in het licht van de gaslampen.

'Kijk eens aan!' Hij had een diepe stem, maar zonder de tinnen klank van de andere Commissionair. Op zijn gemak haalde hij een notitieboekje uit zijn jaszak, klapte het open en schoof een stompje potlood uit de smalle manchet aan de zijkant van het boekje. 'Ik vroeg me al af waarom die kast op slot zat. Wat hebben we hier? Namen, nummers, rang en wat jullie hier te zoeken hebben!'

'Trudie Turkoois Blauw, nummer 182367542 eneenhalf, InktVuller Zesde Klas, en ik ben hier voor mijn werk.'

Halverwege haar antwoord kreeg Trudies stem de diepe, raspende klank die Arthur al eerder had gehoord.

De Sergeant hield op met het maken van aantekeningen. 'Wat is er met je stem?'

'Ach, ik heb een beetje een kikker in mijn keel,' zei Trudie, nog altijd op dezelfde lage toon.

'Een kikker? Waar heb je die vandaan?' vroeg de Sergeant jaloers.

'Het was een cadeautje,' zei Trudie met haar gewone stem. 'Zo goed als nieuw. Ik heb echt geluk gehad. Met een beetje mazzel gaat hij een jaar mee.'

'Ik heb nog nooit een kikker in mijn keel gehad,' zei de Sergeant somber. 'Wel ooit een lichte kriebel in mijn neus. Die had ik in beslag genomen van een Kruier, en die had het weer van een Wrakhout Harker. Het heeft twaalf maanden geduurd voordat het helemaal over was. Ik was er erg trots op. Het was natuurlijk niet zo spectaculair als niezen, maar ik heb er toch veel plezier aan beleefd... Afijn, waar was ik gebleven? Wie is deze knaap?'

'Eh, ik ben...'

'Hij hoort bij ons,' viel Trudie hem in de rede. 'Arthur NachtZwart. Een paar honderd jaar geleden is hij op zijn hoofd gevallen, in een poel van Niets. Sindsdien is hij niet helemaal goed. Hij verdwaalt voortdurend. Vandaar dat we in die kast zaten. Ik was naar hem op zoek...'

'Papieren!' commandeerde de Sergeant, met zijn blik op Arthur.

'Die is hij kwijt,' zei Trudie snel. 'De Nietslingen hebben hem de stuipen op het lijf gejaagd, en toen heeft hij zijn jas uitgedaan en zich verstopt. Zijn papieren zijn verdwenen. De Nietslingen hebben ze opgevroten.'

'Opgegeten,' verbeterde de Sergeant haar streng. 'Luister eens, ik heb niets tegen InktVullers, maar opdracht is opdracht. Ik zal hem mee moeten nemen naar het Bureau Inlichtingen.'

'Het Bureau Inlichtingen!' Trudie snoof minachtend. 'Daar kan hij wel jaren zitten! Ik weet zeker dat ze zijn loon inhouden. Bovendien heeft hij geen jas meer, dus ze zullen een nieuwe voor hem moeten bestellen. Kunnen we dit niet onderling regelen? Je hebt toch nog niets opgeschreven?'

De Sergeant fronste zijn wenkbrauwen, toen schoof hij het stompje potlood langzaam terug in de gleuf in zijn aantekeningenboekje. 'Wat stel je voor, Trudie Turkoois?' vroeg hij terwijl hij het boekje dichtklapte.

'Wat zou je zeggen van mijn kikker?'

De Sergeant aarzelde.

'Gratis en voor niets. Beschouw het maar als een cadeautje,' zei Trudie. 'En je hoeft niet bang te zijn dat je achter de tralies belandt. Wanneer was de laatste Generale Inspectie?'

'Meer dan tienduizend jaar geleden,' zei de Sergeant zacht. 'Maar ik heb al eerder fouten gemaakt. Ik ben niet altijd Commissionair geweest. Ooit was ik...'

'Doe het nou maar,' zei Trudie. Haar stem klonk nog dieper, nog gebiedender. 'Let op, dan zal ik je hem laten zien.' Ze hield haar hand voor haar mond en kokhalsde.

'Gadver!' riep Arthur, maar het was geen spuug wat ze in haar hand had gedeponeerd. In plaats daarvan zag Arthur een prachtig, smaragd-groen kikkertje, dat een diepe, doordringende kreet slaakte.

'Probeer het maar eens,' moedigde Trudie de Sergeant aan. Ze haalde een nogal smerige zakdoek te voorschijn en poetste de kikker vluchtig schoon. Het beestje leek het niet erg te vinden.

De Sergeant was gefascineerd door de kikker. Hij keek om zich heen, toen stak hij zijn hand uit en pakte hem op. Hij staarde gretig naar het beestje, en na een korte aarzeling slikte hij het in, alsof het een peper-muntje was.

Op het moment dat hij zijn mond dichtdeed, verstarde hij.

'Zo, van hem hebben we geen last meer,' zei Trudie met haar gewone stem. 'En ik kan weer gaan en staan waar ik wil. En dat moet ook, want ik heb een buitengewoon dringende verspreking...'

Ze wilde al wegrennen, toen de hand van de Sergeant uitschoot en haar bij een van de fladderende panden van haar jas greep. Trudie pro-beerde haastig haar jas van haar schouders te laten glijden, maar het was al te laat. De Sergeant had haar stevig te pakken.

'Au! Au! Laat me los!'

'De Wil heeft je nodig, Trudie Turkoois,' zei de Sergeant, niet met zijn eigen stem, maar met het diepe geluid dat even eerder uit Trudies mond was gekomen. 'En als je goed je best doet, krijg je misschien wel een beloning.'

Trudie staakte haar verzet. 'Een beloning? Hm... alleen dat *misschien* zit me niet helemaal lekker...'

Arthur deed een stap naar voren. 'Luister eens, ik weet niet wat hier gaande is, of wat de Wil van me verwacht, maar het is echt van het grootste belang dat ik erachter kom wat er aan de hand is. Ik denk... ik ben bang dat heel veel mensen doodgaan als ik daar niet achter kom. Dus ik heb je hulp nodig, Trudie,' zei hij heftig, vervuld van angst en spanning, waarvan de druk steeds groter werd, als van stoom in een ketel. In zijn eigen wereld, zijn eigen stad, was het quarantainegebied inmiddels ongetwijfeld nog verder uitgebreid. De ziekenhuizen lagen vast en zeker stampvol, en misschien was er niet eens meer plaats voor nieuwe patiënten en konden de doktoren het niet meer aan. Arthur dacht aan zijn moeder en haar team in het lab, koortsachtig aan het werk, met inzet van al hun krachten... Misschien waren zij ook al aan het snotteren, misschien liepen zij ook al te niezen en hadden ze de kou gevat die het beginstadium van de ziekte kenmerkte...

'Mensen? Doodgaan?' vroeg Trudie. 'Wil je daarmee zeggen dat je écht van buiten het Huis komt? Uit de Lagere Domeinen?'

'Ik kom van buiten het Huis,' zei Arthur. 'Maar ik weet niet wat je bedoelt met de Lagere Domeinen.'

'Dus je bent een sterveling?' vroeg Trudie. 'Een echte, levende sterveling?'

'Dat neem ik aan,' zei Arthur instemmend.

'Dat ben ik ook. Althans, dat was ik.' Trudie aarzelde, toen zei ze: 'Wil je me helpen om terug te gaan? Wil je ons allemaal helpen om terug te gaan?'

'Wie?' vroeg Arthur. 'De hele stad?'

'Nee!' antwoordde Trudie honend. 'De grote mensen horen hier. Dat zijn de Bewoners van het Huis, de Huislingen. Ik heb het over óns, de kinderen. Jaren geleden hebben we ons laten meelokken door de Pijper en zijn fluit.'

'Dat is een zaak van geen belang,' zei de Sergeant met diepe stem. Of liever gezegd, dat zei de eigenaar van de stem – wie dat ook mocht zijn – die sprak door de mond van de Sergeant. 'Arthur moet een manier zien te vinden om de Wil terug te brengen. Dan volgt de rest vanzelf.'

'Ik help je alleen als jij belooft dat je ons helpt,' zei Trudie. 'Dus je zegt het maar. Zijn we het eens?'

'Dat zal wel,' zei Arthur. 'Tenminste, als ik jullie kan helpen, dan doe ik dat natuurlijk.'

Trudie glimlachte en stak haar hand uit. Arthur volgde haar voorbeeld en ze bezegelden hun overeenkomst.

'Er dreigt gevaar.' De Sergeant hield een hand achter zijn oor. 'De Commissionairs komen eraan. Bovendien acht ik het heel waarschijnlijk dat Maandags Noen of Schemer weet dat Arthur de VoorDeur is binnengekomen en dat hij de leiding heeft genomen van een zoektocht. We moeten hier onmiddellijk weg.'

'Nou, deze grote sufkop kun je beter hier laten,' zei Trudie. 'Wij kunnen hem in elk geval niet meenemen.'

Er kwam geen antwoord, maar de mond van de Sergeant ging open en de groene kikker kwam te voorschijn, waarop de Sergeant opnieuw verstarde tot een standbeeld. De kikker sprong op Trudies schouder en begon omhoog te klimmen naar haar mond, maar ze pakte hem op en stopte hem in een binnenzak, die ze vervolgens zorgvuldig dichtknoopte.

'Nee, dat doen we niet nog een keer, kikkertje,' zei ze. 'Een gewaarschuwd mens telt voor twee. Kom op!'

'Waar gaan we heen?' vroeg Arthur, ten prooi aan opperste verwarring. Er gebeurde zo veel, en het ging allemaal zo snel, dat hij zich afvroeg of hij ooit nog de kans zou krijgen om een paar vragen te stellen. En wat belangrijker was, om daar antwoord op te krijgen.

'Naar het Bureau van de Doelmatiger Generaal van het Beneden-Atrium.'

'Het bureau van de wie?'

'De Doelmatiger Generaal houdt toezicht op het doelmatig verloop van alles wat er in het BenedenAtrium gebeurt,' legde Trudie uit terwijl ze door een achterdeur naar buiten liepen, een laan in. 'Alleen is die er niet. Ik bedoel, er is geen Doelmatiger Generaal. Het schijnt dat de laatste nooit is vervangen toen hij werd gepromoveerd. En personeel is er ook niet meer. Dus daar woon ik. Tenminste, als ik niet aan het werk ben.'

'Is het hier ver vandaan?'

'Negenendertighonderd verdiepingen.' Trudie wees recht omhoog.

11

'We nemen een goederenlift,' zei Trudie terwijl ze, zeer op hun hoede, bleven staan en tenslotte aansloten achter een stoet mensen met bundels vodden, bedoeld om er papier van te maken. 'Er is een goederenlift in het Bemiddelingsbureau Snelle Verspreiding Overtollige Documenten.'

'Die banen van licht...' Arthur wees onopvallend omhoog. 'Zijn dat liften?'

'Nee, niet echt.' Trudie fronste haar wenkbrauwen. 'Ze markeren de baan van een lift. In zo'n lichtschacht is het net alsof je in een klein kamertje bent. Erg saai allemaal.'

'O, gelukkig,' zei Arthur, opgelucht dat hij niet in een stroom lichtquanten of iets dergelijks zou belanden. En dat hij er niets van zou merken, mocht dat wel gebeuren.

'In sommige is muziek,' vertelde Trudie verder. 'Maar dat zijn alleen de grote, met genoeg ruimte voor een paar minstrelen of een groepje muzikanten. Daar gaan wij niet in. Die zijn voor de hotemetoten.'

'De wat?'

'De hoge heren. De hoofden, de bewindslieden van de Firma.'

'De Firma?' vroeg Arthur terwijl ze de straat overstaken en onder een langgerekte rol perkament door doken die door een korte, dikke man en een lange, magere vrouw als een tapijt op hun schouders werd gedragen.

'De Firma. Het Bedrijf. De Zaak,' zei Trudie. 'De lui die het Huis bestieren en alle... hoe zallik 't zeggen... alle dingen die daarmee te maken hebben.'

'Wat is het Huis?' vroeg Arthur. 'En hoe kan het dat dit alles zich in het Huis bevindt?'

'Hierheen!' Trudie keek om zich heen en maakte een luik open aan de voet van de muur waar ze naast stonden. 'Het is wel een beetje kruip-door, sluip-door.'

Arthur volgde haar door een smalle tunnel die onder het gebouw door leidde. De tunnel liep aanvankelijk steil naar beneden, maar tenslotte werd hij weer vlak. Terwijl ze voortkropen, beantwoordde Trudie zijn vraag.

'Ik heb nooit precies geweten wat het Huis eigenlijk is. Tenslotte ben ik ook maar een immigrant, om het zo maar eens te zeggen, en behalve het BenedenAtrium en misschien een dozijn andere verdiepingen heb ik niet veel van het Huis gezien. Bovendien heb ik nooit veel geleerd, maar te oordelen naar wat ik heb gelezen en naar wat sommige mensen me hebben verteld... *oemph!*'

'Wat is er?' vroeg Arthur.

'Het Huis is het Epicentrum van het Al, van de Schepping als geheel,' zei een bekende diepe stem in de duisternis, die Arthur de stuipen op het lijf joeg.

'Wel verdoemenis!' riep Trudie uit en boerde. 'Dat vloog er zomaar uit. Of liever gezegd, erin!'

'Eh... eh, kikker, of wat u ook bent,' vroeg Arthur nerveus. 'Wat bedoelt u, het Epicentrum van het Al?'

'Zeg maar Wil. Tenslotte vorm ik een niet onaanzienlijk deel van Dé Wil. Het Huis is het Rijk der Gehele Werkelijkheid en herbergt het Archief van Alle Dingen.'

'O... en... eh... wat betekent dat precies... eh, Uwe Excellentie, Hoogedele Wil?'

'Het Huis werd gebouwd uit het Niets door de Grootse Architect van het Al en het werd bevolkt met dienaren om Haar werk te doen. Vervolgens schiep Ze de Lagere Domeinen – wat jullie het Universum noemen. Het Huis en zijn dienaren waren gewijd aan het verslag leggen en observeren van dit grootse werk, en dat gebeurde ook trouw gedurende ongetelde eonen. Maar toen vertrok de Grootse Architect, met achterlating van een wilsbeschikking om ervoor te zorgen dat Haar werk en het werk van het Huis zouden worden voortgezet zoals Zij dat wilde.'

'O...'

'MAAR DAT GEBEURDE NIET!' donderde de stem.

'Au! Het is wel míjn keel, hoor!' klaagde Trudie.

'Dat gebeurde niet,' herhaalde de stem, iets zachter. 'De Wil werd niet uitgevoerd, maar in zeven stukken gebroken, en die stukken werden door ruimte en tijd verspreid over de Lagere Domeinen. De zeven Bewindvoerders verbraken hun belofte en begeerden het Huis te regeren, in plaats van te observeren en verslag te leggen. Ze begonnen zich te bemoeien met de Lagere Domeinen. Ze begonnen te knoeien met de Schepping!'

'O, ik begrijp het al!' riep Arthur uit. 'Meneer Maandag is zeker een van die Bewindvoerders?'

'Dat is hij inderdaad, ook al is dat niet zijn echte naam,' baste de Wil. 'Er bestaat weinig eer onder dieven, maar genoeg om ervoor te zorgen dat de zeven Bewindvoerders overeenkwamen de macht in zowel het Huis als de Lagere Domeinen te verdelen. Maandag bestiert het Lager-

Huis. Daarnaast heeft hij zeggenschap over alles wat er op elke willekeurige maandag gebeurt.'

'Dit lijkt me niet echt de juiste plek om over dergelijke dingen te praten,' zei Trudie zenuwachtig. 'Kunnen we niet beter wachten tot... *eeeergghhh...*'

Haar stem ging onder in gerochel.

'De Tijd beweegt in het Huis altijd naar voren, hoewel hij wel degelijk plooibaar is,' vervolgde de Wil. 'Op dit moment probeert Maandag te herwinnen wat hij heeft verloren. De helft van een van de Zeven Sleutels van het Koninkrijk; de zeven Sleutels van het Huis; de Zeven Sleutels van de Schepping!'

'De helft van een van zeven Sleutels. Dat klinkt alsof het niet veel is,' zei Trudie. 'Maar ik neem aan dat...'

'Uit Niets is het hele Huis ontstaan!' viel de Wil haar dreunend in de rede. 'De helft van een Sleutel is méér dan niets. Spoedig zal de Rechtmatige Erfgenaam ook de andere helft in zijn bezit hebben, en dan zal het eerste deel van de Wil zijn uitgevoerd!'

'Wacht even!' riep Arthur uit. 'Hebt u het soms over mij? Ik wil helemaal geen erfgenaam zijn, van niets. Ik wil alleen een geneesmiddel tegen de nieuwe ziekte, en dan wil ik naar huis.'

'Je bent *een* Rechtmatige Erfgenaam!' bulderde de Wil. Een beetje zachter voegde hij eraan toe: 'En je bent de enige die beschikbaar is, of je dat nu leuk vindt of niet. De overwinning is aan ons!'

'Dat klinkt wel erg zelfverzekerd, vind je zelf ook niet?' Trudie hoestte. In het schemerige licht zag Arthur dat ze haar keel masseerde. 'Een groene kikker die zichzelf voor de gek houdt, een sterfelijke bezoeker en een InktVuller Zesde Klas kunnen niet veel uitrichten tegen Meneer Maandag en alle apparatsjiks van het LagerHuis.'

'De wát?' vroeg Arthur.

'O, dat is iets wat ik ooit heb gehoord,' zei Trudie. 'En het klonk goed. *De apparatsjiks van het Huis.* Dat zijn Maandags Noen en zijn bullebakken, de LiftVoerders, de Commissionairs in het Atrium, de Stempelaars en Zegelaars. Om nog maar te zwijgen over Maandags Dageraad en haar Korps van Inspecteurs, en Maandags Schemer en de engerds die hij commandeert.'

'De Gevleugelde Dienaren van de Nacht,' viel de Wil haar bij. 'En de MiddernachtGasten. Nee... de Gevleugelde Dienaren vallen onder de hoge bescherming van Heer Donderdag en zijn Schemer. Althans, dat geloof ik.'

'Hoezo, dat *geloof* je?' zei Trudie honend. 'Een onbeduidend detail, en dat weet je niet eens zeker? Hoe durf je het dan op te nemen tegen de

Hoge Heren? Maar stil nu! We zijn er bijna. Dus hou je mond, Wil!'

'Ik ben maar een deel van de Wil, dus het is logisch dat ik niet alles weet.'

'Hou je mond, zei ik!' beet Trudie hem toe. Ze bleef staan, keek omhoog en tilde een luik op. Toen stak ze haar hoofd erdoorheen en keek in het rond.

'Mooi. Zo te zien is de kust veilig. We komen uit in de hoek van een expeditiekantoor, achter een krat waarvan het label is zoekgeraakt, dus het staat hier al een paar eeuwen. Daar wachten we tot de bel gaat, en op dat moment rennen we naar de goederenlift. Is dat duidelijk?'

'Nee,' zei Arthur. 'Dat van die bel en die goederenlift, dat snap ik, maar met de rest heb ik wat moeite.'

'Dat wordt nog wel erger, wed ik,' zei Trudie somber terwijl ze uit de tunnel klauterden en op hun hurken achter het krat gingen zitten. 'Ik wist wel dat ik die ellendige kikker nooit had moeten oppakken. Hoewel, alles is beter dan de hele dag inktpotten vullen, en dat de komende tienduizend jaar. Bovendien ben ik er ook bepaald niet rouwig om als ik de volgende wasbeurt tussen mijn oren misloop.'

'Achter je oren, zul je bedoelen,' zei Arthur, die de indruk had dat Trudie daar wel een wasbeurt kon gebruiken.

'Nee, tússen!' zei Trudie. 'Zo'n beetje elke honderd jaar worden alle kinderen tussen hun oren gewassen. In hun hoofd. Kweenie waarom. Het is een naar gevoel, net zoiets als kiespijn. Niet dat ik hier ooit een zere kies heb gehad, trouwens. Het vervelende is bovendien dat je bijna alles vergeet, op de belangrijkste dingen na. Ik heb al ik-weet-niet-hoe-vaak opnieuw moeten leren lezen. Maar ik ben nooit vergeten hoe ik hier terecht ben gekomen, en soms herinner ik me nog altijd dingen van vroeger... hoe het toen was...'

Ze stond op het punt er nog iets aan toe te voegen toen er een bel begon te rinkelen. Onmiddellijk schoot ze overeind, pakte Arthur bij de hand en sleurde hem mee, langs een groep mannen en vrouwen met leren schorten voor, die aanstalten maakten dozen en kratten naar een open goederenlift te sjouwen.

Trudie en Arthur waren hen vóór, en Trudie schoof pal voor hun verraste gezichten de deur dicht. Het was wel een merkwaardig soort verrassing die hij op hun gezicht had gelezen, kon Arthur niet nalaten te denken terwijl Trudie op een van de honderden, misschien wel duizenden koperen knopjes drukte die één hele wand van de lift besloegen.

'Ik doe dit heel vaak,' zei Trudie.

De lift zette zich met een reeks schokken in beweging, maar al snel werd Arthur door de snelheid waarmee het ding vaart meerderde naar beneden gedrukt, zodat hij door zijn knieën moest zakken en zich moest vastgrijpen aan de glimmend gewreven houten reling. Het was de snelste lift waar hij ooit in had gezeten.

'Ze kijken altijd verrast,' vervolgde Trudie. 'Maar volgens mij doen ze dat alleen maar omdat ze bang zijn dat ze in de gaten worden gehouden. Hoewel, misschien waren ze deze keer écht verrast, omdat ik anders altijd alleen ben.'

'Komen er geen problemen van als al die kratten en dozen die ze in de lift hadden willen zetten niet op tijd aankomen?' vroeg Arthur.

Trudie schudde haar hoofd. 'Welnee. Ik denk niet dat ook maar iemand het zal merken. Het is één grote chaos in het BenedenAtrium. Er gaat nooit iets zoals het zou moeten gaan.'

'Hoe komt dat?'

'Kweenie.' Trudie haalde veelbetekenend haar schouders op. 'Ik heb horen zeggen dat Meneer Maandag geen vinger uitsteekt om ook maar iets aan de problemen te doen... *kkghhgggk...*'

'Luiheid!' sprak de Wil door Trudies mond. 'Maandag is ermee besmet, en van hem uit sijpelt het door tot in alle regionen van het LagerHuis. Wanneer de Wil eenmaal is geschied, zal de luiheid zijn uitgebannen en zullen kracht en ijver terugkeren.'

'Kun je niet gewoon te voorschijn komen en zelf je woordje doen?' protesteerde Trudie nijdig, over haar keel wrijvend.

'Ja, dat zou ik ook een stuk prettiger vinden,' zei Arthur nerveus. Het was doodeng om zo'n zware stem uit de mond van een jong meisje te horen komen.

'Akkoord, Arthur. Omdat jij het bent,' zei de Wil. Op hetzelfde moment begonnen Trudies ogen uit te puilen. Ze boog zich kokhalzend voorover, de groene kikker vloog uit haar mond en landde met een kleverige *plop* op de muur. Daar bleef hij even hangen. Toen liet hij zijn regenboogkleurige ogen in het rond gaan en sprong op de reling, vlak bij Arthur.

'Helaas ben ik vaak gedwongen me te verstoppen,' zei de kikker met dezelfde diepe stem. 'Meneer Maandag bezit nu eenmaal bepaalde vermogens, en zijn vazallen hebben scherpe ogen, én oren, én neuzen.'

'Hoe lang duurt het om bij... ik ben de naam van het kantoor vergeten... hoe lang duurt het om daar te komen?' vroeg Arthur.

'O, nog een minuutje of zo,' antwoordde Trudie. 'Dat weet je eigenlijk nooit. Soms ben je er zo, en soms duurt het uren. Ik heb ooit in een lift gezeten die kapotging. Dat heeft veertien maanden geduurd. Maar vandaag schieten we goed op.'

'Veertien maanden in een lift! Maar dat overleef je toch niet?'

'Jawel, hoor.' Trudie knikte. 'Weet je, het valt in het Huis niet mee om dood te gaan. Je gaat in elk geval niet dood door gebrek aan eten of drinken, ook al kun je wel verschrikkelijke honger hebben. En je kunt ook worden vermoord. Maar zelfs dat is niet eenvoudig. Er bestaat in het Huis wel pijn, en je kunt echt de vreselijkste dingen krijgen, maar verwondingen die je normaliter niet zou overleven, zijn hier lang niet altijd dodelijk. Althans, niet voor de Huislingen en misschien ook wel niet voor ons, de kinderen die met de Pijper zijn meegekomen. Ik heb nooit de proef op de som genomen, en dat doe ik ook maar liever niet. De Huislingen kun je zelfs hun hoofd afhakken, en als ze het snel genoeg weer op z'n plek zetten, is er niks aan de hand. Alleen de wapens van de Commissionairs... die zijn echt dodelijk. Trouwens, dat geldt ook voor vuur, op voorwaarde dat het heet genoeg is, en natuurlijk voor de Nietslingen... Een beet of een krab van een Nietsling die gaat zweren, en je lost op tot Niets. Daarom is iedereen zo bang voor ze.

Maar je kunt hier niet doodgaan aan een ziekte. Sterker nog, je kunt niet eens ziek worden. Tenminste, niet echt ziek, met koorts en dat het zweet je uitbreekt of dat je moet spugen. Er is wel een manier om gesnotter en een flinke kou te bemachtigen die zijn meegekomen uit de Lagere Domeinen. Maar dan gaat het doorgaans om een betovering die je kunt afleggen, of het zit in iets wat je kunt inslikken, en dan duurt het meestal maar even. Je moet niezen, je gaat hoesten of je krijgt rode ogen, maar je voelt je niet echt ziek. Niemand hoeft hier te eten of te drinken, ook al is het op dit moment mode om thee te drinken. Iedereen die eet of drinkt, doet het alleen voor zijn plezier of om anderen de ogen uit te steken. Het is geen enkel probleem, want je hoeft hier niet... nou ja, je weet wel... je hoeft in het Huis nooit naar de wc.'

'Hoe lang ben je hier al?' Het duizelde Arthur door alles wat ze hem had verteld.

'Kweenie.' Trudie haalde weer haar schouders op. 'Dat komt doordat we elke honderd jaar tussen onze oren worden gewassen. Bovendien functioneert de Tijd in het Huis anders dan in de Lagere Domeinen.'

'De Tijd in het Huis is de ware Tijd,' zei de Wil met dreunende stem. 'In de Lagere Domeinen is de Tijd tot op zekere hoogte plooibaar, althans in achterwaartse richting. Onthou dat, Arthur. Het kan misschien nog van pas komen. *Nghhlieeep.*'

'Nghhlieeep? Wat betekent dat?'

'Dit kikkerlijf is gesmeed uit Niets. Hoewel het een kopie is van een jade kikker uit jullie wereld, heeft Grim Dinsdag het met zijn eigen handen gemaakt, dus er ligt veel van het wezen van de kikker en van de kracht van de oorspronkelijke steen in opgesloten. Daarom valt het niet mee om in een dergelijk lichaam te wonen. Dat is ook iets wat je moet onthouden, Arthur...'

'Wacht eens even!' viel Arthur hem in de rede. Hij haalde diep adem. 'Ik wil eerst over een paar dingen duidelijkheid hebben. Waarom heb je mij uitgekozen tot Rechtmatige Erfgenaam? Waarom heb ik de Sleutel en de Atlas gekregen? Trouwens, de Atlas heb ik niet meer. Die hebben de Apporteurs me afgepakt.'

'Dat is een kwestie van toeval en een samenloop van omstandigheden,' zei de Wil. 'Ik zal het je uitleggen. Twaalf dagen geleden – in de tijdrekening van het Huis – slaagde ik erin me te bevrijden van de boeien en de beperkingen waarmee ik op een verre ster gevangen was gezet. Ik ben rechtstreeks naar het Huis gegaan en dankzij een list ben ik erin geslaagd door te dringen in de geest van Snuiter, de huisknecht en tevens manusje-van-alles van Meneer Maandag. Vanuit de geest van Snuiter lukte het me Meneer Maandag zover te krijgen dat hij de Sleutel aan een sterveling gaf die op het punt stond om dood te gaan. Hij verkeerde in de veronderstelling dat hij de Sleutel daarna kon terugeisen, omdat hij door het gebaar van afstand doen zou hebben voldaan aan de voorwaarden van de Wil en op die manier geen vergelding hoefde te vrezen van de machten van de Wet en de Rechtvaardigheid. Dat wil zeggen, van mij en de andere delen van de Wil die nog aan hun gevangenschap moeten ontsnappen. Wat er daarna is gebeurd, weet je.'

'Maar waarom heb je uitgerekend mij uitgekozen? En waarom wilde je dat een sterveling de Sleutel zou krijgen?'

'Het was puur toeval dat jij werd uitgekozen. In de geschriften van de Architect staat geschreven dat alleen een sterveling een Rechtmatige Erfgenaam kan zijn,' zei de Wil. 'Dus ik heb de dossiers geraadpleegd van degenen die op een gemakkelijk toegankelijke maandag zouden doodgaan. Bovendien wilde ik iemand die geestelijk soepel en plooibaar zou zijn. Een jong iemand, niet overdreven bijgelovig of erg kerks. Dus daarmee waren er meteen een heleboel maandagen afgevallen uit wat jullie *de geschiedenis* noemen. En het moest beslist een maandag zijn, zodat Meneer Maandag en ik – in de gedaante van Snuiter – toegang zouden hebben tot jullie wereld.'

'Bedoel je dat ik echt op het punt stond om dood te gaan?' vroeg Arthur langzaam. Dit was een nieuwe schok voor hem. 'Door een astma-aanval?'

'Ja,' zei de Wil. 'Maar je dossier veranderde op het moment dat je de Sleutel aanpakte.'

'Ik begrijp er niks van.'

'Het is anders heel eenvoudig, Arthur. Ik zal het je uitleggen. Elk dossier in het Huis, of het nu is geschreven op steen of metaal, op papyrus of papier, is verbonden met de gebeurtenis waarvan het verslag doet in de Lagere Domeinen. Als de gang van zaken dáár verandert, betekent dat als vanzelf dat ook het dossier verandert. Als je het vermogen daartoe bezit, kun je zien welke veranderingen er op komst zijn en kun je tussenbeide komen. Maar het omgekeerde geldt ook. Als een dossier hier wordt veranderd, voltrekt die verandering zich ook aan de persoon, de plaats, het voorwerp of wat dan ook waaraan het dossier is gewijd.'

'Dus als iemand mijn dossier zou veranderen en zou schrijven dat ik doodga, dan ga ik ook dood?' vroeg Arthur.

'Dan zouden ze eerst je dossier moeten vinden,' mengde Trudie zich in de discussie. 'Nou, dat kun je vergeten. Ik ben al eeuwen op zoek naar het mijne. Tenminste, wanneer ik het me kan herinneren. En dat geldt ook voor de anderen. Alle kinderen hebben het geprobeerd, en er is er nog nooit een geweest die zijn dossier heeft gevonden.'

'De dossiers verkeren inderdaad in een treurige staat. Bovendien beschikken maar heel weinig Huislingen over het vermogen om er veranderingen in aan te brengen,' zei de Wil. 'Natuurlijk kunnen de Sleutels worden gebruikt om in bijna alle dossiers wijzigingen aan te brengen; ook al gaat dat in tegen de Oudste Wet en tegen het doel van het Huis, namelijk het verslag leggen en observeren van de Lagere Domeinen, ZONDER ZICH IN DE ONTWIKKELINGEN DAAR TE MENGEN!'

'Au!' riepen Arthur en Trudie als uit één mond, en ze sloegen hun handen tegen hun oren.

'Het is de schuld van jullie, mensen. Althans, voor een deel,' zei de Wil verdrietig terwijl hij met een kleverige, groene vinger naar Arthur wees. 'Niemand verkeerde in de verleiding om zich ook maar ergens mee te bemoeien toen er alleen nog de oersoep was. Maar er gingen een paar miljoen jaar voorbij, en die afzonderlijke cellen maakten een uiterst boeiend ontwikkeling door. Jullie, mensen, zijn zo creatief. Als de Architect maar niet had besloten het Huis de rug toe te keren...'

'Wat zou er met me gebeurd zijn als ik was doodgegaan?' vroeg Arthur.

'Wat bedoel je?' vroeg de Wil niet-begrijpend. 'Dan zou je gewoon dood zijn.'

'Ik bedoel...' Arthurs stem stierf weg. Hij wist zelf niet goed wat hij bedoelde. 'Waar ben ik hier? Is er een soort leven na de dood? Als de Architect alles heeft geschapen...'

'Voor zover ik weet is er geen leven na de dood,' zei de Wil. 'Er is alleen het Niets, waaruit alles ooit is voortgekomen. En er is het Huis, dat eeuwig heeft bestaan en eeuwig zal blijven bestaan. Anders dan de Lagere Domeinen, waar alles tijdelijk is. Wanneer je de Lagere Domeinen hebt verlaten, is je leven voorbij, ook al zeggen sommigen dat alles uiteindelijk terugkeert naar het Niets. In het dossier wordt je overlijden gemeld, en daarmee is het dossier ook dood. Het wordt alleen nog bewaard voor archiefdoeleinden.'

'Je bedoelt dat we na onze dood verloren en vergeten zijn.' Trudie snoof minachtend. 'Je hebt geen idee hoe hopeloos stervelingen zijn. Wacht eens even... we gaan langzamer. Dat betekent dat we er bijna zijn. Hou je vast!'

12

Arthur omklemde de reling terwijl de lift plotseling vertraagde en heftig begon te schokken, zodat ze allemaal eerst tegen het plafond en vervolgens tegen de vloer dreigden te worden geslingerd. Enkele ogenblikken later gleed het voertuig echter weer soepel omhoog, zodat Arthur zich alweer ontspande, toen het gevaarte plotseling met een ruk tot stilstand kwam, waarbij het er nu wel in slaagde Arthur en Trudie tegen de muren en de grond te slingeren. De Wil bleef, dankzij zijn van zuignappen voorziene kikkertenen, tegen de reling gekleefd hangen.

Arthur werkte zich iets langzamer overeind dan Trudie, die al bezig was de liftdeur open te schuiven. Hij verwachtte in een soortgelijk kantoor terecht te komen als waar ze beneden in het Atrium doorheen waren gerend – een en al donker hout, groen laken en gaslampen. Dus zijn mond viel open door wat hij te zien kreeg.

Voorbij de liftdeur lag een schaduwrijk bosje van erg hoge bomen met enorm dikke stammen. Ze stonden in een kring rond een tamelijk primitief gemaaid gazon, met in het midden een verbrande plek – de overblijfselen van een kampvuur. Een smalle, heldere stroom sneed zacht borrelend een hoek van het gazon af. Over de stroom lag een houten loopbrug, waarvandaan een geplaveid pad naar een open prieeltje leidde dat deed denken aan een ouderwetse muziektent. In het prieeltje stonden een bureau, een luie stoel en wat boekenkasten.

'We zijn er,' zei Trudie. 'Het Bureau van de Doelmatiger Generaal.'

Arthur volgde haar naar buiten, terwijl de Wil vóór hen uit sprong. Achter hem schoof de liftdeur uit zichzelf dicht met een elektrisch klinkende bel, die hem de stuipen op het lijf joeg. Toen hij achterom keek, zag hij dat de liftdeur zich in de stam van een van de enorme bomen bevond. Nu de deur eenmaal dicht was, kon hij de omtrek van de lift nauwelijks onderscheiden in de boombast, en ook de bedieningsknop, verborgen in een dikke kwast, was nauwelijks te vinden.

'Hier schijnt de zon!' Arthur wees naar de stralen die door het gebladerte drongen. Hij tuurde tussen twee boomstammen door naar het uitgestrekte grasland daarachter, waarboven zich een blauwe hemel spande. 'En ik zie de blauwe lucht, net als thuis! Waar zijn we?'

'We zijn nog altijd in het Huis,' zei Trudie. 'Wat je ziet is een soort schilderij. Je kunt niet verder dan de bomen. Ik heb het geprobeerd, maar uiteindelijk bots je ergens tegen aan. Het is een soort raam dat helemaal in het rond loopt.'

Arthur staarde nog altijd verbijsterd in de verte. Hij kon duidelijk bewegende gestalten onderscheiden in het gras. Een reusachtig soort reptielen. Voorhistorische schepselen die hij in boeken en musea had gezien. Alleen waren deze niet grijs zoals op de plaatjes, maar zachtgeel met lichtblauwe strepen.

'Ik zie daar dinosaurussen!'

'Ja, maar ze kunnen hier niet binnenkomen,' zei de Wil. 'Trudie heeft gelijk. Het kantoor is omringd door een panoramaraam dat uitkijkt op een speciale plek in de Lagere Domeinen. Het ongebruikelijke is dat het in zo'n ver verleden kijkt, want dat is erg moeilijk. Hoe groter de afstand in de Tijd van het Huis, des te onstabieler is het beeld dat het raam laat zien.'

'Kun je er ook mee in de toekomst kijken?' vroeg Arthur. 'En kun je het raam anders afstellen?'

'Het hangt ervan af wat je met de toekomst bedoelt,' zei de Wil. 'Er zijn diverse relaties tussen de Tijd van het Huis en de Tijd in de Lagere Domeinen. Als je de toekomst van jouw wereld bedoelt, dan is het antwoord nee. Die gaat gelijk op met de Tijd van het Huis, dus jullie toekomst is niet toegankelijk. Maar we zouden wel kunnen kijken naar elk willekeurig moment vóór je komst hier. Dat wil zeggen, als we het document hadden waarin dat moment wordt beschreven. Omdat het raam uitkijkt op de Lagere Domeinen, maakt het daar deel van uit, en dus moet er ergens in het Huis een dossier van zijn. Misschien wel in dat bureau.'

'Het doet er niet toe,' zei Arthur. 'Ik wilde alleen weten... wat er thuis gebeurt. Maar dat heeft geen zin als ik niet verder kan kijken dan het moment waarop ik daar wegging.' *Trouwens, het is waarschijnlijk maar beter ook dat ik het niet kan zien*, dacht Arthur moedeloos. Daardoor zou hij alleen maar nog angstiger worden en nog meer gespannen.

'Ik ga een vuurtje maken,' zei Trudie. 'En dan nemen we een kop thee.'

Thee? Daar hebben we geen tijd voor! dacht Arthur. Maar hij besloot het niet te zeggen. Tenslotte moest hij afwachten wat de Wil te zeggen had. Dus terwijl ze luisterden, konden ze net zo goed een kopje thee drinken.

Trudie liep naar de verschroeide plek en begon een kleine piramide van zwarte stenen te bouwen. Arthur volgde haar. Het duurde even voordat hij besefte dat de stenen stukjes kool waren. Kolen zoals hij ze nooit eerder had gezien. Althans, niet zo glimmend zwart. Alle stukken waren precies gelijk van vorm en afmetingen; iets wat hem niet normaal leek.

'Ik begrijp niets van dit oord,' zei hij. 'Waarom hebben ze gaslampen en kolenvuren en ouderwetse kleren? Als dit het epicentrum van het universum is, dan moeten er toch ook magische krachten bestaan? En met een beetje magie zouden jullie meteen betere kleren kunnen hebben.'

'Die ouderwetse kleding is mode,' zei Trudie. 'En de mode verandert af en toe. Kweenie waarom. Als dat gebeurt, verandert alles, maar de verslagen en de rotbaantjes en alle dingen die je graag wilt hebben en niet kunt krijgen, zoals fatsoenlijke kleren, blijven hetzelfde. Ik kan me de vorige mode niet echt meer herinneren. Die was ook al meer dan honderd jaar geleden. Daarna ben ik weer tussen mijn oren gewassen. Ik herinner me vaag dat ik een soort punthoed moest dragen.'

'Lange gewaden, kampvuren van koeienpoep, ezelskarren om de bergen mee op te rijden in plaats van liften,' vertelde de Wil. 'Dat was de mode voordat ik werd geboren. Volgens mij vond de Architect het leuk om ideeën over te nemen van de Lagere Domeinen. Althans, wanneer het om uiterlijkheden ging. De huidige mode is ongetwijfeld het werk van de Bewindvoerders.'

'Wat de mode ook is, het is onmogelijk om kleren te krijgen uit de officiële voorraden. De enige manier is via de smokkelaars,' klaagde Trudie. 'Maar daarvoor moet je Huisgoud hebben, en daar is ook haast niet aan te komen. Of je moet iets hebben om te ruilen. De hotemetoten hebben natuurlijk altijd een voorraad jassen en boterkoeken en dat soort dingen. Maar... het gebeurt regelmatig dat ze een zak kolen of een blikje thee verkeerd opbergen, en tja, dan raakt het zoek.'

Met een knipoog liep ze naar het prieel, waar ze een gedeukte, zwartgeblakerde theepot haalde die ze vulde met water uit de stroom en aan een driepoot van draad en verbogen poken boven het kolenvuur hing.

'Dus, kikkertje, vertel ons nu maar eens wat er van Arthur wordt verwacht.' Trudie liet zich in kleermakerszit op het gras ploffen en keek naar de amfibie met zijn uitpuilende ogen. Arthur ging op zijn buik liggen, met zijn kin ondersteund door zijn handen.

'Akkoord. Arthur... je hebt de MinuutWijzer, en daarmee de helft van de Sleutel die het LagerHuis regeert,' zei de Wil. 'Hij is niet zo machtig als de UurWijzer, en die heeft Meneer Maandag nog altijd in zijn bezit. Maar de MinuutWijzer is sneller in het gebruik, en bovendien kun je hem vaker gebruiken. Je hebt inmiddels ontdekt dat je er deuren mee kan openen en sluiten, maar hij heeft nog vele andere vermogens die ik je zal uitleggen wanneer de tijd daar is. Als Eerste Deel van de Wil heb

112

ik jou als Rechtmatige Erfgenaam van het Huis uitgekozen. De Minuut-Wijzer is nog maar het allereerste begin van je erfenis. Je onmiddellijke doel is te zorgen dat je de UurWijzer in je bezit krijgt, zodat je de Sleutel compleet hebt. Daarmee zul je gemakkelijk in staat zijn Meneer Maandag te verslaan en het Meesterschap over het LagerHuis op te eisen. Het spreekt vanzelf dat de Morgen Dagen zullen protesteren, maar door de overeenkomst die ze zelf met Maandag hebben gesloten zullen ze niet in staat zijn zich er echt mee te bemoeien.

Zodra Maandag is verslagen en je Meester van het LagerHuis bent geworden, zullen we daar ingrijpende veranderingen in gang moeten zetten om een solide basis te hebben vanwaaruit we de resterende delen van de Wil kunnen bevrijden. Het is duidelijk dat er in het hier en nu een geweldige laksheid en stompzinnigheid heersen, en wat volgens mij nog het ergste is van alles, er is zelfs sprake van inmenging in de Lagere Domeinen. Je zult natuurlijk een kabinet moeten kiezen, met je eigen Dageraad, Noen en Schemer...'

'Ho eens even!' riep Arthur uit. 'Ik wil helemaal geen Meester zijn, van wat dan ook! Het gaat mij alleen maar om een geneesmiddel voor de nieuwe ziekte, en zodra ik dat heb ga ik naar huis. Het enige wat ik wil weten, is hoe ik dat voor elkaar moet krijgen.'

'Ik had het over een grootse strategie.' De Wil snoof verontwaardigd. 'Niet over onbeduidende tactieken. Maar... ik zal proberen je vragen te beantwoorden.'

Hij vouwde zijn kikkerpoten, met hun vliezen tussen de tenen, en boog zich naar voren.

'Om te beginnen moet je Meneer Maandag verslaan om ook maar een kans te hebben iets te bereiken, inclusief het verkrijgen van een geneesmiddel voor die ziekte waar je het over had. Vervolgens kan ik je vertellen dat je daarvoor Meneer Maandags domein zult moeten binnendringen – het Dagverblijf, zoals het heel gepast heet – om daar de UurWijzer te bemachtigen die je wettelijk toekomt. Sterker nog, eenmaal in het Dagverblijf zal de wijzer uit zichzelf in je hand vliegen wanneer je hem roept en de bezwering gebruikt die ik je zal leren. Tenzij Maandag hem op dat moment in zijn hand houdt, maar dat is onwaarschijnlijk.'

'Dus ik kan alleen een geneesmiddel voor de nieuwe ziekte bemachtigen als ik eerst Maandag versla?' vroeg Arthur.

'Wanneer je eenmaal Meester bent, is er van alles mogelijk,' zei de Wil. 'Je zult bijvoorbeeld volledige toegang hebben tot de Atlas, een ware schatkamer aan kennis. Ik verwacht dat je daarin ook een remedie voor die raadselachtige ziekte zult vinden.'

113

'Ik heb de Atlas niet meer! De Apporteurs hebben hem meegenomen, naar waar ze ook naar toe zijn verdwenen.'

'De Apporteurs zijn weer naar het Niets verbannen, waar ze vandaan kwamen,' zei de Wil. 'De Atlas daarentegen is terug op zijn oorspronkelijke plaats, de met ivoor belegde boekenplank achter de boomvaren in het Dagverblijf van Meneer Maandag.'

'Dus er is geen andere manier om aan een geneesmiddel te komen en naar huis te kunnen?'

'Nee,' zei de Wil op besliste toon.

'Oké, als het dan niet anders kan, dan moet het maar,' zei Arthur. 'Hoe kom ik Maandags Dagverblijf binnen?'

'Dat is een detail waarover ik me nog niet heb gebogen,' zei de Wil. 'Laat ik voorlopig volstaan met te zeggen dat er diverse mogelijkheden zijn, waaronder het gebruik van de Onwaarschijnlijke Trap, hoewel dat een laatste...'

Hij zweeg midden in de zin, hield zijn groene kopje schuin en zei: 'Wat was dat?'

Arthur had het ook gehoord. Een gebulder in de verte. Hij keek vragend naar Trudie.

'Kweenie,' zei ze. 'Ik heb hier nooit iets anders gehoord dan het kabbelen van het stroompje en de bel van de lift.'

Het gebulder klonk opnieuw, nu veel luider en dichterbij. Tussen de bomen door zag Arthur een geel-met-blauw gestreept monster dat – op zijn kleur na – erg deed denken aan de plaatjes van de Tyrannosaurus Rex die hij had gezien. Hij schatte dat het schepsel ettelijke tonnen woog, het mat minstens dertien meter van kop tot staart, en zijn tanden waren zo lang als Arthurs arm. Het monster kwam onder luid gebrul rechtstreeks op het kantoor af.

'Eh, weet je zéker dat het niet binnen kan komen?' vroeg Arthur. 'Hoe kan het dan dat we het kunnen horen?'

'Dat moet het werk van Maandag zijn,' zei de Wil gejaagd. 'Hij heeft de UurSleutel gebruikt en de Zeven Klokken om die werkelijkheid met de werkelijkheid in deze kamer te verbinden. Dus het monster kan wel degelijk binnenkomen! En hetzelfde geldt voor Maandag! We moeten vluchten en de strijd op een andere dag voortzetten. Sta de Sleutel niet vrijwillig af, Arthur!'

Zonder op een antwoord te wachten sprong de kleine kikker in de stroom. Trudie sprong hem bijna achterna, maar ze aarzelde en rende toen naar de lift, waar ze koortsachtig op de knop drukte. Terwijl Arthur achter haar aan rende, haalde hij de Sleutel vanonder zijn overhemd te voorschijn.

Enkele ogenblikken nadat hij de loopbrug had overgestoken, kwam de reusachtige blauw-gele dinosaurus aanstormen door de bomen. Takken en kluiten aarde vlogen naar alle kanten. Met zijn kraalogen op de rook van het vuur gericht stortte het monster zich happend en bijtend naar voren, waarbij hij de roodgloeiende kolen vertrapte. Opnieuw brullend, nu van pijn, stampte hij naar de rook, en hij beukte met zijn benige kop tegen het prieel, dat hij met zijn tanden uit elkaar begon te scheuren.

Bij de deur van de lift maakten Arthur en Trudie zich zo klein mogelijk, en ze drukten zich dicht tegen de boomstam aan. Trudie wilde al naar de knop reiken, maar Arthur hield haar tegen.

'Stil blijven zitten,' fluisterde hij. 'Hij dacht dat de rook een levend wezen was, dus blijkbaar kan hij niet goed zien. En ruiken kan hij ook niet. Als we stil blijven zitten, gaat hij misschien vanzelf weg.'

Zwijgend en vol afschuw keken ze toe terwijl de dinosaurus het prieel volledig verwoestte, zodat alleen de fundering overbleef. De rest werd vertrapt en aan stukken gescheurd. Woedend omdat hij niets te eten vond en met zere poten van het vuur brulde hij luider dan ooit. Toen stortte de dinosaurus zich weer tussen de bomen, en even later was hij verdwenen.

'Ik kom hier nooit meer terug,' fluisterde Trudie. 'Denk je dat we ons nu weer kunnen verroeren?'

'Nee,' zei Arthur grimmig. Hij had opnieuw beweging ontdekt, op de plek waar de dinosaurus tussen de bomen was weggestormd. Er was een rij mannen verschenen. Ze deden hem een beetje aan de Apporteurs denken, hoewel ze lang en mager waren en er iets menselijker uitzagen, ondanks hun diepliggende, rode ogen en hun magere, bleke gezichten. Net als de Apporteurs waren ze volledig in het zwart, met zwarte pandjesjassen en lange, zwarte linten om hun hoge hoeden. Bovendien hielden ze met hun zwarte handschoenen zwepen met lange handvatten omklemd.

'MiddernachtGasten,' fluisterde Trudie angstig. 'Met nachtmerriezwepen en nacht-handschoenen.'

'Is er een andere manier om hier weg te komen dan met de lift?' vroeg Arthur dringend.

'Nee,' zei Trudie. 'We zouden een anderpad kunnen nemen, maar ik weet niet...'

Ze zweeg bij het geluid van de liftbel, en Arthur en zij keken elkaar opgelucht aan, sprongen overeind en grepen de deur, die ze met zo'n kracht openschoven dat hij tegen de boom beukte. Met de dreun kwam een oogverblindende lichtflits. Arthur en Trudie wankelden achteruit en vielen in het gras.

'Dus hier zitten jullie!' zei Meneer Maandag gapend. Hij stapte uit de lift, met in zijn ene hand de glimmende UurSleutel, en in de andere een zitstok. Hij gaapte opnieuw, deed langzaam een paar stappen over het grasveld, stak de zitstok in de grond, vouwde de bovenkant uit en ging erop zitten.

Achter hem kwam Noen, met zijn gebruikelijke, volmaakte glimlach. Naast hem liep een beeldschone vrouw, helemaal in roze en zachtrood gehuld. Ze zag eruit alsof ze Noens zuster was, en Arthur concludeerde dat dit Maandags Dageraad moest zijn. Twee stappen achter hen verscheen nog een onmogelijk knappe man, die als twee druppels water op Noen leek. Hij droeg een zwarte jas, bespikkeld met zilver. Maandags Schemer, besloot Arthur.

Het was duidelijk dat Meneer Maandag geen enkel risico nam. Hij had zijn machtigste volgelingen opgetrommeld. Alsof dat drietal nog niet genoeg was, werd het gevolgd door een stoet Sergeant-Commissionairs, een meute stampende gewone Commissionairs en tenslotte een wirwar van mensen van wie Arthur niet kon zien wie of wat ze waren.

'Schiet op!' snauwde Maandag. 'Ik ben doodmoe! Ga de MinuutWijzer halen en breng hem bij me terug!'

Dageraad, Noen en Schemer keken elkaar aan.

'Ik wacht!'

'De Wil...' zei Noen op zijn hoede. Net als zijn broer en zijn zuster liet hij zijn blik nog altijd door het kantoor gaan. Alle drie hielden ze hun rechterhand geopend, alsof ze op het punt stonden een wapen te trekken, hoewel Arthur helemaal geen wapens kon ontdekken.

'De Wil kan niet tegen ons op. Niet nu we allemaal samen zijn.' Meneer Maandag gaapte weer. 'Ik vermoed eigenlijk dat hij al is gevlucht. Vooruit! Schiet op!'

Weer viel er een korte stilte. Blijkbaar stond niemand te popelen om in actie te komen.

Tenslotte gebaarde Noen met zijn hand. 'Commissionair!' zei hij op strenge toon, wijzend naar Arthur die nog altijd op zijn rug in het gras lag, half verdoofd door de schok en de commotie. Alleen zijn trillende oogleden en het op en neer gaan van zijn borst verrieden dat hij nog leefde. 'Pak die jongen dat stuk metaal af!'

De Commissionair salueerde en liep met grote stappen naar voren. Hij had stijve knieën, zijn metalen gewrichten knarsten. Vóór Arthur hield hij halt, klikte zijn hakken tegen elkaar en ging in de houding staan. Toen bukte hij stijfjes, vanuit zijn middel, en reikte naar de Sleutel.

Het had hem geen enkele moeite moeten kosten om deze uit Arthurs hand te pakken, want deze had niet de kracht om de Sleutel vast te houden. Sterker nog, hij was zich slechts vaag bewust van wat er gaande was. Er was echter geen beweging in de Sleutel te krijgen. Het leek wel alsof hij aan Arthurs hand was vastgelijmd. De Commissionair trok eraan, liet zich op een knie zakken, trok opnieuw en begon Arthurs arm pijnlijk heen en weer te schudden.

'Nee,' kreunde deze, slechts half bij kennis. 'Doet u dat alstublieft niet!'

'Ruk zijn arm eraf,' commandeerde Noen. 'Of snij hem eraf. Het kan me niet schelen. Doe wat het snelste is.'

13

De Commissionair richtte zich op en begon langzaam zijn rechterhand los te schroeven. Vervolgens stak hij hem tussen zijn riem en de band van zijn broek en haalde een veel grotere hand uit zijn binnenzak. Deze had geen vingers, maar een enkele brede kling, als een hakmes. Hij schroefde hem aan zijn pols. Zodra hij goed vastzat, begon het hakmes te schokken en snel op en neer te bewegen, zo snel dat het nauwelijks meer te onderscheiden was; een vage flits van staal, meer niet.

De Commissionair bukte zich weer en haalde met de kling uit naar Arthur pols. Deze schreeuwde het uit, maar voordat hij ook maar iets kon doen, en voordat het mes hem kon raken, schoot de Sleutel plotseling als een pijl uit een boog uit zijn hand. Hij boorde zich in het borstbeen van de Commissionair, kwam via zijn rug weer naar buiten en maakte toen rechtsomkeert, tot hij weer in Arthurs hand rustte.

Merkwaardig genoeg was er bij het hele gebeuren geen druppel bloed gevloeid. Over het gezicht van de Commissionair gleed een vage blik van verwarring. Hij richtte zich weer op, en toen hij een stap naar achteren deed, kwam uit zijn borstkas het geluid van malende, draaiende tandwielen. Zijn blauwe jas scheurde van binnenuit open, en er schoot een veer naar buiten, die vervolgens slap en gebroken naar beneden hing. Even later tuimelde er onder zacht geratel een regen van tandradertjes langs de gebroken veer op de grond.

De Commissionair boog langzaam zijn hoofd om naar zijn borst te kijken. Hij legde zijn 'normale' hand erop en verstarde terwijl uit zijn ooghoeken en uit zijn mond zilverkleurige stroompjes sijpelden.

Even was het doodstil. Arthur keek naar de gebroken Commissionair, naar de Sleutel in zijn hand, en tenslotte naar zijn vijanden. Er was geen schijn van kans dat hij zou kunnen ontsnappen. Althans, niet op dat moment. Trudie Turkoois lag op haar zij, zag hij, met haar gezicht van hem afgewend. Hij kon niet zien of ze bij bewustzijn was.

Noen fronste zijn wenkbrauwen en gebaarde naar een Sergeant-Commissionair. 'Geef vier van uw meest vertrouwde mannen opdracht om die Sleutel te halen!'

De Sergeant salueerde, draaide zich om en sperde zijn mond wijd open om zijn orders te blaffen tot zijn metalen volgelingen. Maar voordat hij ook maar één woord kon uitbrengen, nam Maandags Schemer het woord. Anders dan bij Noen was zijn tong zwart in plaats van zilverkleurig, en zijn stem was een hese fluistering.

'Mijn vermoeden was juist. De band tussen de knaap en de Sleutel is inmiddels compleet,' zei hij. 'Dus met geweld komen we niet verder, tenzij onze Meester het risico wil nemen om de UurSleutel in te zetten tegen de MinuutSleutel.'

Noen schonk Schemer een zure blik, toen keek hij naar Meneer Maandag, die in slaap leek te zijn gevallen, wankel balancerend op zijn zitstok. Hij reageerde niet op de vraag van Schemer, maar boven zijn rechteroog was een lichte zenuwtrek te zien.

'Ik neem aan dat u daar niet toe bereid bent?' vervolgde Schemer. 'Waarom zouden we dan nog meer Commissionairs opofferen, broeder? Het levert niets op. Grim rekent een hoge prijs om hen te vervangen, waar of niet?'

'Wat stel je dan voor? De knaap zal de Sleutel niet vrijwillig of uit angst afstaan. Dat heb ik al geprobeerd.'

'Laat hem de Sleutel voorlopig houden,' zei Schemer. 'Hij weet toch niet hoe hij hem moet gebruiken. Dus laten we hem ergens opbergen waar hij veilig zit, ergens op een onaangename plek. Wanneer hij eenmaal genoeg ontberingen heeft geleden, zal hij ons uit eigen beweging de Sleutel geven.'

'Waar zit hij veilig en buiten bereik van de bemoeienissen van de Wil?' vroeg Noen. 'Ik zou geen plek kunnen bedenken.'

'Er is een plek waar de Wil niet kan komen,' antwoordde Schemer. 'Of niet dúrft te komen. De Diepe KolenKelder. De Oude zal niet dulden dat de Wil daar komt.'

'De Oude?' Maandags Dageraad huiverde. Haar stem was helder en luid, haar tong van goud. 'We zouden ons niet met hem moeten bemoeien.'

'Hij is geketend.' Schemer haalde zijn schouders op. 'En hij heeft nooit ook maar één van de werkers in de kelder lastig gevallen.'

'Maar wat gebeurt er als hij erin slaagt de Sleutel te bemachtigen?' vroeg Dageraad. 'Dan zou hij zich kunnen bevrijden...'

'Dat zal hem nooit lukken,' zei Schemer. 'Alle Zeven Sleutels samen zouden hem nog niet van zijn ketenen kunnen bevrijden.'

'Er zijn vaak Nietslingen in de kolenkelders, zelfs in de Diepe,' zei Noen. 'Als een van hen de Sleutel te pakken krijgt...'

'Hoe zouden ze dat moeten doen? Als het zelfs ons niet lukt?' fluisterde Schemer. 'Ik heb een studie gemaakt van de Sleutels, dus ik weet wat ik zeg. Nu de band tussen de Sleutel en de Erfgenaam volledig is, kan de Sleutel alleen worden gegéven, niet genómen. Hij zal de drager beschermen tegen groot kwaad, zij het niet tegen alle pijn, en al helemaal niet tegen ongemakken. Dus ik stel voor om de knaap in een donker, vochtig oord op te sluiten. Dan zal hij spoedig beseffen dat hij alleen maar vrij kan komen door de Sleutel aan ons...'

'Aan mij!' viel Meneer Maandag hem in de rede terwijl hij met een ruk rechtop ging zitten. 'Door de Sleutel aan *mij* te geven.'

Dageraad, Noen en Schemer glimlachten en bogen voor Meneer Maandag voordat Schemer verder sprak.

'Inderdaad, heer. U hebt gelijk. De knaap zal spoedig genoeg beseffen dat hij Meneer Maandag de Sleutel moet geven.'

'Uitstel! Problemen!' klaagde Meneer Maandag. 'Maar ik moet toegeven dat je woorden hout snijden, Schemer. Zorg dat het gebeurt. Ik ga terug om een dutje te doen.'

'En ik dan, heer?' liet Trudie zich plotseling horen. 'Ik heb dit niet gewild. De Wil heeft me hiertoe gedwongen!'

Meneer Maandag negeerde haar. Hij stond langzaam op, liet de zitstok waar hij was en slenterde naar de lift, waarvan de deur nog altijd openstond. De Commissionairs en de Sergeant-Commissionairs salueerden terwijl hij voorbijkwam. Dageraad, Noen en Schemer maakten opnieuw een buiging. De deur van de lift schoof dicht en bijna onmiddellijk weer open, maar van Meneer Maandag was geen spoor meer te bekennen.

'Het was echt niet mijn schuld, heer!' vervolgde Trudie, nu tegen Noen. Ze liet zich op haar knieën vallen en boog zo diep dat haar hoofd het gras raakte terwijl ze met haar vingers wanhopig in het zand woelde. 'Stuur me niet naar de KolenKelder! Laat me weer aan het werk gaan! Alstublieft!'

'Waar is de Wil?' vroeg Noen. Hij liep met grote stappen naar Trudie en tilde haar op aan haar haren, tot ze op haar tenen stond, haar gezicht vertrokken van pijn.

'Hij is verdwenen toen de dinosaurus verscheen!' riep Trudie uit. 'Via een anderpad. Het was maar heel smal. Zo smal dat wij het niet konden gebruiken.'

'Welke vorm heeft hij aangenomen?' vroeg Noen. 'En waar was dat anderpad?'

'De Wil... de Wil zag eruit als een oranje kat, maar dan met lange oren,' bracht Trudie snikkend uit. 'Hij is die boom in geklommen en toen... toen was hij plotseling verdwenen. Ik wilde het niet, maar hij dwong me te doen wat hij zei...'

Noen liet haar vol afschuw vallen. 'Willen jullie hier iets mee?' vroeg hij aan Dageraad en Schemer, wijzend op Trudie, die opnieuw voorover op de grond lag. Inmiddels was ze erin geslaagd haar hele gezicht onder het zand te smeren, dat vermengd met haar tranen was veranderd in modder.

Dageraad schudde haar hoofd. Schemer gaf niet meteen antwoord. Tenslotte gleed er een vluchtige glimlach over zijn gezicht, zo vluchtig dat Arthur zich afvroeg of hij het zich had verbeeld.

'Je bent zeker een van de kinderen van die onverantwoordelijke Pijper?' vroeg Schemer. 'Dus je was ooit een sterveling?'

'Ja, Uwe Excellentie, Edelachtbare,' bracht Trudie snikkend uit. 'Inmiddels ben ik InktVuller Zesde Klas.'

'Een respectabele bezigheid,' antwoordde Schemer. 'Je kunt terugkeren naar je plichten, Trudie Turkoois Blauw. Maar was eerst je gezicht en je handen. Hier in de stroom.'

Trudie keek wantrouwend naar hem op toen hij haar met haar naam aansprak. Tenslotte boog ze opnieuw haar hoofd, en ze kwam beverig overeind. Alleen Schemer en Arthur keken haar na terwijl ze naar de stroom liep, waar ze zich bukte om zich te wassen. Arthur was verrast geweest door haar gejammer en gesmeek, maar toen ze naar hetzelfde punt liep waar de Wil de stroom in was gedoken, begreep hij wat ze in haar schild voerde. Ze had haar rug naar iedereen toegekeerd, zodat niemand kon zien wat ze deed. Arthur hoopte vurig dat het haar lukte de Wil terug te krijgen. Niet dat hij verwachtte dat deze iets kon doen. Tenslotte zou hij het moeten opnemen tegen de drie machtigste dienaren van Meneer Maandag.

'Vernietig dit kantoor,' instrueerde Noen een Sergeant-Commissionair. Hij haalde een notitieboekje te voorschijn, krabbelde iets met een pen die vanuit het niets verscheen, scheurde de bladzijde eruit en gaf die aan de Sergeant. 'En gebruik dit om het panoramaraam te sluiten.'

'Mijn MiddernachtGasten en ik zullen Arthur naar de Diepe Kolen-Kelder brengen,' kondigde Schemer aan. Hij gebaarde naar zijn volgelingen in hun doodgraverspakken, en ze stapten naar voren.

'Nee, dat zullen ze niet,' sprak Noen hem tegen. 'Dit is mijn taak. Ik heb nog altijd de absolute volmacht van onze Meester.'

'Je verleend voor de Lagere Domeinen, als ik me niet vergis,' zei Schemer mild.

'Dat detail is niet in de volmacht opgenomen,' antwoordde Noen met een stralende glimlach. Hij keerde zich naar Arthur. 'Vooruit, knaap! Sta op! Als je gehoorzaam meeloopt, hoef ik je geen pijn te doen. Want ook al heb je de Sleutel nog, hij kan je niet beschermen tegen pijn.'

Schemer keek naar Dageraad, die haar schouders ophaalde.

'Noen heeft het recht,' zei ze. 'Ik zal hem vergezellen.'

'Inderdaad, zuster... broeder....' Schemer knipte met zijn vingers en wees omhoog. De MiddernachtGasten maakten een vluchtige buiging en wikkelden hun mantels om zich heen. Vervolgens stegen ze langzaam op, stijf in de houding terwijl ze naar het plafond zweefden. Ter hoogte van de boomtoppen verdwenen ze uit het zicht.

Arthur keek hen na en vervolgens over zijn schouders. Schemer was verdwenen, Noen en Dageraad stonden hem aan te staren.

'En? Komt er nog wat van?'

Arthur wierp een steelse blik in de richting van Trudie. Ze had een stap terug gedaan van de stroom, maar wilde hem niet aankijken. Hij kon niet zien of ze de Wil te pakken had gekregen en werd plotseling overmand door twijfel. Misschien had ze echt alleen haar handen willen wassen, en niet alleen om de modder eraf te spoelen. Misschien wilde ze haar handen ook in onschuld wassen, om zich te ontdoen van een mogelijke verantwoordelijkheid jegens hem. Of misschien had ze hem inderdaad willen helpen, maar was de Wil al verdwenen.

'Ik neem aan dat ik geen keus heb,' zei hij langzaam. Hij richtte zich op en stak zijn kin naar voren om te laten zien dat hij niet bang was. 'Ik ga met u mee.'

Terwijl hij het zei, wierp hij onopvallend opnieuw een blik in Trudies richting. Ze zat nog altijd op haar hurken, maar keek tersluiks achterom. Arthur schonk haar een nauwelijks merkbare, sluwe knipoog. Trudie legde haar hand op haar keel en hoestte. Ze had de Wil! Het was een schrale troost, maar Arthur had in elk geval het gevoel dat hij er niet helemaal alleen voor stond.

Noen gebaarde opnieuw, en de Sergeant blafte zijn orders. Een stuk of twaalf metalen Commissionairs marcheerden naar voren en stelden zich rond Arthur op. Ze stonden zo dicht op elkaar en ze waren zo lang dat hij zo goed als niets meer van zijn omgeving kon zien.

'Gevangenescorte... rechts uit de flank... en links, twee, drie, vier!' schreeuwde een Sergeant. De Commissionairs begonnen te lopen, en Arthur had geen andere keus dan mee te doen, als hij niet vermorzeld en vertrapt wilde worden. Op de een of andere manier betwijfelde hij dat de Sleutel hem zou beschermen tegen een geknuesde voet of gebroken ribben.

Hij verwachtte echter dat er althans iets van het escorte zou achterblijven zodra ze bij de lift kwamen. Sterker nog, hij begreep niet hoe ze daar met zovelen uit waren gekomen. Maar terwijl ze in straffe pas de lift in marcheerden, besefte hij dat deze niet dezelfde was als de lift die Trudie en hij hadden genomen, ook al bevond hij zich wel op precies dezelfde plek. Deze lift was veel en veel groter. Hij had de afmetingen van de aula op school en hij zag er ook veel voornamer uit, met een glimmend gepoetste lambrisering en een glanzend gewreven parketvloer.

In het midden bevond zich een rond soort bouwsel met een koepel, omgeven door een koperen leuning. Noen en Dageraad liepen ernaartoe en gingen het gebouwtje binnen, terwijl de rest zich eromheen opstelde, als op een paradeterrein. Arthur ving nog een laatste glimp op van Trudie. Ze stond te praten met de Sergeant die opdracht had gegeven tot de vernietiging van het kantoor. Toen schoven de deuren dicht, en de bel klonk.

Nu pas voelde Arthur zich echt een gevangene. Helemaal alleen, omringd door vijanden.

Noen maakte een gebaar in de lucht vóór hem, en uit het niets verscheen een spreekbuis. Hij trok hem naar zijn mond. 'Lagere Regionen twintig-twaalf. Per expresse.'

Iemand of iets zei iets terug, waarop Noen zijn wenkbrauwen fronste.

'Dan gooi je de route maar om! Ik zei, *per expresse!*'

Er ging plotseling een schok door de lift, en ze begonnen te zakken, waarbij Arthur tegen een van de Commissionairs werd geslingerd, die stokstijf in de houding bleef staan. Noen en Dageraad werden tegen de reling van het koepelgebouwtje gesmeten. Met gefronste wenkbrauwen trok Noen de spreekbuis opnieuw naar zich toe. Hij reikte naar binnen met een lange, slanke vinger en begon te trekken. Vanuit de buis klonk een gesmoorde kreet, en toen Noens vingers in zijn witte handschoen weer te voorschijn kwamen, hielden ze een neus omklemd. Een neus die vrijwel onmiddellijk werd gevolgd door een mond, een kin, een heel hoofd compleet met een gedeukte hoed! Arthur kon zijn ogen niet geloven, want de doorsnee van de buis was niet groter dan die van een soepblik.

Even later had Noen een hele man uit de buis gesleurd, die hij naast de koepel op de grond liet vallen. Het was een korte, dikke man. Zijn jas was te lang, en het op diverse plekken verstelde rugpand sleepte over de grond.

Noen keek dreigend op hem neer. 'LiftVoerder Zevende Graad?'

'Nee, Edelachtbare,' zei de kleine man. Arthur zag dat hij probeerde dapper te zijn. 'LiftVoerder Vierde Graad.'

'Niet meer,' antwoordde Noen. Hij had zijn notitieblok al in zijn hand en begon haastig te schrijven. Toen scheurde hij het blaadje eruit en liet het vallen.

'O, nee! Edele Heer, alstublieft!' zei de man diep ongelukkig. 'Ik zit pas honderd jaar in graad vier...'

Het papier raakte de kleine man op zijn schouder en explodeerde in blauwe vonken die als een kroon om zijn hoofd begonnen te dansen. Ze aten zijn zachte, buigzame hoed op, zodat hij blootshoofds achterbleef, en vervolgden hun vernietigende werk met zijn jas, zijn overhemd, zijn broek... Arthur deed één oog dicht, huiverig om te zien wat er volgde en zich angstig afvragend of de huid van de man ook door de vonken zou worden weggevreten. Maar dat gebeurde niet. In plaats daarvan vormden de vonken een simpel, roomwit gewaad – een soort toga – dat de plaats innam van 's mans vorige uitmonstering.

'Dat was niet nodig,' zei deze waardig. 'Het heeft me erg veel moeite gekost die kleren bij elkaar te krijgen.'

Noen hield de spreekbuis boven zijn hoofd. 'Prijs je gelukkig,' zei hij. 'En zorg dat je me niet nogmaals in de wielen rijdt. Zo, nu kun je weer aan je werk gaan.'

De liftvoerder slaakte een diepe zucht, wreef met zijn knokkels over zijn voorhoofd in een plichtmatig gebaar van respect, en hief zijn hand op. Deze verdween moeiteloos in de spreekbuis, vrijwel onmiddellijk gevolgd door de rest van de man, alsof de buis een stofzuiger was en het lichaam van de man inklapbaar.

Toen hij weg was, sprak Noen opnieuw in de buis. 'Zoals ik al zei, per expresse en zonder schokken. Lagere Regionen twintig-twaalf. De toegang tot de Bovenste KolenKelder.'

Arthur onderdrukte een huivering. Dat klonk als heel ver weg. Heel ver weg van alles wat hij kende. Bij die gedachte werd hij overspoeld door een golf van neerslachtigheid. Het was allemaal veel te zwaar, veel te moeilijk. Hij kon het net zo goed meteen opgeven.

Hoe kan ik er ooit in slagen mijn stad te redden van de ziekte? zei zijn sombere kant. *Ik kan mezelf niet eens uit de gevangenis houden!*

Stop daarmee! zei Arthur streng tegen zijn sombere kant. *Trudie en de Wil lopen vrij rond, en ik heb de Sleutel nog. Dus alles is nog niet verloren. Er is nog een kans. Die moet er zijn...*

14

De toegang tot de Bovenste KolenKelder was een gammel houten platform aan de rand van een verdorde vlakte. Een kale uitgestrektheid,
schemerig verlicht door de stralen van slechts drie of vier liften. Net als
in het BenedenAtrium bevond zich een gewelf boven het platform,
maar anders dan in het Atrium was dat gewelf hier vlak in plaats van
koepelvormig, en het bevond zich veel hoger boven hem.

Arthur marcheerde tussen de gelederen van de Commissionairs het
platform op. Terwijl zijn ogen wenden aan de schemerige belichting, zag
hij dat de vlakte vóór het platform niet zo kaal en zonder oriëntatiepun-
ten was als hij had gedacht.

In het midden van de vlakte bevond zich een ronde vlek; een cirkel
van totale duisternis.

Het was een reusachtig gat, van ten minste achthonderd meter in
doorsnee en zo diep dat de bodem niet te zien was.

'Inderdaad,' zei Noen, die Arthur aankeek. 'Die kuil daar is de Diepste Diepe KolenKelder. Sergeant! Breng de gevangene naar de rand.'

Van het liftplatform liep een pad naar de kuil. Het was geplaveid met
witte stenen die het omringende, zwarte stof leken af te stoten. Stof dat
opwaaide wanneer ze passeerden. Kolenstof, vermoedde Arthur, vurig
hopend dat hij het niet binnen zou krijgen en dat het niet meer in zijn
longen zou zitten wanneer hij... als hij... ooit weer thuiskwam. Dan zou
hij de Sleutel pas goed nodig hebben om door te gaan met ademhalen.
Het was ondenkbaar dat zijn arme longen bestand waren tegen kolenstof, na alles wat ze verder hadden moeten doorstaan.

Terwijl de Commissionairs onverstoorbaar doormarcheerden, waarbij hun benen af en toe piepten en knarsten door gebrek aan olie,
probeerde Arthur kalm te blijven. Trudie was erin geslaagd de Wil weer
te pakken te krijgen, en die zou zeker naar hem op zoek gaan. Hoewel
Schemer had gezegd dat dit een plek was waar de Wil niet zou durven
komen, uit angst voor de Oude.

Dat klinkt helemaal niet goed, fluisterde zijn sombere kant. *Opgeborgen in
een gevangeniskuil met een schepsel dat de Oude heet.*

'Je zult daar beneden niet alleen zijn.' Noen keek Arthur veelbetekenend aan, alsof hij zijn gedachten had geraden. 'Er zijn daar wat Huis-

lingen, gedegradeerd tot de minste klussen, zoals kolen op maat kappen en dat soort dingen. Ze zullen het niet wagen je lastig te vallen. Maar er is daar nog iemand, iemand bij wie je beter vandaan kunt blijven als je leven en je lijf en leden je dierbaar zijn. Ze noemen hem de Oude, en er valt niet met hem te spotten. Blijf bij hem vandaan. Dan heb je alleen last van de kou en de vochtigheid, èn het kolenstof.'

'Hoe herken ik de Oude?' Arthur probeerde uitdagend te klinken, maar slaagde daar niet in. Zijn stem klonk benepen en piepend. Hij schraapte zijn keel en probeerde het nog eens. 'En hoe word ik geacht hier weg te komen als ik besluit Meneer Maandag de Sleutel te geven?'

'Ik weet zeker dat je de Oude zult herkennen,' zei Noen. Hij lachte zijn koude glimlach, zijn witte tanden glinsterden. 'Dat kan niet missen. Zoals ik al zei, blijf bij hem uit de buurt, als je dat kunt. En wat dat hier wegkomen betreft, daarvoor hoef je alleen maar drie keer mijn naam te zeggen. *Maandags Noen.* Dan kom ik je halen. Of ik stuur iemand.'

Op het moment dat Noen was uitgesproken, hadden ze de rand van de kuil bereikt. Daar hielden de Commissionairs halt, vlak voor de afgrond, met hun tenen op slechts enkele centimeters van de leegte. Arthur gluurde langs hen heen, de duistere diepte in. Hij kon niet zien hoe diep de kuil was, en er was in de diepte ook geen lichtpuntje te bekennen.

Noen haalde zijn notitieboekje te voorschijn en scheurde er een bladzijde uit. Haastig vouwde hij het stuk papier in de vorm van twee vleugels, waarbij hij de randen inkerfde met een mesje om de indruk van veren te wekken. Toen schreef hij een woord op elke papieren vleugel, en hij schudde ze langzaam op en neer. Met elke keer schudden werden ze groter, tot Noen een stel gevederde vleugels in zijn handen hield, die van de grond tot Arthurs kruin reikten. Ze waren glanzend, zuiver wit, maar op de plekken waar Noen ze vasthield, sijpelde zwarte inkt als bloed van zijn vingers.

'Laat me erdoor,' commandeerde hij de Commissionairs. Ze deden een stap opzij om hem te laten passeren, maar daarbij was degene die het dichtst bij de kuil stond niet voorzichtig genoeg. Hij stapte in het niets, maar deed geen enkele poging zich in veiligheid te brengen of zich vast te klampen aan de rand. Geluidloos – op het zuchten van de lucht na die uiteen werd gedreven – verdween hij in de diepte. Arthur hoorde niet dat hij de bodem raakte.

Noen fronste hoofdschuddend zijn wenkbrauwen en mompelde iets over 'inferieur materiaal'. Toen drukte hij plotseling de vleugels op Arthurs rug en gaf hem een harde duw, zodat ook hij over de rand viel!

Arthur voelde hoe de vleugels zich aan zijn schouderbladen hechtten. Het was een merkwaardige sensatie. Niet echt pijnlijk, maar ook niet plezierig. Een beetje zoals wanneer de tandarts je verdoofde voordat hij een kies vulde. De prik nam wel de pijn weg, maar niet het trillende gevoel van de boor. De schok van het plotselinge aanhechten, gevolgd door de schrik toen zijn vleugels zich spreidden en zijn val vertraagden, leidden Arthur af van het feit dat hij in een ogenschijnlijk bodemloze put was gevallen. Tegen de tijd dat dit tot hem doordrong, sloegen zijn vleugels uit alle macht op en neer, en hij viel heel langzaam, als een spin die zich op haar gemak uit haar web liet zakken.

Hoog boven en ver achter zich hoorde Arthur het gelach van Noen, gevolgd door het stampen van laarzen op de witte plaveistenen terwijl de Commissionairs wegmarcheerden.

'Ik zal je nooit roepen,' fluisterde Arthur terwijl zijn vingers zich stijf om de Sleutel klemden. Toen keerde zijn stem terug, krachtig, boos, en hij schreeuwde het uit: 'Ik zal een manier vinden om hier weg te komen. Ik zal je wel krijgen. Jou en Meneer Maandag en het hele stel hier!'

'Zo mag ik het horen!' zei een zachte stem naast hem in de duisternis. Verrast haalde Arthur uit met de Sleutel, maar het metaal stuitte niet op weerstand. Hij viel nog altijd langzaam de diepte in, met om zich heen niets anders dan lucht en duisternis.

Hoewel, was dat wel zo? Arthur hief de Sleutel. 'Licht!' sprak hij gebiedend. 'Geef licht!'

De Sleutel begon plotseling helder te glanzen en wierp een kring van licht rond Arthur en zijn klapperende vleugels. In dat licht zag Arthur nog een gevleugelde gedaante, die in hetzelfde tempo viel als hij. De gedaante was helemaal in het zwart gehuld, tot en met zijn vleugels, glanzend en donker als die van een raaf, zonder zelfs maar een stipje wit.

'Maandags Schemer,' zei Arthur verachtelijk. 'Wat wil je van me?'

'Blijkbaar zijn de vermogens van de Sleutel je niet helemaal onbekend, anders dan Noen dacht,' fluisterde Schemer. Arthur kon hem nauwelijks verstaan door het geklapper van hun vleugels. 'En wat ik van je wil... dat zal ik je vertellen. Ik wil je helpen, Arthur. Je bent gekozen door de Wil. Je hebt de MinuutWijzer in je bezit, de helft van de Sleutel tot het LagerHuis.'

'Wát?' vroeg Arthur stomverbaasd, ervan overtuigd dat hij voor de gek werd gehouden. 'Jij bent toch zoiets als Maandags rechterhand?'

'Noen zit aan de rechterhand van de Meester. Dageraad aan zijn linker. Schemer staat achter hem, in de schaduwen. Maar soms is het gemakkelijker om het licht te zien wanneer je gedeeltelijk in het donker staat. Maandag is niet altijd geweest zoals hij nu is. Hetzelfde geldt voor Noen en Dageraad. En het LagerHuis is niet altijd de puinhoop geweest waartoe het is vervallen. Dat alles heeft me – geleidelijk, heel geleidelijk

– tot de conclusie gebracht dat er iets moet gebeuren. Ik heb de Wil geholpen zich te bevrijden door een Inspecteur een doos met snuiftabak te geven. En jou ga ik helpen met een paar nuttige adviezen.'

Arthur snoof ongelovig. Dit was zo doorzichtig. Hij had het talloze malen op de televisie gezien wanneer een verdachte werd verhoord. De aardige smeris en de rechercheur met de keiharde aanpak. Noen had zich van die laatste taak gekweten, nu was het de beurt aan Schemer. Hij wist het echter wel behoorlijk overtuigend te brengen.

'Je doet er goed aan met de Oude te gaan praten. De anderen vergeten dat hij zich weliswaar heeft verzet tegen de Architect, maar dat hij Haar werk niet verafschuwt. Jij bent daar een klein onderdeel van, dus hij zal in je geïnteresseerd zijn en je geen kwaad doen. Je moet hem vragen naar de Onwaarschijnlijke Trap en je voordeel doen met wat hij je kan vertellen.'

'Waarom zou ik je vertrouwen?' vroeg Arthur.

'Waarom zou je ook maar iémand vertrouwen?' antwoordde Schemer, zo zacht dat Arthur hem niet kon verstaan en zijn vraag moest herhalen. Schemer kwam dichter naast hem vliegen, tot Arthur zijn gezicht zou kunnen aanraken, en de punten van zijn vleugels, zo zwart als ebbenhout, met elke opwaartse slag bijna langs de sneeuwwitte vleugels van Arthur streken.

'Waarom zou je ook maar iémand vertrouwen?' zei hij opnieuw. 'De Wil is eropuit zijn zin te krijgen. Net als Maandag, en hetzelfde geldt voor de Morgen Dagen. Maar wie kan zeggen waar hun voornemens toe zullen leiden? Wees op je hoede, Arthur!'

Bij die laatste woorden sloeg Schemer nog krachtiger met zijn vleugels, en hij vloog omhoog terwijl Arthur bleef vallen. Hij had geen controle over de vleugels die Noen voor hem had gemaakt. Ze vertraagden zijn val alleen maar, als een parachute, alleen beter.

Arthur kreeg alle tijd om na te denken over wat Schemer had gezegd. Zijn vleugels bleven slaan en hij bleef vallen, tot hij gewend raakte aan de beweging en er zelfs slaperig van werd. De Diepste KolenKelder was inderdaad diep, dieper dan enige put of mijn waar Arthur in zijn eigen wereld ooit van had gehoord, op de duistere diepten van de oceaan na, waar vreemde levensvormen woonden.

Maar tenslotte kwam er een eind aan zijn val, waarvan hij had gevreesd dat deze eindeloos was. Arthur kreeg een vluchtige waarschuwing toen zijn vleugels hun inspanningen plotseling verdubbelden en uitzinnig op en neer sloegen, zodat hij volledig tot stilstand kwam. Vrijwel onmiddellijk lieten ze los, zodat Arthur de laatste één, misschien anderhalve meter viel en met een smak op een harde, natte ondergrond belandde. Water spatte op, zijn kleren raakten doorweekt, en het scheelde niet veel of hij had de Sleutel verloren. Een tel later vielen er twee rafelige stukjes papier naast hem, die in de modder onmiddellijk veranderden in een natte brij.

Het water was maar een paar centimeter diep. Een plas, meer niet, maar het was niet de enige plas. Bij het licht van de geheven Sleutel zag Arthur overal om zich heen stilstaande poelen. Poelen gevuld met stilstaand, zwart water met daartussen nauwelijks drogere grond, een smerige, modderige combinatie van kolenstof en water.

Bovendien lagen er overal bergen kolen. Tientallen, misschien wel honderden kleine piramiden van misschien anderhalve meter hoog of iets meer. Ze stonden een meter of vijf uit elkaar en waren duidelijk met veel zorg opgestapeld. Arthur wierp een blik op de dichtstbijzijnde kolenberg. Anders dan de volmaakt gelijke stukken die hij Trudie had zien gebruiken, waren de kolen hier grillige brokken, met grote verschillen in afmetingen. Toen hij begon rond te lopen, zag Arthur dat de piramiden zelf ook in afmetingen verschilden, en dat sommige er ordelijker uitzagen dan andere. Hier en daar was er een berg ingestort, een rommelige verzameling losse kolen.

Zoals Noen al had gezegd, was het er koud en vochtig. *Het enige voordeel is dat het vocht ervoor zorgt dat het kolenstof niet opwaait*, dacht Arthur, hoewel zijn voeten het wel lostrapten. Maar hij moest in beweging blijven, want het was te koud om stil te staan. Als Trudie gelijk had en als hij niet hoefde te eten, dan veronderstelde hij dat hij ook voortdurend in beweging kon blijven.

Ze had alleen niets gezegd over de al dan niet aanwezige noodzaak om te slapen, en Arthur voelde zich dóódmoe. Bovendien werd er in ploegen gewerkt, wist hij. Dus hij veronderstelde dat de mensen – of de Huislingen, zoals ze blijkbaar werden genoemd – wel degelijk met enige regelmaat sliepen.

Hij hoopte vurig dat de Sleutel zou voorkomen dat hij longontsteking opliep of kou vatte. Tenminste, als het mogelijk was om iets dergelijks hier op te lopen. Trudie scheen te denken van niet. Maar het zou een afschuwelijke ervaring zijn om te proberen te slapen op een stapel kolen, in een koude, vochtige kelder.

Terwijl Arthur zigzaggend tussen de stapels kolen door liep, vroeg hij zich af wat hij moest doen. Moest hij Schemer vertrouwen? Een van de laatste dingen waarover de Wil het had gehad, was de Onwaarschijnlijke Trap, als een van de manieren om het Dagverblijf van Meneer Maandag te bereiken. Schemer had de Onwaarschijnlijke Trap ook genoemd. Dus misschien was het niet alleen een manier om in de vertrekken van Maandag te komen, maar ook om uit de KolenKelder te ontsnappen. Om de Trap te vinden zou hij echter op zoek moeten naar de Oude, om hem ernaar te vragen. Arthur had de huivering gezien die door Dageraad en de Sergeant-Commissionairs heen was gegaan bij het noemen van de Oude. Het was duidelijk dat ze bang voor hem waren. En blijkbaar gold dat ook voor de Wil, concludeerde Arthur. Anders zouden Noen en Maandag hem nooit hier beneden hebben achtergelaten met de Sleutel.

Hij kon geen alternatief bedenken. Hetgeen betekende dat hij methodisch op zoek moest naar de Oude. De kuil mat niet meer dan achthonderd meter in doorsnee, maar hij was ongetwijfeld vele duizenden meters diep. Als Arthur op de een of andere manier bijhield waar hij was geweest, zou hij in staat moeten zijn de hele kuil in een soort roosterpatroon af te werken. Het zou echter wel een heel karwei worden.

De voor de hand liggende manier zou zijn om een paar kolen van elke piramide te nemen en die in een bepaald patroon neer te leggen. Op die manier zou hij het weten wanneer hij bij een piramide kwam waar hij al was geweest.

Arthur zuchtte en liep naar de dichtstbijzijnde piramide. Hij had zich net voorover gebukt om een groot brok kool van de bovenkant te pakken, toen er aan de andere kant van de berg een man te voorschijn sprong, heftig zwaaiend met een wapen.

'Stop! Hou daar onmiddellijk mee op! Geef me mijn kool terug, schurk die je bent!'

15

'Schurk die je bent, dat zijn mijn kolen!' klonk het opnieuw. Toen zag de man de Sleutel in Arthurs hand, en van het ene op het andere moment sloeg hij een andere toon aan en liet hij het merkwaardige stuk gereedschap zakken waar hij mee zwaaide. 'O, ik had het niet tegen u, heer, wie u ook mag zijn. Ik had het tegen iemand anders. Kijk, daar gaat hij!'

Verward keek Arthur zijn wijzende vinger na. Maar hij zag niemand.

'Dan ga ik maar gewoon weer aan het werk, heer,' vervolgde de man. Hij was gekleed in hetzelfde eenvoudige toga-achtige gewaad dat de liftvoerder voor straf aangemeten had gekregen. Alleen was dit gewaad zwart als kool en ernstig gerafeld. Het mannetje was een kop kleiner dan Arthur, hoewel hij voor het overige de gestalte had van een volwassen man.

'Wie ben je?' vroeg Arthur.

'KolenSorteerder van de uiterst nederige Tiende Graad,' rapporteerde de man. 'Prioriteitsnummer 9665785553.'

'Ik bedoel, hoe heet je?'

'O, ik heb geen naam. Althans, niet meer. Er zijn hier beneden maar heel weinigen die nog een naam hebben, Uwe Excellentie. Tenminste, niet wat u een naam zou noemen, heer. Mag ik nu gaan?'

'Wat wás je naam dan?' vroeg Arthur. 'En wat was je voordat je hier beneden terechtkwam?'

'Dat is een wrede vraag, heer. Een verschrikkelijk wrede vraag.' De man pinkte een traan weg. 'Maar u hebt de Sleutel in uw hand, dus ik moet antwoord geven. Ik heette vroeger Pravuil, heer, Tiende Assistent-Plaatsvervangend Klerk van de Sterren. Ik telde zonnen in de Lagere Domeinen, heer, en ik hield daar dossiers van bij. Tot me werd gevraagd het papierwerk behorende bij een bepaalde zon te wijzigen. Dat, eh... dat heb ik geweigerd, en toen ben ik naar beneden verbannen.'

'Het is niet mijn bedoeling... je van streek te maken,' zei Arthur. 'Maar wat doe je hier beneden?'

'Ik sorteer en verzamel kolen en maak er stapels van,' legde Pravuil uit. Hij wees op de piramiden. 'Dan komt een van de KolenKappers om de kolen op maat te hakken en in een bestelmand te doen, waarin ze naar degene gaan die om de kolen heeft gevraagd. Waarschijnlijk zo lang geleden dat de besteller al is vergeten wat vuur is en niet beter weet of bibberen en kou lijden horen erbij.'

'Een mand?' vroeg Arthur. 'Hoe zien die manden eruit? En hoe worden ze naar boven gebracht?'

'Ik weet wat u denkt, heer,' antwoordde Pravuil. 'U denkt aan ontsnappen. Aan laksheid. Aan iemand die u iets betaald wilt zetten. Maar dat zal niet gaan. De manden zijn klein, en ze zijn voorzien van zelfdenkende labels. Dat zijn labels die zorgen dat de manden hun bestemming bereiken. En als u denkt dat zo'n label kan worden losgemaakt en kan worden gebruikt om een persoon te vervoeren, dan hebt u het mis. Dat zou Kaalnek u kunnen vertellen, als hij er ooit in zou slagen zijn hoofd beneden terug te vinden.'

'Kaalnek?'

'Zo noemen we hem. Hij heeft ooit een label van een mand gehaald en om zijn nek gebonden.' Pravuil snoof verachtelijk. 'Ik heb hem gewaarschuwd, maar hij wilde niet luisteren. Het label ging omhoog, maar zonder Kaalnek. In plaats daarvan sneed het dwars door zijn nek, zijn hoofd rolde van zijn romp, en zijn lichaam strompelde stuurloos rond, tegen de ene na de andere kolenberg botsend. Ik neem aan dat hij het uiteindelijk wel zal vinden. Zijn hoofd, bedoel ik. Of misschien vindt iemand anders het voor hem.'

Arthur keek huiverend om zich heen, half en half verwachtend dat hij een man zonder hoofd in de duisternis zou zien ronddolen, voor altijd op zoek naar het ontbrekende lichaamsdeel. Of erger nog, dat het hoofd ergens onder de kolen lag begraven, met de zintuigen intact, maar niet tot communiceren in staat.

'Ik ben hier niet op onderzoek,' zei Arthur. 'En ook al heb ik de Sleutel, ik ben geen functionaris van het Huis. Of een vriend van Meneer Maandag. Ik ben een sterveling. En ik kom uit de wereld buiten het Huis.'

'Natuurlijk, heer. Dat neem ik onmiddellijk van u aan,' zei Pravuil met onverholen wantrouwen. Het was duidelijk dat hij dacht dat Arthur probeerde hem in de maling te nemen. 'Dan ga ik nu maar weer aan het werk.'

'Voordat je weggaat, wil ik je iets vragen. Kun je me vertellen – of kun je me wijzen – waar ik de Oude kan vinden?'

Pravuil gebaarde huiverend met een hand. 'Blijf bij hem uit de buurt!' waarschuwde hij. 'De Oude kan u voorgoed het zwijgen opleggen. U terugbrengen tot Niets, minder dan een Nietsling, zonder ook maar een schijn van kans om terug te keren!'

'Ik heb geen keus,' zei Arthur langzaam. 'Ik moet hem spreken.'

Althans, dat dacht hij. Het leek erop dat de enige weg om uit de Kolen-Kelder te ontsnappen via de Oude liep.

'Die kant uit,' zei Pravuil fluisterend, wijzend met zijn vinger. 'De kolen zijn er niet geordend. Niemand durft ze bij elkaar te vegen in de buurt van de Oude.'

'Dank je wel,' zei Arthur. 'Ik hoop dat je op een dag je oude functie terugkrijgt.'

Pravuil haalde zijn schouders op en ging weer aan de slag. Het vreemde werktuig dat hij vasthield was een merkwaardig soort bezem met een blik, zag Arthur nu. De bezem vormde grillige brokken kool van het stof dat hij opveegde, en die brokken stapelde Pravuil vervolgens op tot kleine piramides.

Arthur begon in de richting te lopen die Pravuil hem had gewezen. Enkele ogenblikken nadat de lichtkring van de Sleutel de KolenSorteerder achter zich had gelaten, schalde diens stem door de duisternis.

'Blijf niet tot na twaalven!'

'Wat bedoel je?'

Er kwam geen antwoord. Arthur bleef staan om te luisteren, maar alles bleef doodstil. Toen hij terugliep om de vraag opnieuw te stellen, was er geen spoor meer van Pravuil te bekennen. Het enige wat restte, was de kolenpiramide waarmee hij aan het werk was geweest, met een paar nieuwe brokken erbovenop.

'Precies waar ik op zit te wachten,' mompelde Arthur. 'Nog meer goede raad. Blijf uit de buurt van de Oude. Ga naar de Oude toe. Blijf niet tot na twaalven. Vertrouw de Wil. Denk erom dat je de Wil niet vertrouwt. Ik wou dat iemand me eindelijk eens duidelijk zei waar het op staat.'

Hij bleef staan alsof hij een antwoord verwachtte, maar dat kwam natuurlijk niet. Hoofdschuddend liep hij tenslotte verder. Om er zeker van te zijn dat hij de weg terug weer kon vinden, mocht dat nodig zijn, nam hij tien brokken kool van de eerste piramide en legde deze in een bepaald patroon aan de voet daarvan. Bij de volgende piramide deed hij hetzelfde met negen brokken, toen met acht, en zo steeds verder, tot hij nog maar één brok hoefde neer te leggen. Toen begon hij opnieuw, maar hij gebruikte tevens een extra brok om aan te geven dat het om zijn tweede tiental ging.

Tegen de tijd dat hij deze procedure had herhaald bij honderdzesentwintig piramides, was hij ten prooi gevallen aan twijfels. Om te beginnen twijfelde hij eraan of hij de Oude ooit zou vinden. Ten tweede vroeg hij zich af of Pravuil hem wel de goede kant uit had gestuurd. En tenslotte betwijfelde hij of de kuil hier in de diepte wel dezelfde afmetingen had als de opening in de grond hoog boven hem. Bovendien begon hij het erg koud te krijgen, ook al was hij voortdurend in beweging. Hij had geen honger, maar hij verlangde nog steeds naar iets te eten, omdat hij het daar warmer van zou krijgen. Althans, dat vermoedde hij. Het zou in elk geval de verveling bestrijden, want het was gruwelijk saai om door de ijskoude, natte duisternis te lopen, die met rondom niets dan kolen aan een vuilnisbelt deed denken.

Vermoeid als hij was, hield hij de Sleutel steeds lager, zodat de lichtkring hoe langer hoe kleiner werd, tot alleen de grond aan zijn voeten werd verlicht. Voorbij dat licht lag alleen maar duisternis, tot Arthur plotseling een glimp opving van iets dat niet door de Sleutel of het weerkaatste schijnsel daarvan werd verlicht. Hij zag een ander soort gloed. Een blauw, trillend licht, alsof er ergens vóór hem een gasvlam brandde. Arthur hief de Sleutel hoger op en begon sneller te lopen. Dat moest de plek zijn waar de Oude zich verborgen hield.

Hij voelde zich nerveus en opgewonden tegelijk. Nerveus omdat Dageraad en de Sergeant-Commissionairs zich oprecht bang hadden getoond voor de Oude, net als Pravuil dat had gedaan. Opgewonden, omdat het eindelijk iets anders beloofde dan kolen en koude waterplassen. Misschien zou het hem zelfs lukken iets te eten te vinden, of – en dat was nog beter – een manier om te ontsnappen.

Naarmate hij dichter bij het licht kwam, begon hij steeds langzamer te lopen en hield hij de Sleutel hoe langer hoe hoger. Hij wilde niet verrast worden, door wat dan ook. Elke schaduw achter een piramide van kolen kon een hinderlaag zijn. Maar de piramiden werden steeds minder talrijk, en hetzelfde gold voor de waterplassen. Hij naderde open terrein. Met drogere, hogere grond. Er lag zelfs minder modderig kolenstof onder zijn voeten en meer stukken droge steen.

Bij de laatste kolenpiramide liet Arthur zich op zijn hurken zakken om te zien wat er vóór hem lag. Hij moest telkens met zijn ogen knipperen, want het viel niet mee om iets te zien in de vreemde combinatie van het licht van de Sleutel en de trillende blauwe glans die het terrein vóór hem bescheen.

Hij zag een hoog, rond platform, een soort podium van stenen, van ongeveer twintig meter in doorsnee. Rechtop langs de rand van het platform stonden Romeinse cijfers, en twee lange stukken metaal kwamen te voorschijn uit een soort spil in het midden, de ene iets korter dan de andere. Terwijl Arthur toekeek, bewoog het langste stuk een eindje verder langs de rand.

Het was een grote wijzer, besefte Arthur plotseling. Het ronde platform was de wijzerplaat van een klok! Een reusachtige wijzerplaat die plat was gelegd. Maar dat was nog niet het merkwaardigste. Arthur zag dat er van de punten van de wijzers kettingen naar het een of andere mechanisme van tandraderen en katrollen bij het centrale draaipunt liepen. Een mechanisme waar hij niets van begreep. Via het draaipunt waren de kettingen vastgeklonken aan de boeien rond de polsen van een man die bij het cijfer zes zat. Het waren de kettingen die zorgden voor de glanzende blauwe gloed. Ze zagen eruit alsof ze van staal waren, maar dat was onmogelijk. Staal verspreidde niet zo'n levendige, spookachtig blauwe glans.

En de man bij het cijfer zes was ook geen man, dacht Arthur terwijl hij hem aandachtig bestudeerde. Het was een reus, van minstens tweeëneenhalve meter. Hij zag eruit als een barbaarse held uit een ver verleden, met enorme koorden van spieren op zijn armen en zijn benen. Maar zijn huid was oud, rimpelig en gedeeltelijk doorzichtig, zodat zijn aderen te zien waren. Hij was slechts gehuld in een lendendoek, zijn haar was afgeschoren tot korte stoppels. Hij zag eruit alsof hij sliep, maar zijn gesloten ogen boden wel een vreemde aanblik. De oogleden waren rauw en rood, alsof ze waren verbrand door de zon. Iets wat hier beneden onmogelijk was. Trouwens, dat gold voor het hele Huis, voor zover Arthur wist.

Dit moest de Oude zijn, en hij was geketend aan de wijzers van de klok. Arthur sloop voorzichtig dichterbij om de tandraderen en wielen van het kettingmechanisme te bestuderen. Het viel niet mee om erachter te komen hoe het werkte, maar uiteindelijk kwam Arthur tot de conclusie dat de kettingen rond halfzeven de meeste speling hadden en om twaalf uur strak waren aangetrokken. Sterker nog, hij vermoedde dat ze de reus op het middaguur en om middernacht bijna naar het midden van de klok sleurden.

Op dat moment stonden de wijzers op vijf minuten over halfzeven, dus de Oude had genoeg speling om naast het cijfer zes te zitten. Te oordelen naar de lengte van de kettingen vermoedde Arthur dat de gevangene niet in staat zou zijn om van de wijzerplaat af te komen.

Aan weerskanten van het centrale draaipunt zat een luik. Beide luiken hadden het formaat van een deur, met een gewelfde bovenkant. Zoals de deurtjes van een koekoeksklok. Op de een of andere manier vermoedde Arthur echter dat er geen koekoeken uit te voorschijn kwamen.

'Pas op!' riep de Oude plotseling.

Arthur sprong naar achteren en struikelde over wat losse brokken kool. Terwijl hij haastig overeind kwam, hoorde hij het geratel van kettingen. Er spoelde een golf van paniek over hem heen terwijl hij een goed heenkomen zocht.

Maar hij was niet snel genoeg. De reus had de kettingen dicht tegen zich aan gehouden om te maskeren hoeveel speling hij had. In een oogwenk stond de Oude over Arthur heen gebogen. Van dichtbij leek hij nog groter, nog gemener. Nu hij zijn ogen open had, zagen ze er nauwelijks beter uit dan toen ze nog dicht waren. Ze waren roodomrand en bloeddoorlopen. De ene pupil was goudkleurig, de andere zwart.

'Heb je genoeg gezien, SleutelDrager?' vroeg de Oude terwijl hij nonchalant een stuk van zijn ketting over Arthurs hoofd zwaaide en het strak aantrok om Arthurs nek.

Arthur haalde naar hem uit met de Sleutel, maar hij bezorgde de reus nog geen schrammetje. Er was geen explosie van gesmolten materie, geen regen van elektrische vonken, helemaal niets. Arthur had hem net zo goed met een plastic wijzer kunnen slaan.

'Hebben je meesters je niet verteld dat niets in het Huis me kan deren?' gromde de reus. 'En niets van het Niets, behalve de schepselen van deze klok, die 's nachts aan me knagen en me de ogen uitsteken? Maar ik dank je voor het kortstondige vermaak dat je me zult schenken wanneer ik je stukje bij beetje uit elkaar trek en je wezen toevertrouw aan de leegte!'

136

16

'Ik kom niet uit het Huis!' kraste Arthur. 'En ik hoor niet bij de vijand!'

De Oude trok grommend de ketting nog strakker aan tot het pijn deed. Toen sleurde hij Arthur overeind en snoof, alsof hij de lucht boven diens hoofd besnuffelde. Na drie keer snuiven liet hij abrupt een paar schakels van de ketting vieren, zodat deze niet meer zo strak om Arthurs nek zat. Hij liet hem echter niet helemáál vieren.

'Je bent inderdaad een sterveling,' zei hij iets vriendelijker. 'Uit een wereld die ik maar al te goed ken. Maar je hebt me wel mijn pleziertje afgenomen, ventje. Dus daar zal je nu op een andere manier voor moeten zorgen. Hoe kan het dat een sterveling de Minste Sleutel van het LagerHuis draagt?'

'De Wil...' begon Arthur, maar voordat hij meer kon zeggen, tilde de Oude de ketting plotseling over Arthurs hoofd en liet hem slap hangen. Een paar seconden later bewoog zowel de minuutwijzer als de uurwijzer wel héél dicht naar de twaalf. De ketting trok ratelend strak en dwong de Oude een stap naar achteren te doen.

Arthur slikte. Als de ketting nog om zijn nek had gezeten, zou hij zijn gewurgd, en hij begon serieus te twijfelen aan Trudies bewering dat het niet meeviel om dood te gaan in het Huis. Het was maar al te duidelijk dat de Oude beschikte over het vermogen om te doden – of althans te zorgen voor een soort definitieve afloop die een opmerkelijke gelijkenis vertoonde met de dood.

'Vertel op, sterveling!' commandeerde de Oude. 'Hoe heet je? Want ik ben altijd een vriend van je volk geweest. Mijn vijand, dat is de Architect. Maar ik draag de dingen die Ze heeft gewrocht geen slecht hart toe. Sterker nog, ook ik heb lang geleden bijgedragen aan jullie schepping, ook al heeft de Architect altijd geprobeerd mijn scheppingswerk te ontkennen.'

'Ik heet Arthur. Arthur Penhaligon,' zei deze langzaam, maar hij ging sneller praten naarmate hij de situatie beter begon te begrijpen. 'Ik weet ook niet goed waarom ik de Sleutel heb gekregen. De Wil heeft Meneer Maandag door een list zover weten te krijgen dat hij deze aan mij gaf, en daarom ben ik nu hier. Ze hebben me gevangengezet, tot ik de Sleutel uit mezelf teruggeef. Alleen, voordat ik gevangen werd genomen, zei de

Wil dat ik moest zien de UurWijzer te pakken te krijgen en het meester-schap over het LagerHuis op me te nemen, omdat het de enige manier is om weer naar huis te kunnen en een eind te maken aan de ziekte die de Apporteurs hebben meegebracht...'

'Wacht even!' commandeerde de Oude. 'Dat klinkt allemaal erg inge-wikkeld. Ik wil dat je begint bij het begin, vervolgt met het midden en... wel, ik zie dat het eind er nog niet is. Maar eerst drinken we een glas wijn en nemen we een honingkoek.'

'Ik zou wel een honingkoek lusten.' Arthur keek om zich heen, maar zag nergens iets wat leek op een provisiekast waar die koeken en die wijn vandaan zouden moeten komen. Er was niets wat wees op een keuken, op bedienden of wat dan ook, hoewel hij op dat moment nergens meer van zou hebben opgekeken.

De Oude stak zijn hand naar voren met de palm naar beneden en begon dreunend een bezwering op te zeggen:

Breng mij een schaal met twaalf koeken, honingzoet,
Gevuld met amandelen, in rijke overvloed,
Breng mij een wijn, uit een met hars besmeerde ton,
Van druiven op heuvels, gekust door de zon.

Bij de woorden van de Oude voelde Arthur de grond huiveren onder zijn voeten. Tenslotte scheurde het gesteente, en de bodem week kreu-nend uiteen. Vanuit de kloof steeg langzaam een poel van duisternis op, die steeds breder werd en zich uitspreidde over de grond aan Arthurs voeten. Deze deed een stap naar achteren, terwijl de duisternis van kleur veranderde en in vliegende vaart de vorm aannam van een aardewerken kruik en een platte mand met koeken die er verrukkelijk uitzagen.

De kloof sloot zich met een klap terwijl de Oude zich bukte om de koeken en de wijn te pakken.

'Waar komt dat allemaal vandaan?' Arthur wist ineens niet meer zo zeker of hij wel een honingkoek wilde.

'Het Niets ligt hier vlak onder.' De Oude hield de kruik onderstebo-ven en schonk een stroom licht gekleurde wijn in zijn mond waar geen eind aan leek te komen. 'Egghhh! Als je beschikt over het vermogen, of je hebt een instrument van macht zoals de Sleutel, kunnen talloze dingen uit het Niets naar boven worden gehaald. Tenslotte is dat het begin van alles. Zelfs de Architect was afkomstig uit het Niets. Ik ook, trouwens. Ik zat Haar net op de hielen. Hier, drink wat!'

Hij gaf de kruik aan Arthur, die probeerde zijn voorbeeld te volgen. Dat was echter veel moeilijker dan het had geleken, dus er kwam meer wijn op zijn kin terecht dan hij binnenkreeg. Toen hij slikte, wenste hij dat hij helemáál geen wijn had binnengekregen. Het smaakte afschuwelijk, naar zoethout, en het brandde in zijn keel. De honingkoeken smaakten aanzienlijk beter, ook al waren ze wel erg kleverig. Er waren stukjes sinaasappelschil in het deeg mee gebakken, en de koeken waren zacht en een beetje vochtig van structuur. Arthur at er snel achter elkaar drie op. De Oude at de overige negen. Het was duidelijk dat hij genoot.

'Zo, en nu wil ik je verhaal horen,' zei de Oude op gebiedende toon, nadat hij de laatste kruimels van zijn kin en zijn borst had geveegd. 'En drink zoveel je wilt.'

Arthur schudde zijn hoofd toen de kruik hem opnieuw werd voorgehouden. Hij vertelde de Oude echter het hele verhaal, vanaf zijn eerste ontmoeting met Meneer Maandag en Snuiter. De reus luisterde aandachtig, met één knie opgetrokken, zijn kin rustend op zijn vuist. Hij ging regelmatig verzitten, zodat de kettingen hem niet naar achteren trokken wanneer de wijzers van de klok bewogen.

Toen Arthur was uitgesproken, stonden de wijzers op twintig voor negen, en de Oude knielde ongeveer een meter van de rand van de wijzerplaat. Arthur zat bij het cijfer acht, aan de veilige kant van de grote wijzer. Het was warm op de wijzerplaat; een zachte, aangename warmte als van de zon op een heldere, rustige winterdag. Arthur was weliswaar uitgeput, maar hij voelde zich ook een stuk beter op zijn gemak.

'Dat is een merkwaardig verhaal,' zei de reus met zijn diepe bromstem. 'Een verhaal dat me aan het denken zet over de rol die ik moet spelen. Het is waar dat ik de vijand ben van de Architect, wier Wil jou tot zijn instrument heeft gemaakt. Anderzijds ben ik ook geen vriend van Meneer Maandag of van de Morgen Dagen, wier kleinzielige wederrechtelijke aanmatiging me meer tegen de borst stuit dan enige vijandigheid die ik koester jegens de Architect. En toch blijft de vraag wat me te doen staat. Moet ik je helpen, moet ik je de voet dwarszetten, of moet ik me er eenvoudig niet mee bemoeien? Daar moet ik over nadenken. Rust wat uit, Arthur. Rust wat uit tot ik mijn besluit heb genomen.'

Arthur knikte slaperig. Hij was dood- en doodmoe, en het zou zo gemakkelijk zijn om zich ter plekke uit te strekken en een dutje te doen. Maar hij wantrouwde die geheimzinnige luiken in het midden van de klok, en dan was er de waarschuwing van Pravuil... De Sleutel beschermde hem tegen het kwaad, maar hij kon niet alle pijn op een afstand houden. En Arthur had geen zin in pijn.

'Belooft u dat u me voor twaalven wakker maakt?' vroeg hij dan ook. Hij had de indruk dat hij de Oude kon vertrouwen. Althans, voor zover het een dergelijke onbeduidende belofte betrof.

139

'Voor twaalven?' De Oude keek ook naar de luiken. 'Zo lang hoef ik niet na te denken.'

'Belooft u dat u me wakker maakt?' vroeg Arthur nogmaals. Hij kon de woorden nauwelijks uit zijn mond krijgen. Het was bijna te veel inspanning om zijn kaken te bewegen, en zijn oogleden waren zo zwaar dat ze onverbiddelijk dichtvielen.

'Ik zal je voor twaalven wakker maken,' zei de Oude instemmend.

Arthur glimlachte en liet zich op de warme wijzerplaat zakken. De Oude sloeg hem gade en draaide zijn handen om zodat de kettingen zachtjes rinkelden.

'Maar hoe lang voor twaalven, dat weet ik niet,' fluisterde hij even later. Hij keek opnieuw naar de luiken en legde zijn hand boven zijn ogen. 'Zal ik je aan hen overlaten, zodat ik ook eens een keer rustig kan slapen, zonder te worden gemarteld? Of zal ik lijden zoals altijd en je alle hulp geven waartoe ik in staat ben?'

Arthur werd gewekt door een kreet, een kreet die zijn hele lichaam vulde met geluid. Het voelde alsof het geluid hem omhoogslingerde, hoewel het in werkelijkheid zijn door adrenaline opgelierde spieren waren die hem overeind deden springen.

'Arthur! Wakker worden! Je moet rennen! Rennen, voordat ze je te pakken nemen!'

Even keek Arthur als verlamd en gedesoriënteerd om zich heen. De schreeuw van de Oude weergalmde in zijn hoofd. Toen luidde ergens vlakbij een zware bel, zodat de trillingen hem bijna omver deden tuimelen, als een soort aardbeving. Op hetzelfde moment hoorde hij dat de twee luiken in het midden van de wijzerplaat openvlogen. Wat zich daarachter ook mocht bevinden, bracht een gruwelijk, hoog gegiechel voort.

Het volgende moment vluchtte Arthur struikelend en strompelend, maar in volle vaart de wijzerplaat af, en hij rende zo hard als hij kon naar de kolenpiramiden.

Hij was halverwege toen de bel weer luidde en de grond opnieuw schokte. Het was de klok. De klok die twaalf sloeg. Maar Arthur wist niet of het middag of middernacht was. Na de bel werd het gruwelijke gegiechel voortgezet, vergezeld door het geluid van een uurwerk dat werd afgewonden en van bewegende raderen.

Arthur dook achter een piramide van kolen, op hetzelfde moment dat de klok voor de derde keer sloeg. Opnieuw trilde zowel de grond als de lucht door het galmen van de bel, en er tuimelden brokken kolen op Arthurs hoofd.

Inmiddels was hij klaarwakker en doodsbang, en zijn enige verlangen was zo ver en zo hard mogelijk het kolenveld in te rennen. Weg van de galmende bel, het krankzinnige gekakel en het geluid van het bewegende uurwerk. Het verlangen en de angst waren zo sterk dat hij zich omdraaide om het op een lopen te zetten, met de Sleutel hoog geheven om hem bij te lichten. Na enkele stappen dwong hij zich echter te blijven staan. Waar vluchtte hij eigenlijk voor? Een geluid, meer was het niet. Wat moest hij beginnen als hij straks de weg terug naar de klok en de Oude niet meer kon vinden? Tenslotte was hij nog altijd op zoek naar een manier om hier weg te komen, en de Oude leek zijn beste kans daarop. Die kans mocht hij niet opgeven uit angst voor een geluid. Hij haalde diep adem en maakte rechtsomkeert om te zien er daadwerkelijk iets was om bang voor te zijn.

Hij moest zijn ogen tot spleetjes knijpen, want de blauwe gloed was zelfs nog feller dan hij die eerder had gezien. De armen van de Oude waren achter zijn rug gebonden, strak getrokken door de kettingen die met de wijzers van de klok waren verbonden. De wijzers stonden allebei op de twaalf, en het leek Arthur opnieuw alsof de enkels van de Oude daaraan waren vastgeklonken, hoewel hij verder geen kettingen kon zien. Het was echter maar al te duidelijk dat de reus geen vin kon verroeren.

Plotseling zwaaiden de luiken aan weerskanten van het centrale draaipunt opnieuw met een ruk open. Arthur zag een kleine gedaante uit elk luik springen. De ene begon met houterige bewegingen naar het cijfer negen te rennen, de andere naar de drie, daar recht tegenover.

De eerste gedaante zag eruit als een houthakker, een klein mannetje – ongeveer net zo groot als Arthur – in groene kleren, met een veer op zijn hoed. Hij droeg een bijl die bijna net zo lang was als hij en waarmee hij hakkende, enigszins schokkerige bewegingen maakte. De tweede gedaante was een klein, dik vrouwtje met een schort voor en een hoofddeksel vol kantjes en ruches. Ze hield een reusachtige kurkentrekker voor zich uit van minstens een halve meter lang, waarmee ze onregelmatig draaiende bewegingen maakte terwijl ze zich over de wijzerplaat van de klok verplaatste.

Zowel de houthakker als het vrouwtje met de kurkentrekker leek gemaakt van hout, maar tegelijkertijd op een gruwelijke manier levend. Hun blikken schoten heen en weer, hun mond leek maar al te menselijk, en ze krulden hun lippen terwijl ze doorgingen met hun huiveringwekkende gegiechel. Hun armen waren echter helemaal niet menselijk. Ze hadden scharnieren als de ledematen van een marionet en bewogen haperend, met stuiptrekkingen. Ze konden hun benen niet buigen, dus

141

ze bewogen zich over de wijzerplaat als op wieltjes, of alsof ze werden voortgetrokken aan onzichtbare draden.

Toen ze bij de negen en de drie waren gekomen, keerden ze zich naar de Oude. Terwijl de houthakker de tien passeerde, begon hij steeds sneller te bewegen. Het vrouwtje passeerde de twee en liet haar kurkentrekker hoe langer hoe vlugger draaien.

Vervuld van afschuw keek Arthur toe. De Oude kon nog altijd geen vin verroeren, dus hij was niet in staat de afschuwelijke, marionetachtige wezens af te weren. Arthur wist dat ze op weg waren om iets gruwelijks te doen, maar wat kon hij uitrichten? Toch weigerde hij werkeloos toe te zien.

Hij keek naar de Sleutel, nam hem als een mes in zijn hand en deed een stap naar voren.

Terwijl hij vanachter de piramide vandaan kwam, sloeg de klok opnieuw. Het was misschien de vijfde slag van de twaalf. Terwijl de echo's verstomden, bleven de houthakker en het vrouwtje met de kurkentrekker op korte afstand van de Oude staan. Arthur deed nog een stap in hun richting en beide marionetachtige wezens draaiden zich naar hem om.

'Nee! Niet doen!'

Iemand pakte Arthur bij zijn mouw. Hij draaide zich met een ruk om, zijn Sleutel geheven om toe te slaan, maar het was slechts Pravuil. De KolenSorteerder pakte Arthur bij zijn elleboog en probeerde hem weer achter de piramide te trekken.

'Dat is de straf van de Oude. Er is niets tegen te doen. Als je het zou proberen, zouden ze jóú ook je ogen uitsteken,' zei Pravuil. 'En ik denk niet dat die met hetzelfde gemak weer zouden aangroeien als de ogen van de Oude. Tenminste, niet wanneer de klokkenlopers ze uitsteken.'

'Wát?' vroeg Arthur, vervuld van afschuw. 'Hebben ze hem zijn ogen uitgestoken?'

Hij keek achterom terwijl hij het zei, en in de fractie van een seconde die hij nodig had om zijn hoofd weer af te wenden, wenste hij dat hij het niet had gedaan. De houthakker en het vrouwtje hadden inmiddels de twaalf bereikt en stonden op de borst van de Oude, neerkijkend op zijn gezicht, met zowel de bijl als de kurkentrekker geheven, klaar om toe te slaan.

'Laten we ons nog iets verder terugtrekken,' zei Pravuil zenuwachtig. 'Soms lukt het ze namelijk om van de wijzerplaat af te komen! Ja, het gaat ze tegenwoordig om zijn ogen. Maar ze hebben het eeuwenlang op zijn lever gemunt gehad.'

'Zijn léver?'

'Dat is de straf die de Architect hem heeft opgelegd,' legde Pravuil uit terwijl hij Arthur voorging en haastig achter een hoge piramide van kolen verdween, voortdurend over zijn schouder kijkend. 'Elke twaalf uur, voor altijd en eeuwig. Tegen de tijd dat het twee, drie uur is, hebben zijn ogen zich hersteld, en... negen uur later worden ze opnieuw uitgestoken.'

'Wat heeft hij gedaan dat hij dat verdient?' vroeg Arthur.

'Hoe bedoel je? Ik weet niet hoe het werkt met *verdienen*,' mompelde Pravuil. 'Heb ik het verdiend om naar beneden te worden verbannen? En wat hij heeft gedaan... ik heb geen idee. Het is ook maar beter om niet naar dat soort dingen te vragen. Waarschijnlijk had het iets te maken met het werk van de Architect in de Lagere Domeinen. Ze is een jaloerse Schepper. Of dat was ze. Ik neem aan dat de Oude zich daar met haar schepping heeft bemoeid.'

De klok sloeg opnieuw, en zowel Arthur als Pravuil kromp ineen bij de dreunende slag.

'Maar als de Architect er niet meer is, waarom zit de Oude dan nog steeds gevangen?'

'Haar werk in het Huis kan niet ongedaan worden gemaakt,' zei Pravuil. 'Lagere wezens kunnen zich wel bemoeien met de ontwikkelingen in de Lagere Domeinen, maar het Huis is constant. Tenminste, op kleine dingen en accessoires na. Behang, meubels... dat soort zaken. Maar al wat groot is, zoals de Oude en de klok, dat is voor altijd en eeuwig.'

Arthur huiverde, en dat kwam niet alleen door het feit dat de kou terugkeerde. Hij dacht opnieuw aan de hakkende bijl en de draaiende kurkentrekker, aan de Oude, weerloos geketend, met zijn ogen geopend... En dat gebeurde elke twaalf uur, tot in alle eeuwigheid? Het was te gruwelijk om over na te denken, maar hij wist dat hij er niet in zou slagen er níét aan te denken. Dus hij moest proberen zichzelf af te leiden. 'Waarom ben je me te hulp gekomen?' vroeg hij.

'Ik kreeg bezoek van Maandags Schemer,' zei Pravuil. Hij keek nog steeds voortdurend over zijn schouder, hoewel hij iets minder gespannen leek. 'Nou, ik kan je wel vertellen, hij joeg me de stuipen op het lijf. Als het had gekund met al dat kolenstof, zou ik wit om de neus zijn geworden. Maar hij was erg vriendelijk. Hij, eh... beloofde me wat kleine luxes als ik je hielp. Is het waar dat je een sterveling bent? Ook al heb je de Minste Sleutel in je bezit?'

'Ja, ik ben een sterveling,' zei Arthur.

'En je bent een Rechtmatig Erfgenaam van het LagerHuis?'

'Tja, dat beweert de Wil,' antwoordde Arthur slecht op zijn gemak. 'Mij gaat het alleen om een geneesmiddel...'

Hij onderbrak zichzelf toen de klok opnieuw sloeg en Pravuil voor hem knielde.

'Sta me toe trouw te zweren aan de ware Meester van het LagerHuis,' verklaarde hij plechtig. 'Ook al ben ik maar een eenvoudige Kolen-Sorteerder, ik zal de Meester dienen zo goed als ik kan.'

Arthur knikte en vroeg zich af hoe hij werd geacht te reageren. Pravuil keek bijna gretig naar hem op, alsof hij iets van hem verwachtte. Terwijl Arthur aarzelde, sloeg de klok opnieuw. Hij wist nog altijd niet goed wat hem te doen stond, en bovendien vertrouwde hij Pravuil nog steeds niet helemaal. Hij had iets ongrijpbaars, iets wat hem instinctief wantrouwen inboezemde. Maar misschien zou de Huisling betrouw-baarder zijn als Arthur zijn eed accepteerde...

Terwijl het geluid van de klok om hen heen schalde, dacht Arthur aan de films die hij had gezien; films met ridders en koningen. Dus hij tikte Pravuil luchtig met de Sleutel op beide schouders. De gloed van de wijzer werd nog stralender toen hij de Huisling aanraakte, en het was alsof er iets van die gloed in Pravuil stroomde.

'Ik aanvaard je eed van trouw en, eh... ik dank je daarvoor,' zei Arthur. 'Sta op, eh... Heer Pravuil!'

'Heer Pravuil!' riep deze uit terwijl hij overeind kwam. 'Dat is gewel-dig! Dank u, heer! U had me geen groter plezier kunnen doen!'

Arthur staarde hem aan. Pravuil was iets kleiner geweest dan hij, maar nu stak hij plotseling een paar centimeter boven hem uit. Hij stond weliswaar meer rechtop, maar dat kon het hoogteverschil niet verklaren. Hij was ineens ook minder lelijk om te zien, en Arthur besefte dat zijn tamelijk grote neus was gekrompen en dat het grootste deel van het aangekoekte kolenstof van zijn gezicht was verdwenen.

De klok sloeg opnieuw. Arthur besefte dat de laatste paar slagen dichter bij elkaar hadden geklonken. Hij was de tel kwijtgeraakt, mis-schien was dit wel de laatste, de twaalfde slag. Het geluid werd gevolgd door een klap als van dichtslaande luiken.

'Waren dat... waren dat de klokkenlopers, die weer achter hun luiken zijn verdwenen?' Arthur vroeg zich af wanneer hij terug kon gaan om bij de Oude naar de Onwaarschijnlijke Trap te informeren. Als dat de manier was om hier weg te komen, dan moest hij zien dat hij die Trap vond.

'Dat waren inderdaad hun luiken die dichtgingen,' zei Pravuil. 'Als ze de wijzerplaat niet hebben verlaten, verdwijnen ze bij de twaalfde slag achter hun luiken. Maar u kunt de Oude beter niet lastig vallen tot zijn ogen zich hebben hersteld. Lust u misschien een kop thee?'

'Heel graag,' zei Arthur.

'Dan moeten we een kleine wandeling maken, naar mijn, eh... kamp. Tenminste, ik neem aan dat u het zo zou noemen.' Pravuil boog en gebaarde zwierig met zijn arm. 'Het vervult me met dankbaarheid dat de vooruitziende blik van Schemer ook heeft voorzien in een kistje met de beste Ceylon-thee en wat suikerkoekjes. Mijn laatste kop thee was... o, minstens een eeuw geleden.'

'Hoe lang ben je al hier beneden?'

'Tienduizend jaar. Hang me niet op aan een maand meer of minder,' zei Pravuil. 'En het is hier zo saai, heer. Zo verschrikkelijk saai!'

'Je weet zeker niets van de Onwaarschijnlijke Trap?' vroeg Arthur terwijl ze tussen de kolenpiramides door liepen. 'Of van de vermogens die mijn Sleutel bezit?'

'Ik vrees van niet, heer. Helaas,' antwoordde Pravuil. 'Ik weet van het bestaan van de Onwaarschijnlijke Trap. Althans, ik heb erover horen vertellen. Het schijnt de persoonlijke trap van de Architect te zijn geweest, waarlangs ze alle delen van Haar Schepping kon bereiken, zowel in het Huis als daarbuiten. Maar dat is alles wat ik ervan weet. Wat de vermogens van de Sleutel betreft, ik was slechts catalogiseerder van sterren, en dan ook nog van betrekkelijk jonge sterren. Dingen zoals de Sleutels van het Koninkrijk gingen ver boven mijn bereik. Maar de Oude weet het ongetwijfeld. Tenslotte is hij de Oude, de oudste op de Architect zelf na. Hier linksaf, heer, en dan weer links...'

Hij stopte met praten op hetzelfde moment dat Arthur stopte met lopen. Ze hadden het allebei gehoord; een stiekeme voetstap achter hen, het zachte geratel van een uurwerk, het zwakke suizen van lucht alsof deze werd bewogen door iets dat werd geheven en weer neerdaalde.

Iets als een bijl bijvoorbeeld...

17

'Vlug!' bracht Pravuil hijgend uit. 'Klim omhoog tegen de piramide!'

Hij schoot naar voren en was al halverwege een van de piramidevormige kolenbergen voordat Arthur zich zelfs maar kon bewegen. Toen hij de KolenSorteerder wilde volgen, struikelde hij en viel achterover, waarop de hele piramide instortte en hij bijna bedolven raakte onder de kolen.

Met bonzend hart worstelde Arthur zich onder de berg vandaan. Overal zat kolenstof, in zijn ogen en op zijn hele gezicht. Hij kon niets zien, maar hij kon het tikken van het uurwerk nog duidelijk horen, en het hakkende geluid van een bijl die vlak voor hem langs maaide, met zijn pols als doelwit.

Op de een of andere manier slaagde Arthur erin de slag te pareren met de Sleutel. De schok van de manoeuvre trok door zijn hele arm, en de Sleutel deed niets magisch om hem te beschermen. In een vlaag van paniek besefte Arthur dat de magie die de Sleutel bezat blijkbaar niet sterk genoeg was om hem tegen deze monsters te verdedigen. De Sleutel mocht dan het werk zijn van de Architect, maar dat gold ook voor de klokkenlopers, en ze waren gemaakt om de ogen en de lever uit te steken van iemand die veel machtiger was dan hij.

'Ze kunnen niet klimmen!' riep Pravuil, die boven op een andere piramide balanceerde, met zijn armen gespreid om zijn evenwicht te bewaren. 'Klim omhoog!'

'Hoe dan?' riep Arthur wanhopig terwijl hij opzij rolde om een volgende slag te ontwijken en toen overeind sprong. De houthakker bevond zich recht vóór hem, maar waar was het vrouwtje met haar kurkentrekker?

Vanuit zijn ooghoek zag Arthur een flits van beweging, en hij sprong instinctief weg, zodat hij tegen de volgende piramide botste. De kolen stuiterden hem tegemoet, en de kwaadaardige kurkentrekker doorboorde de lucht op de plek waar hij een moment eerder nog had gestaan.

Arthur baande zich een weg tussen de gevallen kolen door en zette het op een rennen. Maar aan zijn rechterhand ontdekte hij de houthakker, die sneller liep dan hij ooit voor mogelijk had gehouden. Bovendien was hij het vrouwtje met de kurkentrekker opnieuw uit het oog verloren.

Arthur was verbijsterd dat de monsterlijke marionetten zich zo snel konden voortbewegen. De benen van de houthakker bleven stijf en recht, maar hij rende sneller dan een rat over een keukenvloer. Te snel voor Arthur, die er niet in slaagde hem vóór te blijven.

Hij sprong tegen een volgende piramide op terwijl de bijl van de houthakker uithaalde naar zijn benen. Opnieuw rolden de kolen aan alle kanten om hem heen, zodat Arthur weer werd vertraagd. Hij draaide zich om en haalde met de Sleutel uit naar de houthakker. Het enige resultaat was een kras over het houten gezicht van de marionet.

Paniek dreigde Arthurs denken te vertroebelen. Hij dook weg voor de bijl, viel bijna en maakte een schijnbeweging langs het vrouwtje met de kurkentrekker. Toen zette hij het opnieuw op een rennen, deze keer naar de grootste piramide die hij kon zien. Hij móést iets doen om te zorgen dat deze niet instortte; iets om te zorgen dat de brokken kool aan elkaar kleefden...

'Kolen! Kleef aan elkaar!' riep Arthur uit terwijl hij sprong, met de Sleutel voor zich uit zodat deze de kolen als eerste raakte.

De kolen gehoorzaamden, Arthur stortte zich op de piramide... en stuiterde terug, recht in het pad van de houthakker en de kurkentrekster. De bijl viel op het moment dat Arthur wegrolde, recht in de baan van de neerkomende kurkentrekker.

Arthur slaagde er maar net in de Sleutel te heffen en de kurkentrekker opzij te duwen, waarop deze zich met een fontein van vonken in de stenen bodem boorde, zodat het krankzinnige gegiechel van het vrouwtje overging in een woedend gekrijs.

Arthur rolde weer opzij, werkte zich overeind op handen en knieën en kroop in een noodvaart tegen de nu stabiele piramide omhoog, als een hagedis tegen een boomstam. Eenmaal op de top richtte hij zich langzaam op en keek naar beneden, hijgend en snikkend van opluchting.

De twee marionetten liepen rondjes om de piramide. Ze konden niet alleen niet klimmen, ze konden ook niet omhoogkijken. Hun nekken waren net zo stijf en onbuigzaam als hun benen.

'Goed gedaan, heer!' riep Pravuil, enkele piramides verderop. Hij hield een kaars in zijn hand die veel meer licht gaf dan alle kaarsen die Arthur ooit had gezien, behalve in de film. Sterker nog, de hele kaars glansde, en de vlam bewoog niet. 'Nu moeten we alleen nog wachten tot ze weer naar binnen gaan.'

Arthur ging zuchtend op zijn hurken zitten, nog altijd bang dat hij zijn evenwicht zou verliezen. 'Hoe lang gaat dat duren?'

'Als de klok het volgende uur slaat, zullen ze verdwijnen,' zei Pravuil. 'Of eerder, wanneer ze voor die tijd iemand te pakken krijgen.'

147

'Zijn er veel, eh... mensen hier beneden?' vroeg Arthur.

Pravuil haalde zijn schouders op. 'Misschien honderd KolenSorteerders en vijftig KolenKappers. En dan nog een paar lui die hier terecht zijn gekomen zonder dat ze iets te doen hebben.'

'We moeten hen waarschuwen,' zei Arthur. De houthakker en de vrouw waren uit de lichtkring van de Sleutel verdwenen. Ze slopen ergens in de duisternis rond, waar ze moeiteloos een nietsvermoedende KolenSorteerder of KolenKapper, op zoek naar werk, zouden kunnen overvallen. 'We zullen moeten schreeuwen. Volgens mij moet het geluid hier beneden heel ver dragen.'

'O, ik zou me maar geen zorgen maken,' zei Pravuil. 'Zelfs als ze iemand te pakken krijgen, steken ze hem alleen de ogen uit. En hoewel niemand zo stoer en robuust is als de Oude, hebben de meesten van ons binnen een maand of twee een nieuwe lever of nieuwe ogen. De pijn vergeet je. Mij hebben ze ook ooit te pakken gekregen. Dat is inmiddels al heel lang geleden. Toen waren het natuurlijk aasgieren. Die zijn bijna nog te verkiezen boven deze uurwerkgruwelen. Hoewel... het waren wel erg akelige aasgieren...'

'Ik vind dat we het op z'n minst moeten proberen,' zei Arthur. Te oordelen naar de snelheid waarmee Pravuil voor de uurwerkgruwelen was weggesprongen, vermoedde hij dat de andere werkers hier beneden blij zouden zijn met een waarschuwing. 'We kunnen samen roepen. Wat dacht je van: "Pas op! De uurwerkwezens zijn op jacht!" Ik tel tot drie. Een... twee... drie!'

'De uwekweses seinopjag!' riep Pravuil. Althans, zo klonk het. Hij was net een halve seconde later dan Arthur. Deze fronste zijn wenkbrauwen en probeerde het nog eens, en nog eens, maar Pravuil kreeg het niet over zijn lippen. Althans, niet goed. En misschien wílde hij dat ook wel niet. Toch had het lawaai misschien iemand gewaarschuwd, dacht Arthur hoopvol.

'Heb je vrienden hier beneden?' vroeg hij, nadat ze een paar minuten zwijgend op hun piramides hadden gezeten. De kou begon weer aan Arthurs huid te bijten, en hij besefte dat het steeds erger werd.

'Vrienden? Nee, ik ben bang van niet,' zei Pravuil met een zucht. 'We mogen niet met elkaar praten, alleen over het werk. Bovendien weet je nooit of iemand een spion is of een Inspecteur of zoiets. Dat is wat ik aanvankelijk van u dacht, heer, hoewel mijn superieure intelligentie uw vermomming natuurlijk spoedig had doorzien.'

'Ik dacht dat Schemer je had verteld wie ik was,' zei Arthur, die vond dat Pravuil er niet aardiger op werd.

'Ja, dat is zo. Maar ik had al meer dan een vermoeden hoe het zat.'

'Wat kun je me vertellen over de Lagere Domeinen?' zei Arthur. 'Wat zijn het precies?'

'Hm, dat is een erg verraderlijke, moeilijke vraag,' Pravuil nam zijn gehavende hoed af en krabde op zijn hoofd. 'Je hebt het Huis... daar zijn we hier. En je hebt het Niets... dat is niet hier, maar het Huis is erop gebouwd. En dan heb je de Lagere Domeinen... daarginds, buiten het Huis, en niet verbonden met het Niets. De Lagere Domeinen zijn begonnen als een soort Niets dat door de Architect is geschapen. Ze hebben zich uitgebreid met allerlei dingen zoals sterren en planeten enzovoort. Sommige van die planeten bleven zich ontwikkelen, en uiteindelijk ontstonden er levende wezens, en wij in het Huis houden daarvan de verslagen bij, samen met de verslagen van al het andere, maar meer ook niet. Dat is de Oudste Wet. We komen niet tussenbeide, dat is ten strengste verboden! Alleen observeren en verslag leggen! Als eerste betrad de Oude de Lagere Domeinen. Hij bemoeide zich met van alles, maar hij werd geketend. Eigen schuld, als je het mij vraagt. Toen de Architect net weg was, kwamen de Bewindvoerders tussenbeide. Eerst een beetje, maar geleidelijk aan steeds meer. En het zou me niet verbazen als ze van alles op hun kerfstok hebben. Ik zou het niet weten, want ik zit hier beneden gevangen. Maar als een sterveling met de Minste Sleutel van het LagerHuis verschijnt, dan weet ik genoeg. Dan is er van alles gaande wat niet gaande zou moeten zijn.'

Pravuil zweeg om adem te halen. Toen hij op het punt stond om verder te gaan, klonk er een schreeuw in de verte. Een schreeuw die de rillingen over Arthurs rug deed lopen en die maakte dat hij zich misselijk voelde, want in die schreeuw waren – met veel moeite – twee woorden te onderscheiden: 'Mijn ogen!'

'Mooi zo,' zei Pravuil tevreden. 'We kunnen naar beneden. Mijn kamp is hier niet ver vandaan.'

Arthur klom met tegenzin de piramide af. Hoewel, nu hij wist hoe hij moest zorgen dat de kolen aan elkaar kleefden, zou hij zich zo nodig gemakkelijk opnieuw in veiligheid kunnen brengen. Bovendien wist hij dat wie het ook was die zijn ogen had verloren, ze terug zou krijgen. Hij kon die verschrikkelijke schreeuw echter nog altijd niet uit zijn gedachten zetten. Noch het feit dat het Pravuil geen zier kon schelen wat een ander overkwam. Daar liep hij over te peinzen terwijl hij de KolenSorteerder volgde. Arthur dacht van zichzelf dat hij vrij goed aanvoelde hoe mensen werkelijk waren en wat hij van ze kon verwachten. Pravuil had geweigerd iets te doen wat van hem werd gevraagd en had daar een hoge prijs voor moeten betalen. Aan de andere kant leek hij wel erg uit op zijn eigen belang. Een merkwaardig contrast, hoewel dat misschien kon wor-

149

den verklaard door het feit dat Pravuil geen normaal persoon was. Of als hij dat wel was, dan was hij niet echt menselijk. Hij was een Huisling. En niemand in het Huis was menselijk, behalve misschien de kinderen, zoals Trudie, die ooit stervelingen waren geweest. Maar zelfs zij waren veranderd. Arthur wist niet goed wat de anderen precies waren, laat staan wat de Oude was, of de Architect. Bovendien wilde hij daar niet bij blijven stilstaan, al was het maar omdat zijn gedachten een richting uit gingen waarbij hij zich niet op zijn gemak voelde. Bij hem thuis was er niemand die naar de kerk ging, en hij wist zo goed als niets van welke godsdienst dan ook. Nu wenste hij bijna dat het anders was, terwijl hij tegelijkertijd blij was dat hij van niets wist.

Nadat ze een ijskoude, met kolen bezaaide woestenij waren overgestoken, bereikten ze het kamp van Pravuil, dat werd gevormd door een kleine houten kist, een tot op de draad versleten armstoel en een vreemd uitziende, metalen urn van ongeveer een meter hoog met een heleboel kranen, tuiten en kleine laatjes. Hij verspreidde een doffe, hete gloed, en Arthur hield genietend zijn handen erbij.

Pravuil legde uit dat de urn een samowaar was; zijn kostbaarste bezit, vertelde hij, hem nagelaten door een KolenSorteerder die gratie had gekregen en naar boven was teruggekeerd. Volgens Pravuil kon de samowaar – mits voorzien van de juiste ingrediënten – zorgen voor hete thee, gekruide wijn, koffie of chocolademelk.

Dit bleek bijna te kloppen. Pravuil vulde een van de laatjes nogal aarzelend met iets van de thee die Schemer hem had gegeven. Maar na veel dampende stoom en luid geratel constateerde hij teleurgesteld dat alle kranen en tuiten slechts een weinig smakelijke melange van chocolademelk en wijn produceerden. Na diverse pogingen om dit te herstellen, wist Pravuil tenslotte een heet, bleek, enigszins goudbruin brouwsel te produceren dat vaag naar appels smaakte. Hij serveerde het Arthur in een tinnen schenkkan van misschien dertig centimeter hoog met een gebroken deksel. Arthur dronk er dankbaar van. Hij had het steenkoud, en wat het brouwsel ook mocht zijn, hij kreeg het er in elk geval lekker warm van.

'Waarom roep je geen thee op uit het Niets?' vroeg hij na een paar slokken die hem weer tot leven hadden doen komen. 'Net als de Oude?'

'Ik wou dat ik het kon,' zei Pravuil zuchtend en met een woedende blik op de samowaar. 'Dat valt echter onder de hoge magie, het werken met het Niets. De Oude is een ingewijde, ook al wordt hij beperkt door zijn ketenen. Hij is een van de heel weinigen in het Huis die met het Niets kunnen werken, zeker zonder de hulp van een voorwerp van macht, zoals je Sleutel.'

'O.' Arthur vroeg zich af of hij de Sleutel misschien zelf kon gebruiken om iets uit het Niets op te roepen. Zijn gezonde verstand zei hem echter dat hij dat beter niet kon proberen zonder de hulp van een deskundige. Want wat moest hij beginnen als hij een stel Nietslingen opriep, zoals ze tussen de straatkeien van het Atrium te voorschijn waren gekomen?

Denkend aan deskundige hulp bedacht hij dat hij zo snel mogelijk met de Oude moest gaan praten. Hij vroeg zich af of er al genoeg tijd was verstreken, zodat de ogen van de Oude zich hadden hersteld. Die gedachte leidde onmiddellijk tot de vraag hoeveel tijd er inmiddels thuis was verstreken. Hoewel de Wil had gezegd dat de tijd tussen het Huis en de Lagere Domeinen plooibaar was, maakte Arthur zich zorgen dat hij al veel te lang weg was. Al werd hij maar een dag vermist, dan zouden zijn ouders zich verschrikkelijke zorgen maken. Tenzij ze ook al waren getroffen door de nieuwe Slaapziekte. In dat geval had hij geen minuut te verliezen en moest hij zo snel mogelijk zien dat hij een geneesmiddel vond...

'Hoe laat is het?' vroeg Arthur. 'Is het al veilig om weer naar de Oude te gaan?'

'Hm, het is moeilijk te zeggen hoe laat het voor de Oude is,' antwoordde Pravuil. 'Tenzij we op zijn klok kijken. Zullen we dat doen? Zullen we een kijkje gaan nemen?'

18

Pravuil bleef een beetje achter terwijl ze naar de klok toe liepen en tenslotte bleven staan.

'Ik wacht hier als u daar geen bezwaar tegen hebt, heer.' Hij hield zijn hoofd gebogen en ontweek Arthurs blik. 'De Oude kan soms wat prikkelbaar zijn. Hoewel natuurlijk niet tegen u, Meester.'

Arthur nam hem wantrouwend op. Pravuil had zich eerder niet bang getoond om dichterbij te komen. Veel dichterbij zelfs! Wat voerde hij in zijn schild?

'Hoe bedoel je "soms wat prikkelbaar"?' vroeg hij. 'Wat doet hij dan?'

'Dat is heel moeilijk te zeggen...'

'Wat doet hij doorgaans? En wat vindt hij niet prettig?'

'Tja, de laatste keer dat ik in de buurt van de klok kwam, dreigde hij mijn hoofd eraf te trekken en over de rand van de kuil te schoppen. Als hij dat deed, zou ik het nooit meer terugvinden. Dan zou ik nog slechter af zijn dan Kaalnek.'

'Maar waarom zou hij dat doen?' vroeg Arthur. 'Toen hij eenmaal wist wie ik was, deed hij heel aardig tegen me.'

'U bent een sterveling, en u draagt de Minste Sleutel,' zei Pravuil. 'Het zijn de Huislingen die de Oude niet mag. En mij mag hij helemáál niet, heeft hij ooit gezegd. Ook al heb ik geen idee waarom. Dus het lijkt me verstandig als ik hier blijf wachten.'

'Doe wat je niet laten kunt.' Arthur was ervan overtuigd dat Pravuil iets in zijn schild voerde, maar hij had geen tijd om ruzie met hem te maken, en het had geen enkele zin te proberen hem dichter naar de klok toe te slepen. 'Bedenk alleen wel dat je hebt gezworen me te dienen, Heer Pravuil.'

'Natuurlijk, heer! Hoe zou ik dat kunnen vergeten?' Pravuils gezicht straalde, maar hij keek Arthur nog altijd niet aan. 'Ik hou me aan mijn woord. Veel geluk, heer. Mijn Meester.'

Arthur knikte en begon het open terrein tussen de kolenpiramides en de klok over te steken. Hij kon de Oude inmiddels zien. De reus zat peinzend gehurkt, bij het cijfer twee. Zijn kettingen stonden nog altijd erg strak, en het was duidelijk dat hij zich over niet verder dan een kwart van de klok kon bewegen.

Arthur liep langzaam naar hem toe. Hij was opgelucht te zien dat de luiken in de klok gesloten waren, hoewel hij alleen Pravuils woord had dat de gruwelijke marionetten naar binnen waren verdwenen.

De Oude keek op toen Arthur kwam aanlopen en op de wijzerplaat stapte. Zijn ogen waren rood, maar ze waren er tenminste. Zonder de opgedroogde bloedspetters op zijn wangen zou Arthur nauwelijks hebben kunnen geloven dat de ogen van de reus het doelwit waren geweest van de bijl van de houthakker en de kurkentrekker van het kwaadaardige marionettenvrouwtje.

'Oude, ik groet u.'

De Oude boog zijn hoofd in wat eruitzag als een uiterst terughoudende begroeting. Maar hij zei niets, hij glimlachte niet en uit niets bleek dat hij Arthur welkom heette. Deze begon nerveus te worden. Hij herinnerde zich het gevoel van de ketting rond zijn nek, en hij vroeg zich af of zijn hoofd weer op zijn romp kon worden gezet als de Oude het losrukte. Op de een of andere manier betwijfelde hij dat.

'Ik ben teruggekomen om te vragen of u hebt besloten me te helpen,' verkondigde Arthur terwijl hij langzaam nog een paar stappen in de richting van de Oude deed. 'U had tijd nodig om na te denken, zei u. Toen kwamen die wezens uit hun luiken...'

'Ja,' gromde de Oude. 'Ik heb te lang nagedacht, en het had niet veel gescheeld of ik had je aan die gruwelen geofferd. Als je nog een seconde langer op de klok was gebleven, zouden ze je ogen hebben uitgestoken.'

'Ze zijn te voorschijn gekomen en hebben de ogen van iemand anders uitgestoken.' Arthur hield met moeite zijn boosheid in bedwang. 'Waarom hebt u me niet eerder wakker gemaakt?'

'Ik wilde mezelf op de proef stellen, om te zien waartoe ik in staat was; of ik een slapende knaap zou kunnen opofferen om een nacht rustig te slapen,' zei de Oude met zijn diepe bromstem. 'Uiteindelijk kon ik het niet. En gelukkig maar. Daar ben ik blij om. Je hebt wat antwoorden verdiend, Arthur. Dus je mag me drie vragen stellen. Niet meer. En op die drie vragen zal ik je antwoord geven.'

Arthur had bijna gevraagd waarom hem maar drie vragen vergund waren, maar hij beet nog net op tijd op zijn tong. Dat zou zeker als een van de drie hebben geteld, en dan zou hij er nog maar twee over hebben gehad. Hij moest goed nadenken voordat hij iets zei.

'Begin maar.' De Oude deed Arthur opschrikken uit zijn gedachten. 'Ik geef je twee minuten de tijd; afgaande op de wijzers van deze klok.'

'Twee minuten!' riep Arthur uit. Hij dacht koortsachtig na. 'Hoe kan ik de Onwaarschijnlijke Trap gebruiken om vanhier in het Dagverblijf van Maandag te komen?' vroeg hij toen gejaagd.

153

'De Onwaarschijnlijke Trap bestaat overal waar ook maar iets kan bestaan,' antwoordde de Oude. 'Je moet je een trap voorstellen waar er geen is; een trap gemaakt uit wat het ook is dat je ziet: een grasspriet, geknakt op drie plaatsen; een merkwaardige wolk die een beetje op een trap lijkt. Dan spring je op de eerste tree, met de Sleutel in je hand. Als je in de Trap gelooft, dan is hij er ook. Althans, voor degene die de Minste Sleutel in zijn bezit heeft.

Eenmaal op de trap ga je door tot waar je wilt zijn. De Onwaarschijnlijke Trap heeft vele Tussenbordessen, en op elk bordes moet je misschien opnieuw op zoek naar de Trap. Als je het vervolg van de Trap niet snel vindt, zit je vast, wáár en wannéér je ook maar bent gestopt. De Trap slingert zich door alle Lagere Domeinen, door zowel tijd als ruimte, en ook door het Huis. Dus wees op je hoede! Het is mogelijk ergens uit te komen waar je juist níét wilt zijn. Dat is zelfs waarschijnlijk, want dat maakt deel uit van de aard van de Trap. Er is wilskracht en macht nodig om te komen waar je werkelijk wilt zijn, gebruik makend van de Trap. Bovendien moet je op je hoede zijn voor andere reizigers, in het bijzonder Nietslingen, die er soms in slagen de Trap te beklimmen.'

De grote wijzer van de klok bewoog, de kettingen van de Oude ratelden. Er was al een volle minuut verstreken!

'Wat... hoe gebruik ik de vermogens van de Minste Sleutel?' Arthur hield de Sleutel omhoog terwijl hij het zei. Het licht laaide kortstondig op, hoewel het verbleekte in de vreemde, blauwe gloed van de kettingen waarmee de Oude was geketend.

'De vermogens van de Minste Sleutel zijn talrijk,' zei deze met dreunende stem. 'In de handen van zijn rechtmatige eigenaar kan hij bijna alles wat hem wordt gevraagd, hoewel hij in het Huis doorgaans zwakker is dan in de Lagere Domeinen, en hoewel zowel Kunst als Macht zich tegen de Sleutel kunnen verzetten. In het algemeen geldt dat de Sleutel kan worden gebruikt om te openen en te sluiten, te binden en te ontbinden, te onthullen en af te dekken, te bezielen en te verstenen, te verlichten en te verduisteren, te vertalen en verwarring te stichten, en tenslotte om kleine afleidingen te creëren of om lichte ombuigingen tot stand te brengen in de Tijd. De Sleutel zal je beschermen tegen zowel fysiek als psychisch kwaad. Tot op zekere hoogte. Want omdat je sterfelijk bent, zijn er grenzen aan de macht van de Sleutel. Je weet zelf al hoe je hem moet gebruiken. Stel een vraag, geef een commando, en als het binnen zijn vermogen ligt, zal de Sleutel gehoorzamen. Je hebt nog dertig seconden.'

Arthur keek naar de grote wijzer, die opnieuw had bewogen en nu halverwege het volgende streepje stond. Toch wist hij zeker dat hij nog geen negentig seconden had gebruikt! In paniek probeerde hij een goede vraag te bedenken; een vraag die een beter antwoord zou opleveren dan de vorige twee. Een directer, concreter antwoord.

'Hoe is het thuis? Wat gebeurt daar? Bij mij thuis, bedoel ik?'

'Dat kan ik je niet vertellen,' antwoordde de Oude. 'De Lagere Domeinen zijn verboden terrein voor me, en er zijn vele, vele jaren verstreken sinds ik daar voor het laatst een kijkje heb genomen. Maar je kunt wel een andere vraag stellen.'

'Wie kan ik vertrouwen?' flapte Arthur eruit.

'Zij die je alle goeds toewensen,' zei de Oude. 'Dat is iets anders dan zij die je alle goeds toewensen met de bedoeling daar gebruik van te maken. Wees een speler, geen pion. Dat waren je drie vragen, je tijd is om.'

Hij hief zijn hand op en gebaarde Arthur dat hij kon vertrekken.

'Dat is niet echt een antwoord. Ik bedoelde wie ik concreet kan vertrouwen?' Arthur weigerde terug te deinzen, hoewel de Oude opnieuw gebaarde dat hij kon gaan. 'Zoals de Wil of Maandags Schemer.'

De Oude richtte zich op, waarbij zijn kettingen rinkelden. Hij maakte een lus in een ervan en zwaaide die vrijblijvend door de lucht. Arthur stond nog altijd roerloos, opkijkend naar de reus, met de Sleutel in zijn hand. *Het is net als op school, wanneer je je niet laat kisten door een bullebak*, zei hij tegen zichzelf, hoewel hij stond te trillen op zijn benen. *Je hebt gewoon geen keus.*

'Je moet zelf besluiten wie je kunt vertrouwen.' De Oude gebaarde opnieuw dat het gesprek was beëindigd.

Toen leek hij zich te bedenken. 'Maar ik zal je nog één ding vertellen, Arthur Penhaligon. Een sterveling die de Sleutel draagt, wordt net zozeer het instrument daarvan als andersom. De Sleutel zal je veranderen, tot in je diepste wezen. Hij zal je veranderen naar het voorbeeld van zijn maker. De Sleutel past niet bij een sterfelijke drager. Mettertijd zal deze door de Sleutel zichzelf niet meer kennen. Wees op je hoede, Arthur. Macht vraagt altijd een prijs. Zoals je hier kunt zien. Ga nu!'

Die laatste twee woorden brulde hij, naar voren springend en zwaaiend met zijn ketting. Arthur dook weg voor de zwaaiende schakels en rende de wijzerplaat af. Zijn hart bonsde in zijn keel.

Toen hij de eerste kolenpiramiden bereikte, was Pravuil nergens te bekennen. Arthur keek achterom. De Oude zat weer in zijn vertrouwde houding, met zijn elleboog op zijn knie, zijn kin op zijn vuist. Diep nadenkend.

Het was iets wat Arthur ook zou moeten doen, ook al was zijn overheersende gedachte dat hij de Onwaarschijnlijke Trap wilde gebruiken om weg te komen uit deze ijskoude, stoffige diepte. Maar zo simpel was het niet. Moest hij de Trap wel riskeren als er misschien nog een andere manier was om hier weg te komen? En waar moest hij heen? Rechtstreeks naar Maandags Dagverblijf om te proberen de Kleine Wijzer, de UurWijzer, te pakken te krijgen? En hoe zat het met de Wil en met Trudie Turkoois? Met Maandags Schemer?

Maandags Schemer... Arthur vroeg zich plotseling af of Pravuil soms een manier had om met hem te communiceren. Wat had Schemer precies tegen Pravuil gezegd? Dat hij hem, Arthur, moest helpen en hem een kop thee moest aanbieden?

'Pravuil!'

Arthurs roep schalde rond de piramiden van kolen, maar er kwam geen antwoord uit de duisternis, noch uit het blauwverlichte gebied rond de klok.

'Pravuil! Kom hier!'

Weer geen antwoord. *En dat heeft mij trouw gezworen,* dacht Arthur honend. Hij keek om zich heen, zich afvragend of hij Pravuils kamp zou weten terug te vinden. Hij zou wel een kop hete thee – of wat het dan ook was – kunnen gebruiken, ook al was de KolenSorteerder zelf niet aanwezig om vragen te beantwoorden. Hij besefte echter dat het zinloos was. Zonder merktekenen – en die had hij niet achtergelaten – zou hij de plek nooit terugvinden. Hij zou maar wat rondzwerven in de duisternis, een bewegend stukje licht dat alleen met puur geluk op het kamp zou stuiten.

'Pravuil!'

De stilte keerde weer toen de echo's verstomden. Maar terwijl Arthur diep inademde om opnieuw te roepen, hoorde hij iets. Een zwak, moeilijk te identificeren geluid. Het werd steeds duidelijker terwijl Arthur de Sleutel gebruikte om de kolen opdracht te geven zich aaneen te hechten zodat hij de piramide kon beklimmen. Naarmate hij hoger klom, reikte het licht van de Sleutel steeds verder, maar hij kon nog altijd niets zien.

Toen herkende hij het geluid en hij keek op. Het was een vleugelslag. Iemand... of iets... kwam van ergens boven hem recht op hem af!

Arthur dook weg toen een fladderende gedaante laag over zijn hoofd scheerde. Toen raakte de gedaante de grond, en te oordelen naar het geluid botste hij tegen verschillende piramides, zodat brokken kool alle kanten uit vlogen. Wie het ook was, had duidelijk geen verstand van vliegen.

Voordat de onbekende zich kon herstellen, stormde Arthur op hem af, de Sleutel geheven om toe te slaan. Hij verwachtte niet dat het Schemer was, want de vleugels hadden er wit uitgezien toen ze langs streken.

156

En op de een of andere manier dacht hij niet dat Schemer of Noen of Dageraad problemen met vliegen zou hebben.

'Nou, dat is me een fraaie toestand, al zeg ik het zelf!' sprak een bekende stem. Arthur keek verbijsterd neer op de gedaante die uit een berg kolen te voorschijn kroop, bedekt met roet. 'Niemand heeft me ooit verteld dat de grond zo snel op je af kon komen!'

'Trudie Turkoois!' riep Arthur uit. Hij stak grijnzend de Sleutel achter zijn riem en bukte zich om haar overeind te helpen. 'Wat... hoe... wat doe je hier? Hoe ben je hier gekomen?'

'De Wil heeft een Derde Secretaris Toezicht Plafondonderhoud te grazen genomen toen die even niet oplette. En toen heeft hij mij de vleugels van de Secretaris gegeven.' Trudie stond beverig op en stofte zich af, zodat de stofwolken alle kanten uit stoven. Haar vleugels zaten nog vast, ook al waren ze aan de bovenkant ernstig doorgebogen. Ze zagen eruit alsof ze van meet af aan niet erg wit waren geweest, maar nu was er hier en daar alleen nog een klein stukje wit tussen het zwart te zien. 'Hij heeft me naar beneden gestuurd om je te gaan zoeken. Zelf wilde hij niet. Hij had het over de een of andere ouwe kerel waar hij niet bij in de buurt kon komen. Gelukkig heb ik op het juiste lichtje gemikt. Wat is dat blauwe schijnsel daarginds?'

'Dat is die ouwe kerel,' zei Arthur. 'Als ik jou was zou ik maar bij hem uit de buurt blijven. Dus Noen heeft je zomaar laten gaan?'

'Zo zou je het kunnen noemen,' zei Trudie. 'Of liever gezegd, we zijn hem ontglipt. Sjonge, wat is het hier koud! Hier, lees dit. Dan kunnen we d'r vantussen.'

Ze reikte in haar smoezelige vest en haalde er een envelop uit van zwaar, vaalgeel papier, verzegeld met een dikke klodder was, met daarin iets wat nog het meest leek op de pootafdruk van een kikker.

Arthur scheurde de envelop open en zocht even tevergeefs naar de brief. Toen besefte hij dat de brief op de binnenkant van de envelop stond. Net als vroeger bij een luchtpostbrief. De brief werd, eenmaal opgevouwen, de envelop. De brief was geschreven in een schitterend handschrift, met zacht gloeiende, groene inkt.

Aan Arthur, Rechtmatig Erfgenaam van de Sleutels van het Koninkrijk en Meester van het LagerHuis, het MiddenHuis, het HogerHuis, de Verre Domeinen, de Grote Doolhof, de Onvergelijkelijke Tuinen, de Zilte Grens, en de Oneindige Gebieden voorbij het Huis, algemeen bekend als de Lagere Domeinen...
Groeten van uw trouwe dienaar, de Paragrafen Drie tot en met Zeven van de Wil van Onze Opperste Schepper, Laatste Architect van het Al, aan u

157

overgebracht door de hand van Mejuffrouw Trudie Turkoois Blauw, Inkt-Vuller etc., etc.

Heer, ik vertrouw erop dat deze boodschap u in goede gezondheid bereikt, maar bovendien op tijd om u te waarschuwen in geen geval toenadering te zoeken tot de reus die is geketend aan de klok in het domein dat u helaas, maar gelukkig slechts tijdelijk bewoont. Door sommigen de Oude genaamd, is deze reus uiterst gevaarlijk. Ik herhaal, zoek geen toenadering en waag u niet in de buurt van de klok!

Ik betreur uw tijdelijke gevangenneming, maar verzeker u dat onze plannen, hoewel tijdelijk op een achterstand gezet, nog in beweging zijn. Onze volgende stap, stel ik voor, is dat u onverwijld naar Maandags Antichambre komt. Ik vrees namelijk dat zijn daadwerkelijke Dagverblijf op dit moment te zwaar wordt bewaakt en aan een nauwkeurige inspectie zal moeten worden onderworpen alvorens we daar binnen kunnen gaan.

Hoe van uw vochtige kelder in Maandags Dagverblijf te komen? Ik had gedacht ook u vleugels te verschaffen, zodat Trudie u zou kunnen brengen. Het gebruik ervan is echter moeilijk, en ik vreesde een ongeluk. Beter en gepaster zou het zijn wanneer u gebruik maakt van de Onwaarschijnlijke Trap.

'Ik krijg die stomme flappers niet af!'

Arthur schrok op bij Trudies uitbarsting en stopte met het lezen van de beschrijving en de uitleg van het gebruik van de Onwaarschijnlijke Trap, die bijna identiek was aan wat de Oude hem had verteld, alsof de Wil en de reus uit dezelfde bron hadden geput. Trudie probeerde over haar schouder te reiken, worstelend met een vleugel.

'Moet ik je helpen?' vroeg Arthur.

'Nee!' riep Trudie uit. 'Het voelt alsof ze aan mijn rug zijn vastgegroeid.'

'Zo voelden de mijne ook,' vertelde Arthur. 'Maar nog voor ik de grond raakte, vielen ze af en veranderden ze weer in papier.'

'Papieren vleugels? Die zijn maar tijdelijk, een vorm van lage magie,' zei Trudie schamper. 'Dit zijn echte eersteklasvleugels, en die zijn permanent. Ik heb gezien hoe ze werden bevestigd en weer afgenomen; hoe ze tot de juiste maat werden verkleind of vergroot. Er moet een truc voor zijn.'

Arthur knikte enigszins op zijn hoede. Als er inderdaad een truc voor was, dan leek het er niet op alsof Trudie op het punt stond daar achter te komen. Hij wijdde zich weer aan de brief van de Wil.

Kom naar Maandags Antichambre door gebruik te maken van de Onwaarschijnlijke Trap. Ik heb een kleine schets gemaakt, zodat u zich een voorstel-

ling kunt maken van uw bestemming. Bedenk dat de Trap tegendraads is en
op talloze plekken ophoudt. Zorg dat de Trap u niet verlaat voordat u Maan-
dags Antichambre hebt bereikt!

Arthur bekeek de schets, ongeveer zo groot als zijn duimnagel, maar
ongelooflijk fijn en gedetailleerd, als een oude gravure. De schets toonde
de binnenkant van een kamer, of liever gezegd van een tent, want de
muren waren duidelijk van stof, en er stond een paal in het midden.
Verder kon Arthur stapels kussens onderscheiden en een tafeltje, met
daarop een hoge, slanke kruik en diverse wijnglazen. Een merkwaardige
antichambre, dacht Arthur. Hij haalde zijn schouders op en las verder.

Als alles gaat zoals ik me dat voorstel, zal ik daar op u wachten, met de
bondgenoten die ik weet te verzamelen, welke dat ook zullen zijn. De volgende
stap in ons plan zal ik bekendmaken wanneer we elkaar weer ontmoeten.
Tot het zover is, blijf ik uw eerbiedige en gehoorzame dienaar.
Moge de Wil geschieden.

Arthur vouwde de brief dicht, stopte deze in zijn broekzak en zag dat
Trudie nog altijd met haar vleugels stond te worstelen.
   'Wat heeft de Wil gezegd dat je verder moest doen?' vroeg hij. 'Nu ik
de boodschap eenmaal heb gelezen?'
   'Kweenie.' Trudie staakte haar pogingen om de vleugels los te trekken, liet haar armen langs haar lichaam vallen en haakte haar duimen in
de armsgaten van haar vest. 'Dat heeft hij niet gezegd. Ik neem aan dat
ik met je mee moet.'
   'Ik weet niet of dat wel kan,' zei Arthur.
   Trudie keek hem woedend aan. 'Mooi is dat! Ik vlieg dat hele eind
naar beneden, maar vervolgens vind jij het te veel moeite om me mee te
nemen. Wat er verder ook staat te gebeuren!'
   'Als dat kan, neem ik je mee,' zei Arthur geduldig. 'Ik moet op zoek
naar iets wat de Onwaarschijnlijke Trap heet, en ik weet nou eenmaal
niet of we die allebei kunnen beklimmen. Dat is alles. Het verbaast me
dat de Wil je dat niet heeft verteld.'
   'Die denkt alleen aan zichzelf,' mompelde Trudie somber. 'Doe dit,
doe dat, we moeten doen wat de Architect heeft gewild... Nou, ik kan je
wel vertellen dat ik er stapelgek van word. Nou ja, laten we maar verder
gaan, voordat de bullebakken van Noen me inhalen.'
   'Wat vertel je me nou?'
   'Je had het over een Onwaarschijnlijke Trap. Laten we die beklimmen. Waar begint hij?'

'Dat bedoel ik niet. Je had het over de bullebakken van Noen? Wat is daarmee?'

'O, dat! Nou, het was een koud kunstje om te ontsnappen aan het eerste stel dat Noen achter ons aan stuurde uit het kantoor van de Doelmatiger Generaal. Maar eenmaal in de BovenKelder bleek dat er een heel stel Commissionairs op wacht stond langs de rand van de kuil. Het is me gelukt ertussendoor te glippen, maar ik neem aan dat sommigen inmiddels vleugels hebben gehaald. Dus we kunnen maar beter voortmaken. Ze kunnen jou dan misschien niets doen, maar mij wel.'

Terwijl ze het zei, keek Arthur omhoog. Aanvankelijk kon hij niets zien, tot hij de Sleutel iets opzij hield, zodat het licht niet meer in zijn ogen scheen. En inderdaad, ver boven zich zag hij zwakke lichtpuntjes die er eerder niet waren geweest. Lichtpuntjes die met elke seconde die verstreek groter en stralender werden.

'Wachtlantaarns,' zei Trudie. 'Van een stuk of vijf zes Sergeant-Commissionairs, vermoed ik.'

Arthur stond op het punt iets te zeggen, toen hij achter zich een schallend, woedend gebrul hoorde, zo luid dat Trudie instinctief haar hoed vastgreep, ook al zat deze zo stevig op haar hoofd geplant dat geen storm hem eraf kon blazen. De Oude had de Commissionairs ook opgemerkt.

'Geef me een hand.' Arthur stak zijn linkerhand naar haar uit. In zijn rechter hield hij nog altijd de Sleutel. Trudie deed met tegenzin wat hij zei en pakte vol afschuw en met twee vingers zijn hand, alsof hij haar had gevraagd een dode rat op te tillen.

'Vooruit! Goed vasthouden!' zei Arthur. 'Anders neem ik je zeker niet mee!'

Trudie verstrakte haar greep. Arthur hoopte dat hij woord kon houden, maar hij had geen idee of hij haar kon meenemen. Hij wist niet eens of hij de trap zou kunnen vinden, laat staan of hij deze zelf zou kunnen gebruiken.

Wat hadden de Oude en de Wil gezegd? Stel je een trap voor waar er geen is. Concentreer je op iets wat lijkt op treden en gelóóf in de aanwezigheid van de Trap.

Daar, in de duisternis boven die enigszins in elkaar gezakte piramide, dacht Arthur. *Daar zal de Trap zijn. Als verlengstuk van de treden die de kolen hebben gevormd, aan de zijkant van de piramide, waar de berg een beetje is ingezakt.*

Ja, dacht hij. *Een brede trap, en hij leidt recht omhoog. Treden van wit marmer die glanzen in de duisternis.* Hij kon de Trap in gedachten duidelijk zien, maar was hij er ook echt? Was hij daar, in de duisternis?

'Stop! Blijf waar je bent!' werd er ergens boven zijn hoofd geroepen.

160

Maar het klonk zwak, alsof het nog van tamelijk ver kwam. Het antwoord was een blauwe bliksemschicht vanuit de wijzerplaat van de klok, maar ook die wist zijn doel niet te bereiken, alsof hij op een glazen plafond was gestuit, slechts honderd meter boven de ongebruikelijke gevangenis van de Oude.

Arthur negeerde zowel de kreet als de bliksem. Hij kon de Trap en de marmeren treden nu duidelijk zien. Ze hingen glanzend in de lucht, boven de piramide. Hij hoefde alleen maar op de eerste trede te springen...

'Au!' riep Trudie toen Arthur zonder haar te waarschuwen naar voren sprong. Haar vleugels fladderden door de inspanning om hem bij te houden. Arthurs voeten landden niet op kolen, maar op iets wat Trudie niet kon zien. Hij sprong opnieuw. Trudies vleugels klapperden uit alle macht om bij Arthur te blijven, en ze sloot haar ogen. Toen ze voelde dat hij opnieuw sprong, kneep ze haar ogen nog stijver dicht, in de stellige verwachting dat ze pijnlijk tegen de grond zou worden gesmakt, of ze nu vleugels had of niet.

Maar dat gebeurde niet. Trudies voeten raakten wel iets, maar niet met het geweld van een zware val.

Ze deed haar ogen open en keek naar beneden, waar wit marmer glansde onder haar smerige laarzen. Toen keek ze naar links, naar rechts, omhoog. Behalve de treden die recht omhoog klommen, zag ze alleen maar licht, een laaiend wit licht, overal om zich heen.

'Kijk naar beneden, naar de treden!' riep Arthur. 'En kom mee! We mogen niet blijven staan!'

19

'Hoe werkt het dan?' bracht Trudie hijgend en puffend uit, nadat ze Arthur braaf minstens tweehonderd treden had bijgehouden, nog altijd met zijn hand in de hare. 'We blijven doorgaan met klimmen, tot we omvallen van moeheid en het hele eind weer naar beneden rollen?'

'Ik weet het niet.' Arthur was doodmoe, maar hij voelde zich ook op een merkwaardige manier uitgelaten. In zijn eigen wereld was het ondenkbaar dat hij zoveel treden in zo'n snel tempo zou hebben beklommen. Tenminste, niet zonder de Sleutel. Hij genoot ervan hoe de lucht moeiteloos in en uit zijn longen stroomde. Zelfs zijn spieren protesteerden door de voortdurende inspanning. 'Maar we moeten doorgaan. Om de zoveel tijd komen we op een Tussenbordes, ook al weet ik niet precies wat dat is. Als we daar komen, moeten we meteen op zoek naar het vervolg van de Trap. Als we dat niet snel vinden, zitten we vast. Voor altijd, neem ik aan.'

'Niks anders dan problemen,' mopperde Trudie. 'Ik had gewoon bij mijn inktpotten moeten blijven. Meld je nooit aan als vrijwilliger, zei mijn ouwe heer altijd. Voor wat dan ook.'

Ze bleef bijna staan en trok Arthur naar achteren.

'Wat is er?' vroeg hij scherp en trok aan haar hand.

'Ik herinnerde me iets van vroeger!' riep Trudie uit. 'Mijn vader! Het duurde maar heel even, maar ik kon me hem weer herinneren. Dat is me in geen jaren gebeurd. Door al dat gewas tussen mijn oren! Wat is dat?'

Arthur had zijn hoofd half omgedraaid om haar aan te kijken. Nu kreeg hij bijna een nekspierverrekking toen hij weer langs de trap omhoogkeek. Er was iets vóór hen; iets kleurigs dat te voorschijn kwam uit de witte gloed die hen omringde. Op hetzelfde moment had hij het ongemakkelijke gevoel dat de treden onder hun voeten begonnen te bewegen als een roltrap. Wat zich ook vóór hen bevond, ze naderden het veel sneller dan wanneer ze gewoon hadden gelopen.

'Pas op!' riep Trudie, en ineens waren de treden verdwenen en was het witte licht gedoofd. Ze stonden tot aan hun knieën in het water, omringd door weelderige groene planten die wel iets van koolstronken hadden. Alleen, ze waren zo groot als een huis. Boven hen stond de zon aan een stralend blauwe hemel.

'Een Tussenbordes!' riep Arthur. 'Vlug! We moeten zien dat we het vervolg van de Trap vinden!'

Een diep gebrul antwoordde hem, en vanachter een van de reusachtige koolstronken verscheen langzaam een reusachtige reptielenkop op een nek die steeds langer en langer werd.

'Nog meer dinosaurussen!' bracht Arthur kreunend uit. Deze zag er gelukkig uit als een planteneter, maar hij was zo groot als een oplegger en hij zou een paar kinderen moeiteloos kunnen vermorzelen, zelfs zonder dat het zijn bedoeling was. Hij was een soort moerassig blauw, met hier en daar diep paarse vlekken. Terwijl hij naar de vlekken staarde, kreeg Arthur de neiging in hysterisch gelach uit te barsten. Maar dat mocht hij niet laten gebeuren. Hij moest iets zien te vinden wat op traptreden leek...

De dinosaurus slaakte opnieuw een gebulder en stormde naar voren, met zijn borst de reusachtige koolplant volledig vermorzelend. Zelfs als het monster alleen maar nieuwsgierig zou zijn, betekende het nog altijd een enorm gevaar. Ze moesten hier weg, ze moesten het vervolg van de Trap zien te vinden.

Arthur keek in paniek om zich heen en sloeg Trudie bijna tegen de grond terwijl hij zich omdraaide. Haar greep ontspande licht, maar Arthur verstrakte de zijne. 'Niet loslaten! Dan blijf je alleen achter. Aha!'

Hij had iets ontdekt wat hij zou kunnen gebruiken: een groepje hoge rietstengels. Arthur rende erheen, Trudie met zich meeslepend, die werd verrast door zijn plotselinge snelheid. Als hij een van de rietstengels in de vorm van een paar traptreden kon buigen, zou dat genoeg kunnen zijn. Zonder nadenken schoof hij de Sleutel achter zijn riem... en zijn longen werkten onmiddellijk op halve kracht, geremd door het inmiddels vertrouwde gevoel van verkramping.

Hij was vergeten dat hij niet langer in het Huis was. Ze waren nu in de Lagere Domeinen, misschien zelfs in het verre verleden van zijn eigen wereld. Hier moest hij de Sleutel in zijn hand houden voor een optimale ademhaling. Maar daar had hij geen tijd voor!

Gejaagd boog Arthur de rietstengel op een stuk of vijf, zes plaatsen. Hij liet het ding in de lucht hangen en greep met zijn andere hand de Sleutel. Ondertussen tuurde hij strak naar de geknakte stengel. Daar! Daar waren de treden. Ze kwamen te voorschijn uit de punt van de rietstengel en liepen in de richting van de hemel. Arthur staarde naar de ijle lijnen van de riettreden en stelde zich voor hoe ze overgingen in driedimensionale treden van marmer.

Een golf spetterde tegen zijn rug, veroorzaakt door de dinosaurus die zich in het water stortte. Trudie hield geschokt haar adem in, of ze

163

smoorde een kreet, en Arthur stortte zich naar voren. Trudies vleugels fladderden... en ze bevonden zich weer op de Onwaarschijnlijke Trap. Drijfnat, maar ze hadden het gehaald!

Arthurs longen vulden zich weer met lucht, en hij dacht dat hij zou bezwijken van opluchting. Dat mocht echter onder geen voorwaarde gebeuren! Doodmoe nam hij Trudie nog steviger bij de hand en begon hij de trap weer te beklimmen.

'Hoe veel van deze Tussenbordessen staan ons nog te wachten?' vroeg Trudie. Ze fladderde een beetje met haar vleugels, in een poging ze te drogen. Iéts van het kolenstof was er afgespoeld, zodat ze nu een beetje witter leken. Of liever gezegd gebroken wit in plaats van grijs. 'En waar gaan we eigenlijk naar toe?'

'Ik weet het niet,' zei Arthur. Terwijl hij sprak, voelde hij dat de trede onder zijn voet een beetje zacht werd, als boter die uit de koelkast was gehaald, en even was hij bang dat hij er doorheen zou zakken.

'Ik bedoel... ik weet wel waar we heen gaan,' zei hij gejaagd en zo overtuigend mogelijk terwijl hij zich de tekening van Meneer Maandags Antichambre, gemaakt door de Wil, voor de geest haalde. 'Ik weet alleen niet hoeveel Tussenbordessen we nog krijgen. We gaan naar de Antichambre van Meneer Maandag en daar ontmoeten we de Wil.'

Onder zijn voet werd de tree weer harder; marmer in plaats van schuimspek.

'O, dan is het goed,' zei Trudie honend. 'Mijn vriend, de Wil. Ik hoop dat je blijft bij je belofte, Artie.'

'Noem me geen Artie,' snauwde Arthur. 'Ik beloof je dat ik mijn uiterste best zal doen om jou en de andere kinderen thuis te brengen.'

De treden vóór hem begonnen een beetje te slingeren terwijl hij sprak en leken licht naar één kant te hellen. Dat duurde echter maar heel even, en Arthur wist niet goed wat het betekende. Als het tenminste iets betekende. Misschien hoorde het gewoon bij het vreemde karakter van het hele gebeuren.

'Er is iets vóór ons!' waarschuwde Trudie. 'Nog een...'

Ze kwamen opnieuw bij een Tussenbordes, veel sneller dan ze hadden verwacht. Het ene moment tilden ze hun voeten nog op om een tree hoger te stappen, het volgende bevonden ze zich op vlakke grond. Het was donker en koel op het Tussenbordes. Arthur hief de Sleutel, maar het enige wat hij zag, waren stenen muren. Natte stenen muren. Ze waren in een grot.

Een zacht geluid maakte dat Arthur zich omdraaide, met de Sleutel hoog geheven voor meer licht. Daar, in een hoek, kroop een groepje mensen rond, met een blik van doodsangst in hun ogen. Ze waren naakt, maar bedekt met een dikke, harige vacht. Hun hoofden waren benig, met brede richels op hun voorhoofd en hun kaken.

Neanderthalers, dacht Arthur. *Of Cro-Magnonmensen of zoiets.* Hij wilde tegen hen zeggen dat ze niet bang hoefden te zijn, maar hij had geen tijd. Bovendien zouden ze hem toch niet begrijpen.

Arthur keerde zich naar de muur en kraste met de punt van de Sleutel haastig en onregelmatig wat treden in het gesteente. Maar voordat hij zelfs maar kon beginnen zich de Trap voor te stellen, zei Trudie: 'Dat lijkt niet erg op treden, als je het mij vraagt.'

'Sst!' siste Arthur. Nu kon hij zich helemaal niet meer concentreren. Hij begon in paniek te raken. *Straks zitten we voor eeuwig gevangen in het Stenen Tijdperk... Nee! Nee!*

Hij haalde diep adem en kraste nog een paar treden, iets langzamer, iets zorgvuldiger. Het leek op treden. Het wáren treden. Hij zou op de onderste springen en de ondankbare Trudie meesleuren...

Hij sprong op de muur af, met zijn ogen wijd open, min of meer rekenend op een pijnlijke botsing, waarna hij op de bodem van de grot zou belanden. Maar dat gebeurde niet. Het witte licht explodeerde aan alle kanten om hem heen en verwelkomde hem. Ze bevonden zich weer op de Onwaarschijnlijke Trap.

Een tijdje klommen ze zwijgend verder. 'Het spijt me dat ik dat zei,' mompelde Trudie tenslotte. 'In het vervolg zal ik mijn mond houden.'

Arthur reageerde niet meteen. 'Het was niet jouw schuld,' zei hij tenslotte. 'Ik denk dat de tekening toch niet zou hebben gewerkt. Voordat jij iets had gezegd, had ik zelf ook al mijn twijfels.'

'Dus je laat me niet los?' vroeg Trudie met een ongewoon klein stemmetje. 'Je laat me niet alleen?'

'Nee, natuurlijk niet!' Arthur bleef bijna staan, zo geschokt was hij dat Trudie dacht dat hij haar misschien in de steek zou laten.

'Weet je... ik begin me dingen te herinneren,' zei Trudie zacht. 'Zoals toen ik voor het eerst de Pijper zag. Ik zag mijn moeder die me meenam de stad uit, naar een boerderij... en dat ze me daar achterliet. Ik was een stadskind, dus ik wist me geen raad. En toen kwam de Pijper langs, met allemaal kinderen die achter hem aan dansten...'

Arthur nam haar hand nog steviger in de zijne, wetend dat er niets was wat hij kon zeggen.

'Het is grappig hoe het allemaal terugkomt,' vervolgde Trudie. Ze snotterde een beetje en haalde een niet erg schone zakdoek te voorschijn om haar neus af te vegen. 'Het zal wel in de lucht zitten of zoiets.'

'Dat zal wel,' zei Arthur. 'Hou je vast... er komt iets aan...'

Ze stonden langs de kant van een weg, onder een hete zon die brandde aan een heldere hemel. Aan de horizon hingen een paar pluizige wolken. De weg was nauwelijks meer dan een pad. Zonder klinkers. Slechts een strook zand, met hier en daar wat onregelmatige, vlakke stenen. Langs één kant van de weg stonden kleine, knoestige bomen in onregelmatige rijen. Aan de kant waar Arthur en Trudie stonden lag een grasveld, kort gehouden door geiten die hen vanaf de helling van een heuvel stonden aan te staren.

'Stenen!' Arthur wees naar een stapel die onder de bomen langs de weg lag. 'Daar kunnen we treden van maken.'

Haastig trok hij Trudie de weg over, en ze renden naar de stapel stenen. Ze waren er bijna toen Arthur een man over de weg op hen af zag komen. Hij rende, in het gestage ritme dat verried dat hij die snelheid heel lang kon volhouden. De man was mager en gespierd en droeg alleen een lendendoek en sandalen. Zijn naakte, gladde borst glom van het zweet. De renner hield even in toen hij hen zag, en nog een keer toen Trudie afwezig met haar vleugels klapperde. Daarop staarde hij haar aan en maakte een formeel gebaar, alsof hij zijn ogen afschermde tegen de zon en tegelijkertijd probeerde te salueren.

'Victorie bij Marathon!' riep hij uit. 'De Perzen zijn verslagen! Dank aan Nike voor onze overwinning!'

Hij bleef niet staan, maar wendde zijn ogen af terwijl hij passeerde, bijna struikelend over een van de stenen in de weg. Arthur en Trudie bleven ook niet staan, maar vervolgden hun weg naar de berg stenen. Daar hielp Trudie Arthur ze tot primitieve treden te stapelen. Arthur hief de Sleutel, stelde zich de Trap voor en stapte op de wankelende stenen. Bij wijze van uitzondering ging het deze keer heel gemakkelijk. Van het ene op het andere moment stonden ze weer op de marmeren treden, omringd door het witte licht.

'Volgens mij weet ik waar dat was,' zei Arthur tegen Trudie. 'Of misschien moet ik zeggen wannéér dat was. In onze wereld. In de geschiedenis. Ik heb een werkstuk gemaakt over de herkomst van beroemde merknamen. Die man dacht dat je Nike was, de gevleugelde godin van de overwinning.'

'Ik!' Trudie snoof. 'Als ik die stomme vleugels af zou kunnen krijgen, zouden we dat probleem niet hebben.'

'Ik vraag me af of het mogelijk is om niet stil te houden op de Tussenbordessen,' zei Arthur peinzend. 'Ik wed dat de Architect nooit stopte als ze dat niet wilde. Kom op. We moeten door!'

En dat deden ze.

20

Arthur begon in een bijna moordend tempo de trap op te klimmen, met een paar treden tegelijk.

'Waarom... waarom hebben we ineens zo'n haast?' vroeg Trudie.

'Omdat we misschien minder Tussenbordessen tegenkomen als we harder lopen! Ik weet het niet zeker. Het... het voelt gewoon goed. Alsof het zo moet.'

'Maar als dat niet zo is, zijn we nog sneller bij het volgende Tussenbordes,' opperde Trudie.

Arthur reageerde niet. Hij vóélde gewoon dat hij zijn doel sneller zou bereiken wanneer hij meer haast maakte; dat er op die manier minder Tussenbordessen zouden zijn die voor oponthoud zorgden. Het was echter alleen een gevoel. Het lukte hem nooit ergens genoeg over te weten te komen om zekerheid te hebben; niet van de Atlas, niet van de Wil, niet van de Oude...

'Er is iets vóór ons!' riep Trudie.

Arthur knipperde met zijn ogen en onderscheidde een vaste vorm. Toen hij er met de Sleutel tegenaan tikte, tuimelden Trudie en hij door een deur van licht hout, waarachter een smalle straat lag, belegd met klinkertjes. Heel even dacht Arthur dat hij weer in het Atrium van het Huis was.

Maar toen er een verschrikkelijke stank in zijn neus drong, wist hij dat hij ergens anders moest zijn.

Langs de straat lagen lichamen opgestapeld. Een heleboel lichamen, haastig bestrooid met ongebluste kalk. Het witte poeder bedekte gezichten en gelaatstrekken, zodat het bijna standbeelden zouden kunnen zijn, of poppen, in lange rijen neergelegd. Maar dan zou de stank er niet zijn geweest, dan zouden de vliegen er niet zoemend boven wervelen, dan zouden de ratten niet in en uit de open riolen langs de kant van de straat schieten.

Uit niets bleek dat er nog een mens in leven was.

Arthur hield zijn adem in en deed zijn best om niet over te geven terwijl hij om zich heen keek. De smalle huizen telden bijna allemaal drie verdiepingen en leunden over de straat, zodat die voor het grootste deel in schaduwen was gehuld, ondanks de stralende zon boven zijn hoofd.

De huizen waren tot een hoogte van een meter of twee opgetrokken uit steen. Daarboven waren ze van hout. De balken waren duidelijk zichtbaar en daartussen bevonden zich beschilderde panelen. De meeste huizen hadden rieten daken, maar sommige daken waren belegd met houten spanen of leien pannen. Allemaal hadden ze in vrolijke kleuren beschilderde deuren en luiken. In Arthurs tijd zouden ze heel oud zijn; te oud om nog in zo'n perfecte staat te verkeren. Maar terwijl hij om zich heen keek, besefte hij dat de huizen weliswaar niet nieuw meer waren, maar ook zeker niet oud.

Dit moet onder normale omstandigheden en in zijn tijd een heel vrolijke straat zijn geweest. Maar van die vrolijkheid is weinig meer over.

Op de voordeuren en de muren van alle huizen waren met witkalk ruwe kruisen geschilderd. Arthur wist wat dat betekende. Hij wist waar de bewoners van de huizen aan waren gestorven.

'De builenpest,' fluisterde hij. Waarschijnlijk waren ze in Engeland, ergens in de zeventiende eeuw. In de jaren zestig van die eeuw had er in Engeland een verschrikkelijke pestepidemie gewoed. Of misschien waren ze in dezelfde periode beland, maar in een ander deel van de wereld. Opnieuw wist Arthur niet genoeg over het Huis, over de Onwaarschijnlijke Trap en over de Lagere Domeinen om zekerheid te hebben.

Plotseling liet Trudie zijn hand los. Arthur verstrakte zijn greep net iets te laat. Heel even hield hij haar vingers nog tussen de zijne, toen rukte ze zich los en liep weg.

'Trudie! We moeten verder!'

Maar ze kwam niet terug. Arthur haastte zich achter haar aan terwijl ze de straat overstak en tegen een lichtblauwe deur duwde. De deur ging knarsend op een kiertje open, toen bleef hij steken tegen een lichaam dat de deuropening blokkeerde. Trudie duwde opnieuw, schopte tegen de deur en begon te huilen. De tranen stroomden over haar wangen en veroorzaakten donkere vlekken op haar das. Haar vleugels hingen kleurloos en naargeestig langs haar rug.

'Wat is er?' vroeg Arthur. Trudie had altijd zo'n onbekommerde indruk gewekt, zelfs wanneer ze werd geconfronteerd met dinosaurussen of met zwaarden gewapende barbaren. Wat was er ineens aan de hand?

'Dit is mijn huis!' bracht ze snikkend uit. 'Ineens weet ik alles weer. Hier woonden we!'

Ze keerde zich naar de dichtstbijzijnde stapel lichamen en zou het bovenste hebben omgerold om het gezicht te kunnen zien, als Arthur haar niet bij haar pols had gegrepen en weggetrokken.

'Je kunt niets doen!' zei hij bezwerend. 'En je kunt hier niet blijven! We moeten op zoek naar de Trap!'

'Kijk eens aan! Als dat niet de dochter is van Sjaak de Verver. Trudie! Teruggekeerd als de Engel des Doods,' mompelde een stem.

Gedurende een afschuwelijk moment verstarde zowel Arthur als Trudie, in de veronderstelling dat een van de lijken had gesproken. Toen ontdekten ze een bundel vodden in de schaduwrijke deuropening van het aangrenzende huis. Er kwam leven in de bundel vodden, die zich langzaam oprichtte en een oude vrouw bleek te zijn, gewikkeld in een met bont gevoerd gewaad, ondanks dat het een warme dag was. Ze hield een natte zakdoek tegen haar gezicht gedrukt. Arthur rook het mengsel van kruidnagelen en rozenolie waarin de zakdoek was gedrenkt. De geur was bijna nog sterker dan de stank van de lijken.

'Dus je bent toch gestorven,' mompelde de oude vrouw. 'Ik heb het je moeder nog zo gezegd! Dat het dom van haar was om je hier weg te halen. "De Dood houdt zich niet aan parochiegrenzen," heb ik nog gezegd. De Dood gaat waar hij wil, óf het nou in de stad is of op het platteland.'

'Is ze dood?' vroeg Trudie zacht.

'Iedereen is dood!' De oude vrouw lachte. 'Iedereen is dood! Ik ook, alleen weet ik het nog niet!'

Ze barstte los in een krankzinnig gekakel, en Arthur trok opnieuw aan Trudies hand. Deze keer protesteerde ze niet. Maar ze werkte ook niet mee toen hij haar wegsleurde.

'Kom mee!' drong Arthur aan.

De deur van het volgende huis stond wijd open. Daar moest een trap zijn. Maar ondanks het feit dat ze er vlakbij waren, maakte hij zich zorgen dat ze hier al te lang waren gebleven. In elk geval langer dan op alle andere Tussenbordessen. Bovendien had Trudie opnieuw zijn hand losgelaten.

'Denk aan de Antichambre van Meneer Maandag!' riep Arthur terwijl hij Trudie door de deuropening het huis binnen trok, een korte, heel smalle gang door en vervolgens een wenteltrap op die zo benauwd was dat hij zijn hoofd stootte tegen de hogere treden. Trudie werkte eindelijk weer mee, zonder dat Arthur haar achter zich aan hoefde te slepen.

'Concentreer je op het Huis en hoe we daar terug moeten komen!' riep Arthur, uit alle macht zelf proberend zich te concentreren. Hij kon echter niet helpen dat hij aan de dode lichamen bleef denken. Het was zijn eerste confrontatie met de dood, en hij had zich altijd voorgesteld dat die zich ergens in een ziekenhuis zou afspelen. Hij kon het beeld van die gruwelijke, willekeurige stapels lijken niet uit zijn hoofd zetten, haastig bedekt met ongebluste kalk door de weinige overlevenden, die te bang waren geweest om meer te doen.

De nieuwe slaapziekte was een modern equivalent van de builenpest. De doktoren en helers in die tijd hadden geen idee gehad hoe de ziekte zich verspreidde en waar deze vandaan kwam. Voor de dokters in de moderne tijd gold hetzelfde waar het de nieuwe slaapziekte betrof. Arthur was hun enige hoop. Als hij er niet in slaagde een geneesmiddel te vinden, zou de ziekte van de Apporteurs bijna iedereen in zijn stad kunnen doden, onder wie al zijn dierbaren; iedereen van wie hij hield. Net zoals de vorige epidemie zijn biologische ouders had gedood.

Dan zou de ziekte zich verspreiden en er zouden stapels lijken in de straten liggen, net als hier...

Ik móét zien dat ik de Antichambre van Meneer Maandag vind. De Antichambre van Meneer Maandag, de Antichambre van Meneer Maandag.

De laatste trede van hout en pleisterwerk verdween onder zijn voeten en maakte plaats voor marmer. Parelwit licht stroomde uit smoezelige zeventiende-eeuwse muren.

Arthur was terug op de Onwaarschijnlijke Trap. Hij had zijn linkerhand tot een vuist gebald, zo strak dat hij even niet zeker wist of hij de hand van Trudie nog vasthield. Was ze erin geslaagd hem te volgen, of was ze gevangen door haar eigen tijd, haar oorspronkelijke woonplaats, waar ze bijna zeker zou zijn gestorven... of alsnog zou sterven aan de Zwarte Dood?

Arthur keek achterom... recht in de ogen van Trudie.

'Ik ben bang dat je met me opgescheept zit,' bracht ze snotterend uit. Ze probeerde te glimlachen, zonder succes. 'Het heeft geen zin om nu nog naar huis te gaan.'

Arthur begon de treden te beklimmen. 'We zouden op zoek kunnen gaan naar de dossiers van je familie,' zei hij terwijl hij een stevig tempo aanhield. 'Als dat lukt, kunnen we ze veranderen en zorgen dat ze de pest overleven.'

'Nee. Dat heb ik je toch verteld,' zei Trudie langzaam. 'Ik ben al honderden jaren op zoek, maar ik heb ook nooit mijn eigen dossier kunnen vinden. Niemand van ons is er ooit in geslaagd zelfs maar een dossier te vinden van iemand van wie we wel eens hadden gehoord! Dus ik ben bang dat ik me erbij zal moeten neerleggen. Ik zal voor altijd en eeuwig inktpotten moeten vullen.'

'Geen sprake van!' Arthur probeerde meer vertrouwen en hoop in zijn stem te leggen dan hij in werkelijkheid voelde. 'We zullen Meneer Maandag verslaan en orde op zaken stellen in het LagerHuis. Wacht maar eens af!'

Trudie reageerde met iets wat klonk als gesnuif, maar misschien snoot ze gewoon haar neus. Tamelijk onhygiënisch, zoals altijd, in haar mouw.

170

'Ik ga me nu echt op de Antichambre van Meneer Maandag concentreren,' zei Arthur. 'Als ik maar hard genoeg mijn best doe, komen we er rechtstreeks, zonder nog een Tussenbordes.'

'Zoals dat? Daarboven?' vroeg Trudie.

Arthur vloekte en probeerde nog sneller de treden op te rennen, alsof ze op de een of andere manier door de wervelende, kleurige massa heen zouden kunnen breken op het zoveelste Tussenbordes. Maar dat lukte niet. Opnieuw merkte Arthur dat hij het ene moment nog op de Trap stond, en het volgende ergens anders, waar geen treden meer te bekennen waren.

Alleen was dit niet te vergelijken met het 'ergens anders' dat ze al diverse keren eerder hadden ervaren. Dit was niet de eeuw van de dinosaurussen, of een grot, of het oude Griekenland, of een door de pest geteisterde stad. Arthurs ogen puilden uit hun kassen bij het zien van het nieuwste model breedbeeldtelevisie. Het geluid stond zacht, en er was een soort nieuwslezer bezig iets voor te lezen. Voor de televisie stonden een leren bank en een salontafel met nummers van *Rolling Stone* en *Fortune* en daartussen een lege colafles. Kortom, typisch een woonkamer uit zijn eigen tijd.

Hij kon zijn ogen helemáál niet meer geloven toen er beweging ontstond op de bank. Het was Lover. Ze had op haar buik gelegen, met haar gezicht naar beneden, maar kwam nu overeind. Haar ogen zagen rood, haar gevlekte gezicht was nat van de tranen. Ze keek Arthur met open mond aan. Toen slaakte ze een kreet van schrik.

'Arthur! En... wie ben jij? Een engel?'

'Lover!'

'Nee, ik ben geen engel.' Trudie streek over haar ogen, haalde diep adem en zei: 'Ik kan alleen mijn vleugels er niet af krijgen. Ik heet Trudie. Trudie Turkoois Blauw.'

Lover knikte wantrouwend en deinsde achteruit naar de hoek van de bank. Daar richtte ze zich op, nog altijd met een wantrouwende blik op haar gezicht. 'Je bent het toch echt, hè Arthur?'

'Ja, ik ben het echt! Maar we kunnen hier niet blijven,' zei Arthur gejaagd. 'Is hierboven nog een verdieping? Met een trap?'

'Ja... eh... daar!' zei Lover langzaam. Ze verkeerde in shock, zag Arthur. Achter haar, op de televisie, maakte de nieuwslezer plaats voor beelden van een brandende school. Zijn school. 'Wat...'

'We kunnen hier niet blijven!' riep Arthur opnieuw. Hij begon naar de deur te lopen die Lover had aangewezen en trok Trudie met zich mee, die gefascineerd naar de televisie staarde. Lover aarzelde even, toen rende ze achter hen aan.

'Wanneer is dat gebeurd?' vroeg Arthur terwijl ze een gang door renden. 'Ik bedoel, de brand op school. Wanneer was dat? Gisteren?'

'Hè?' Lover keek hem verbouwereerd aan. 'Het kwam net pas op het nieuws; misschien een kwartier geleden. De hele stad is afgezet! Er mag niemand meer in of uit. Quarantaine. Maar waar ben jij mee bezig? Is dat die wijzer waar de hondenkoppen naar zochten?'

'Is alles goed met Ed? En met je vader en moeder?' vroeg Arthur.

'Ze zijn allemaal ziek,' bracht Lover snikkend uit. 'Heel erg ziek. Alsof ze in een vreemd soort coma liggen. Ze noemen het de nieuwe slaapziekte. Arthur, je moet...'

Haar stem stierf weg toen Arthur op de eerste tree sprong, en op de volgende tree, uit alle macht zich het witte marmer en het licht van de Onwaarschijnlijke Trap voorstellend.

'Was dat je zuster?' vroeg Trudie. 'Of je aanstaande?'

'Nee, gewoon een vriendin,' bracht Arthur hijgend uit. 'Ze heet Lover. Hou alsjeblieft je mond... ik moet me concentreren. Er komt iets aan. Ik voel het.'

Hij herkende de merkwaardige sensatie onder zijn voeten, als van een roltrap die steeds sneller liep naar een hoger gelegen punt. Bovendien waren er wervelende kleuren in het witte licht te zien. Ook een duidelijk teken.

'Hou me goed vast!' riep Arthur.

21

Het volgende moment tuimelden Arthur en Trudie languit over een stapel kussens. Toen ze weer een beetje waren opgekrabbeld, keken ze recht in de ogen van een kleine groene kikker op een zilveren taartplateau met chocoladesoezen en bitterkoekjes op een verdieping daarboven.

'Dat noem ik nog eens een goede aankomst!' zei de Wil dreunend, met een veel te luide stem voor zo'n klein kikkertje. 'Welkom in de Antichambre van Meneer Maandag.'

Arthur keek om zich heen. Ze bevonden zich in een ronde, zijden tent, met een houten paal in het midden. De tent kon niet meer dan vijf meter in doorsnee zijn.

'Dus dit is Maandags Antichambre?'

De kikker volgde Arthurs blik met zijn ene oog terwijl hij met het andere oog naar Trudie keek.

'Nee. Dit is een tent, een van de duizenden die in Maandags Antichambre staan opgezet. Bijgevolg is het een uitstekende plek om ons te verstoppen. Ik heb gezorgd voor diverse vermommingen waaruit Trudie en jij kunnen kiezen. Kijk maar in die kist daar, zoek een stel kleren en een pruik uit en trek ze aan. Volgens mij zijn de pruiken zelfklevend.' De Wil wees met zijn tong naar een kist met bronsbeslag die in de hoek van de tent stond.

Arthur en Trudie liepen ernaartoe en haalden ten minste een dozijn verschillende jassen, overhemden, hoeden en pruiken te voorschijn. Er waren zelfs valse baarden.

'Dat zelfklevende haar gaat er toch wel weer af, hè?' vroeg Arthur verscheidene minuten later. Toen zette hij voorzichtig een witte pruik met lang haar op zijn hoofd. 'Waarom moeten we ons trouwens vermommen?'

'Ja, maak je maar geen zorgen. Je hoeft alleen maar drie keer "Haar vandaag, morgen weg" te zeggen, en dan valt het van je hoofd,' zei de Wil. Hij leek ongeduldiger dan anders. 'Jullie moeten vermomd zijn omdat we een heel stuk door de Antichambre moeten lopen. Jullie ontsnapping uit de KolenKelder is al gerapporteerd, dus er staan talloze wachters en verkenners naar ons op de uitkijk.'

'Oké.' Arthur trok een haveloze jas aan, die leek te zijn gemaakt van erg dik vilt. Het was het kledingstuk dat hem het beste paste van de drie die hij had geprobeerd. Bovendien had het een smalle zak aan de binnenkant van de mouw waar hij de Sleutel in kon doen. Dus hij besloot de jas aan te houden. Aan de mouw hing een soort naamkaartje. Arthur stond al op het punt het eraf te snijden met de Sleutel toen de Wil hem geschokt tegenhield. 'Niet doen! Dat moet je laten zitten. Het is je wachtbewijs.'

Arthur keek naar het kaartje. Het was gemaakt van eenvoudig papier, en er stond met stralend blauwe inkt een nummer op geschreven: 98564. De inkt glansde en veranderde van kleur terwijl hij het kaartje omdraaide – van rood naar oranje en terug naar blauw. Trudie had een soortgelijk kaartje, ook met een nummer erop.

'Iedereen in de Antichambre wacht op een ontmoeting met Meneer Maandag in zijn Dagverblijf,' legde de Wil uit. 'Om te mogen wachten moet je een kaartje hebben, anders word je de deur uitgezet. Wanneer je nummer wordt afgeroepen, ga je naar binnen en je bespreekt met Maandag wat het ook is dat je met hem wilt bespreken.'

'Het is wel een erg hoog nummer,' zei Arthur. 'Of tellen alleen de laatste twee cijfers? Hoeveel mensen ontvangt hij per dag?'

'Nee, alle cijfers tellen mee. En Meneer Maandag handelt per jaar misschien twee afspraken af met Huislingen,' zei de Wil. 'Ik heb die kaartjes gisteren weten te bemachtigen. In een andere vermomming, dat begrijp je.'

'Dus er zijn bijna honderdduizend mensen... Huislingen... die allemaal zitten te wachten om Meneer Maandag te spreken te krijgen?' vroeg Arthur.

'Ja,' zei de Wil. 'Luiheid! Ik heb het al eerder gezegd. Daarom zijn er ten minste honderdduizend dingen mis met alles wat er in het LagerHuis wordt ondernomen. Er kan niets worden gedaan zonder de goedkeuring van Maandag, maar Maandag weigert de functionarissen te ontvangen die hem om die goedkeuring komen vragen.'

'We kunnen geen tijd verspillen met aansluiten achter aan de rij!' riep Arthur ongeduldig uit. 'Ik moet zien dat ik dat geneesmiddel vind!'

'We gaan ook helemaal niet in de rij staan. Nu jullie vermomd zijn, kunnen we ons in de werkelijke Antichambre begeven,' zei de Wil. 'Een eindje hiervandaan worden we opgewacht door een bondgenoot. Iemand die beweert dat hij een anderpad naar het Dagverblijf van Meneer Maandag weet. Dat anderpad nemen we, jij pakt de Hoogste Sleutel, en alles komt goed.'

Trudie maakte een snuivend geluid.

'Wie is die bondgenoot?' vroeg Arthur wantrouwend.

'Hm, ik zal er maar geen doekjes om winden. Het is Maandags Schemer,' antwoordde de Wil. 'Na Trudies vertrek met mijn boodschap nam hij contact met me op. En na enige lichte tegenslag ontdekte ik dat hij een trouw dienaar is geworden van de Architect.'

'Of een uiterst sluwe vijand,' opperde Arthur. 'Heb je die mogelijkheid ook in overweging genomen?'

'Hij ziet de ware weg,' zei de Wil. 'Sta eens even stil, dan spring ik op je schouder.'

Arthur aarzelde, toen bleef hij roerloos staan terwijl de kikker op zijn schouder sprong en zich in de holte van zijn nek nestelde.

'Je gaat toch niet proberen in mijn mond te springen, hè?'

'Nee, dank je,' zei de Wil. 'Het zal niet nodig zijn me in een andere verschijning te hullen. Maar zet alsjeblieft wel je kraag op, zodat niemand me ziet.'

Arthur deed wat hij vroeg. De kikker voelde merkwaardig aan tegen zijn huid. Koel, maar niet klam, als een koud glas, rechtstreeks uit de koelkast.

'Is iedereen er klaar voor?' Arthur keek achterom naar Trudie. Hij zou haar nooit hebben herkend, of haar voor een kind hebben aangezien. Ze zag eruit als een dwerg uit een sprookjesboek. Ze had haar oude kleren nog aan, maar haar hoed had ze verwisseld voor een merkwaardig ogende, puntige stoffen pet met oorkleppen. Bovendien had ze een borstelige snor onder haar neus geplakt, en bakkebaarden op haar wangen, die tot haar mondhoeken liepen.

'Je hebt je vleugels nog aan,' zei Arthur.

'Ik weet niet hoe ik ze af moet krijgen! Echt niet. Ik heb alles geprobeerd.'

Behalve water en zeep, dacht Arthur, en hij schaamde zich meteen voor die gedachte. Bovendien, Trudie mocht er dan smerig uitzien, ze stonk niet. Hij was zelf inmiddels ook behoorlijk smerig, besefte Arthur plotseling, na alle verschillende Tussenbordessen van de Onwaarschijnlijke Trap.

'Laat ze maar gewoon zitten,' zei de Wil. 'Het is hier niets bijzonders om vleugels te hebben. Heel veel bezoekers van de lagere wachtkamers hier beneden vliegen omhoog naar de Antichambre. Kom mee, Arthur. We moeten gaan. Als je de tent uit komt, meteen rechtsaf.'

Arthur maakte de banden van de doek voor de ingang los en rolde de flappen terug. Buiten was het licht, het namaakzonlicht van de heldere liftschachten. Arthur knipperde met zijn ogen, stapte de tent uit en keek om zich heen.

175

Hij had inmiddels wel geleerd dat hij geen gewone kamer hoefde te verwachten, maar toch kon hij er niets aan doen dat zijn mond openviel en dat hij bijna zijn nek verrekte.

De Antichambre van Meneer Maandag was eigenlijk een enorme veranda, voor tweederde in de helling van een berg gebouwd. Of liever gezegd, een vulkaan. Enkele honderden meters boven zich kon Arthur de rand van de krater onderscheiden.

De veranda was misschien twee- tot driehonderd meter breed en stak uit de helling van de vulkaan naar voren. Het kon niet anders of hij werd van onderen gestut, misschien door zuilen of balken, misschien door onzichtbare magie. Arthur kon niet goed zien waar de veranda van was gemaakt, ook omdat het er zo stampvol was met wachtende smekelingen die tenten en tapijten, kleden en rietmatten en allerlei soorten meubilair hadden meegenomen om zich zo comfortabel mogelijk te installeren. Dat was ook niet zo vreemd. Tenslotte zouden ze eeuwen moeten wachten.

Overal klonk gepraat en gelach, geroezemoes en allerlei andere geluiden. Zelfs boven Arthurs hoofd, waar grote aantallen gevleugelde Huislingen heen en weer zwenkten. Ze boden een merkwaardige aanblik in hun Victoriaanse kleding, met vleugels op hun rug. Hoewel sommigen erg hoog vlogen, kwam geen van hen in de buurt van de monding van de vulkaan, viel Arthur op.

Alles bij elkaar had het wel iets van een jaarmarkt. Anders dan in het Atrium, waar iedereen althans dééd alsof hij het druk had, hadden de Huislingen hier een excuus om te wachten of zich te amuseren op de manier zoals ze dat wilden, vooropgesteld dat ze een wachtbewijs hadden. Dus Arthur zag mensen – hij vond dat hij hen mensen moest noemen, ook al waren ze dat niet – die een boek lazen en bordspellen deden. Er waren er die zaten te kaarten, er werd geschermd, gejongleerd, er werden acrobatische oefeningen gedaan, sommigen zaten te schrijven of dronken thee met koeken en luchtige gebakjes, en er was ook iemand die naar hem zat te staren...

Arthur staarde terug. De man had iets vertrouwds, hoewel Arthur zich niet kon herinneren hem eerder te hebben gezien. Hij was fraai gekleed, in een lichtroze jas met een vest en een broek in dezelfde kleur. Zijn uitmonstering werd gecompleteerd door een lange hangsnor.

Toen de in het roze gehulde persoon zag dat Arthur naar hem keek, boog hij zijn hoofd en probeerde hij haastig in de menigte te verdwijnen. Het was deze gejaagde vlucht die hem verried.

'Pravuil!' riep Arthur. 'Volgens mij was dat Pravuil! Uit de KolenKelder.'

176

'Een spion!' gromde de Wil. 'Vlug! Sla rechtsaf en loop naar de karmozijnrode tent met de gouden bal op de middenpaal. Zie je die?'

Arthur knikte en zette zich haastig in beweging. 'Pravuil zei dat hij voor Schemer werkte,' mompelde hij terwijl hij zich een weg baande door de menigte, met Trudie vlak achter hem.

'Het zou kunnen,' bromde de Wil. 'Maar we moeten voorzichtig zijn. Ga de karmozijnrode tent binnen, sla linksaf en volg de gang naar de achteruitgang. Daar ga je naar buiten. Dan komen we uit in een soort doorgang tussen stapels kratten.'

Het was donker in de tent, die was behangen met gordijnen en daardoor in een doolhof van compartimenten werd verdeeld. Arthur sloeg linksaf en liep langs de zijkant van de tent. Plotseling zag hij een mes glinsteren in Trudies hand, en hij vroeg zich af hoe ze daaraan kwam.

'Ik hoop niet dat je het nodig hebt!' fluisterde hij onder het lopen over zijn schouder. Het was een grote tent, misschien wel zo groot als een circustent, hoewel hij van buiten niet die indruk had gewekt.

Trudie keek naar het mes in haar hand. 'Als het nodig is, kan ik er de tent mee opensnijden. Dat is de snelste weg naar buiten. Het heeft geen zin om het tegen een Huisling te gebruiken. Daar zou ik toch niets mee bereiken, hoogstens een beetje pijn.'

'Stil!' zei de Wil, zo luid dat Arthur zich afvroeg waar de waarschuwing toe diende. Of misschien kon de Wil – als kikker van jade – zichzelf niet goed horen.

Zoals de Wil al had gezegd, kwamen ze via de achteruitgang van de tent terecht in een gangetje tussen reusachtige, wankel ogende stapels kratten. Ze waren stuk voor stuk ongeveer net zo groot als een ouderwetse theekist, en het waren er duizenden, uiterst riskant opgestapeld in rijen van zeven tot tien meter hoog. Bij nadere inspectie ontdekte Arthur dat er met sjablonen opschriften op waren aangebracht. HOOGSTE KWALITEIT CEYLON of EERSTE PLUK DARJEELING. Er waren ook opschriften die hij niet kon lezen, tot hij de Sleutel in zijn mouw aanraakte. Toen vervaagden de merkwaardige symbolen en maakten plaats voor gewone letters. Arthur las dingen als: TERZIKON MARILOR KREEK en OGGDRIGGLU NR. 3. Opschriften waarvan Arthur zo goed als zeker wist dat ze in zijn eigen wereld niet op theekisten voorkwamen. Althans, niet wanneer er thee in zat.

'Buit uit de Lagere Domeinen,' zei de Wil misprijzend. 'Het zoveelste bewijs van de ongeoorloofde bemoeienissen van Meneer Maandag!'

Aan het eind van het gangetje tussen de opgestapelde theekisten kwamen ze bij de zijkant van de vulkaan. Kaal, grijs gesteente, gestolde lava. Arthur streek over het koele, gladde oppervlak. 'En nu?'

'Nu geef je de Sleutel af, of ik zal je teisteren met alle kwellingen waartoe ik in staat ben, en je vrienden zullen er nog meer van lusten,' zei een bekende stem boven hem terwijl de schaduw van enorme vleugels over Arthurs gezicht viel.

22

Terwijl Arthur de Sleutel uit de zak in zijn mouw haalde, kwam Trudie dicht naast hem staan, en ze drukten hun rug tegen de rotsachtige helling van de vulkaan.

Maandags Noen spreidde zijn vleugels nog wijder en daalde op de grond neer. Terwijl hij landde, werden er diverse kratten opzij geduwd, hetgeen een domino-effect had in de hele provisorische doorgang. Tientallen metalen Commissionairs en Sergeant-Commissionairs drongen zich als dolle stieren door de chaos van kratten en gebroken stukken hout om een wig te vormen achter Noen.

Deze hief zijn hand op, en op slag hield hij een vlammend zwaard geheven. Het siste en knetterde, en de vlammen laaiden steeds hoger op. Ondertussen stak Noen met zijn meest stralende glimlach zijn linkerhand uit. 'De Sleutel!' zei hij gebiedend. 'Of wil je dat ik de InktVuller in brand steek?'

'We zijn in de val gelopen. Wat doen we nu?' fluisterde Arthur, met zijn hoofd gebogen, zodat hij met de Wil kon overleggen.

'Ik raad jullie alle drie aan een stap naar voren te doen,' klonk een stem, maar het was niet de stem van de Wil. Arthur keek over zijn schouder en zag tot zijn verrassing dat er in de muur van lava een deuropening was ontstaan. Daarbinnen kon hij vaag het gezicht van Schemer onderscheiden.

Arthur en Trudie deden een stap naar voren.

'En om wat meer vertrouwen te hebben,' voegde Schemer eraan toe terwijl hij uit de deuropening naar buiten kwam, gevolgd door diverse van zijn MiddernachtGasten: 'Ga de deuropening binnen, Arthur, en u ook, juffrouw Blauw.'

Noens glimlach was verdwenen toen Schemer verscheen en voor Arthur ging staan. Er verscheen zelfs een frons op Noens gezicht toen Schemer ook een zwaard uit de lucht plukte. Het zwaard van Schemer had een kling van het donkerste nachtzwart, besprenkeld met sterren.

'Wat heeft dit te betekenen, Schemer?' tierde Noen. 'Ik stond op het punt de Sleutel in mijn bezit te krijgen!

'Nee, broeder,' zei Schemer kalm. 'We zullen hen laten voortgaan op hun weg.'

'Verrader!' beet Noen hem toe. 'Ga opzij!'

'Nee,' antwoordde Schemer. 'Ik ben trouw aan de Architect en Haar Wil.'

Noen slingerde krijsend zijn vlammende zwaard naar Trudie. Arthur hief de Sleutel, in een poging het te onderscheppen, maar hij was te traag. De Sleutel was nog maar half geheven, en de punt van het zwaard bevond zich nauwelijks enkele centimeters van Trudies keel, toen de donkere kling van Schemer het wegsloeg. Het zwaard ketste af tegen de vulkaan en keerde terug in Noens hand. In zijn vlammende voorbijgaan zette het diverse theekisten in vuur en vlam.

'Aanvallen!' bulderde Noen. Hij stormde naar voren en haalde opnieuw uit naar Trudie. Schemer pareerde ook deze aanval, waarop Noen en hij een reeks slagen uitwisselden, bijna te snel om ze te kunnen volgen. Een enkel front MiddernachtGasten kwam aanstormen om de aanval van de Commissionairs af te slaan. Zwepen flitsten met sonisch gedreun, stokken en zwaarden knetterden als bliksemschichten. Theekisten ontploften in een regen van splinters terwijl de vlammen eruit sloegen. Een dikke rook begon zich naar alle kanten te verspreiden.

'We moeten ze helpen!' riep Arthur, zwaaiend met de Sleutel. Noen en Schemer waren aan elkaar gewaagd, maar er waren veel minder MiddernachtGasten dan Commissionairs.

'Nee,' sprak de Wil met donderende stem. 'We moeten het anderpad volgen. We hebben geen tijd om nog langer hier te blijven!'

Arthur aarzelde. Op dat moment ontweek Schemer een uithaal en greep de arm van zijn broer. Voordat Noen zich kon losrukken, had Schemer hem in het rond gedraaid en de lucht in geslingerd.

'Ga!' schreeuwde Schemer terwijl hij zijn zwarte vleugels spreidde en als een pijl uit een boog omhoogschoot. 'Wij houden Noen hier zo lang mogelijk bezig!'

Arthur aarzelde nog steeds. Hij zag hoe Noen als een raket omhoogschoot. Toen draaide Noen zich om en stortte zich in de diepte om de opstijgende Schemer te ontmoeten. Vuur en nacht ontmoetten elkaar met een gruwelijk gekrijs terwijl het tweetal naar beneden tuimelde, onder een uitwisseling van bliksemsnelle slagen die even snel werden gepareerd.

De Wil begon te roepen: 'Zorg dat je...'

Noen en Schemer sloegen als een vallende ster tegen de grond, midden in het strijdgewoel. De hele veranda deinde door de kracht van de inslag. Arthur en Trudie werden tegen elkaar gesmeten, en het grootste deel van de Commissionairs en de MiddernachtGasten sloeg tegen de grond – net als alle theekisten, voor zover ze nog overeind stonden.

Terwijl Arthur moeizaam overeind kwam, zag hij Noen opkrabbelen tussen het wrakgoed. Zijn knappe gezicht was vertrokken van woede. Zodra hij Arthur in de gaten kreeg, stortte hij zich op hem, maar Schemer greep hem bij zijn enkel, zodat hij tegen de grond sloeg. Het volgende moment hadden ze zich allebei weer opgericht en was het gevecht opnieuw in volle hevigheid losgebarsten.

'Dat meisje! Ze moet dood!' schreeuwde Noen tegen zijn vazallen, die zich begonnen te bevrijden uit de stapels versplinterd hout en brandend wrakgoed. 'Sluit het anderpad af!'

Vier Sergeant-Commissionairs baanden zich met geweld een weg door het smalle front MiddernachtGasten en stormden op Arthur en Trudie af.

Deze keer wachtte Arthur niet af. Hij draaide zich om en rende de duistere deuropening in, opnieuw Trudie met zich meetrekkend.

Een rode vuurgloed gierde achter hem aan, gevolgd door het venijnige knallen van de zweep van een MiddernachtGast. Toen viel de deuropening achter hen dicht, en alles was plotseling stil en donker, op de gloed van de Sleutel in Arthurs hand na, die de wanden en het gewelf onthulde van een opwaarts hellende gang die niet van lava was gemaakt. Arthur liet Trudie los en ging in snel tempo voor, hoewel het gevoel onder zijn voeten hem helemaal niet beviel. De grond rimpelde en bewoog. Het was alsof hij op een trampoline liep. Bovendien voelden de wanden aan weerskanten ook zacht aan.

Toen Trudie zag dat hij voor de derde keer met zijn vinger langs de muur streek, fluisterde ze: 'Alle anderpaden zijn zo. Maar dit is wel erg groot. Vaak moet je kruipen. En als ze zich samentrekken, word je vermorzeld, want ze zijn uit het Niets gemaakt. Of door het Niets.'

'Anderpaden maken gebruik van de smalle kieren van Niets in de structuur van het Huis,' zei de Wil. 'Er bestaat weinig gevaar, vooropgesteld dat een anderpad op de juiste wijze is gemaakt. Luister goed, Arthur. Wanneer we naar buiten komen, moet je zorgen dat je zo dicht mogelijk in de buurt van Meneer Maandag komt. Dan hou je je Sleutel omhoog en je zegt deze bezwering op: "Minuut na minuut, uur na uur, twee wijzers als één, samen de macht." Het is echt heel eenvoudig. Dan zal de UurWijzer vanzelf naar je toe vliegen. Je vangt hem op en prikt ermee in je rechterduim. Dan doe je hetzelfde met je linkerduim, maar daarbij gebruik je de MinuutWijzer. Je smeert een druppel bloed van je linkerhand op de UurWijzer en van je rechterduim op de MinuutWijzer. Vervolgens druk je de twee Sleutels tegen elkaar en je zegt opnieuw een heel eenvoudige bezwering: "Ik, Arthur, gezalfde Erfgenaam van het Koninkrijk, eis deze Sleutel op en daarmee het Meesterschap van het

181

LagerHuis. Dat eis ik op met hart en ziel, met bloed en strijd, gedragen door de waarheid, door het testament, met voorbijgaan aan alle verzet en tegenslag." Heb je dat?'

'Nee.' Arthur schudde zijn hoofd. 'Welke duim moet met welke wijzer? En wat moet ik doen als Meneer Maandag de UurWijzer in zijn hand heeft?'

'Dat heeft hij niet,' zei de Wil luchtig. 'Hij slaapt, of hij ligt in een stoombad. Het Dagverblijf is vol dampende poelen waar stoom uit opstijgt. We zullen nog een keer doornemen wat je moet zeggen...'

'Wacht even!' zei Arthur. 'Wat moet ik doen als Meneer Maandag níét ligt te slapen of een stoombad neemt? Wat dan?'

'Dan zullen we moeten improviseren,' zei de Wil. 'Maar tegen de tijd dat het zover is krijg je nieuwe instructies van me.'

Er viel een stilte na die opmerking. Zelfs de Wil leek te beseffen dat "improviseren" Arthur niet erg bemoedigend in de oren moest klinken.

'Ik reken erop dat je Meneer Maandag aankunt.' Trudie stompte Arthur met kracht tegen zijn arm, duidelijk in een poging zijn zelfvertrouwen op te vijzelen. 'Trouwens, waarschijnlijk ligt hij te snurken.'

'Ik heb geen keus.' Arthur dacht opnieuw aan de geheimzinnige ziekte. Aan het geneesmiddel. Aan zijn ouders. 'Ik móét door!'

En ik zal improviseren, dacht hij grimmig. *Ik zal alles doen wat nodig is. Ik zal doorgaan met vechten en denken en proberen, wat er ook gebeurt.*

'Uitstekend!' zei de Wil en nam nogmaals zijn eerdere instructies door. Arthur herhaalde de bezweringen. Nadat hij deze vier keer had geoefend, was hij er vrij zeker van dat hij ze in zijn hoofd had zitten. Hij kon echter niet voorkomen dat hij dacht aan alles wat er mis zou kunnen gaan. Te beginnen met de mogelijkheid dat Meneer Maandag aan het eind van het anderpad klaarwakker was, gereed voor de strijd. Het lag toch voor de hand dat Noen hem had gewaarschuwd? Of zou Schemer hem op tijd hebben weten tegen te houden?

'Ben je er klaar voor?' vroeg de Wil. 'Het anderpad wordt smaller. We staan op het punt om te voorschijn te komen in het Dagverblijf van Meneer Maandag.'

'Kunnen we niet eerst dat haar afdoen?' vroeg Trudie.

'Als het per se moet.' De Wil slaakte een zucht en wachtte terwijl ze de bezwering zeiden, waarop hun pruiken en baarden op de grond vielen. 'Kunnen we dan nu eindelijk?' vroeg de Wil ongeduldig.

'Ja,' zei Arthur, en Trudie knikte instemmend. 'We zijn zover.'

Het anderpad begon inderdaad aanzienlijk smaller te worden. Arthur moest zich bukken en de laatste paar meter moest hij zelfs kruipen, op handen en knieën. De uitgang als zodanig kon hij niet zien, maar hij zag een eindje vóór zich wel een rond stuk duisternis dat niet werd verlicht door de gloed van de Sleutel. Toen Arthur het aanraakte, verdween zijn hand. Het was te vergelijken met Maandags Poterne in de muur rond het Huis, zoals dat zich manifesteerde in Arthurs wereld.

'Dat is de deur,' zei de Wil. 'Loop erdoorheen, maar niet te snel. De richel aan de andere kant is maar smal.'

Arthur kroop er voorzichtig doorheen en stopte zo plotseling dat Trudie tegen zijn voeten botste.

De richel waarop hij te voorschijn was gekomen, was inderdaad erg smal – niet veel breder dan zijn voeten – en strekte zich naar weerskanten ongeveer drie meter uit. Erger nog, hij bevond zich hoog tegen de kraterwand. Toen Arthur in de diepte keek, ontdekte hij tussen de opbollende wolken stoom een borrelend meer, diep onder de oppervlakte verlicht door rode en gele pluimen gesmolten magma. De hele krater was een dampend meer, en Arthur zag geen enkele manier om van de richel af te komen, anders dan vliegend. En Trudie was de enige die vleugels had. Hij wist echter dat eerste indrukken in het Huis misleidend konden zijn. Dus hij kroop een eindje opzij, zodat ook Trudie te voorschijn kon komen. Samen hurkten ze op de richel, neerkijkend op het kolkende water en de enorme wolken stoom die opstegen terwijl gesmolten lava zich in de diepte stortte.

Boven hen glansde het gouden net dat voorkwam dat vliegende bezoekers in de krater stortten. Het absorbeerde en weerkaatste het licht van de liften rond de vulkaan. Voor het eerst vroeg Arthur zich af waar die liften eigenlijk heen gingen. Hij had altijd gedacht dat Maandags Dagverblijf zich boven in het Huis bevond. Maar dit was nog maar het LagerHuis, en daarboven bevonden zich de regionen die werden beheerst door de Morgen Dagen. Althans, dat nam hij aan.

Arthur schudde zijn hoofd. Aan zulke dingen moest hij niet eens dénken. In plaats daarvan moest hij zich concentreren op het acute probleem. Het viel echter niet mee om na te denken, want het was veel en veel heter dan het tot dusverre was geweest, en hij zweette als een otter onder zijn dikke jas.

'Er is daar iets in het midden,' zei Trudie, die in de diepte was blijven staren. 'Kijk, daar!'

Ze wees op het moment dat de wolken stoom even uiteenweken. Daar, in het midden van het kolkende meer, lag een eiland en op dat eiland stond een langgerekt gebouw. Een laag, L-vormig complex met rode pannen op de daken. Op de een of andere manier kwam het Arthur bekend voor. Hij wist zeker dat hij het al eerder had gezien. In een boek. Het was een Romeinse villa, besefte hij.

'Maandags Dagverblijf,' zei de Wil. 'Aan de andere kant loopt er een fraaie brug naar het eiland. Maar wij zullen de oversteek moeten maken langs de spinnendraad. Het is misschien in het begin wat moeilijk te zien. Kijk eens bij je linkervoet, Arthur.'

Deze keek naar beneden. Eerst zag hij helemaal niets, toen ontdekte hij de uiterst zwakke glans van een ragdunne draad. Hij bukte zich en raakte hem aan. De draad stond strak gespannen en was ongeveer zo dik als een vinger, maar bijna helemaal doorschijnend. Arthur trok eraan en liet hem weer los. Het resultaat was een zachte, welluidende klank.

'Eh... hoe moeten we langs deze draad naar beneden?'

'De draad kleeft aan je voetzolen,' zei de Wil. 'Dus het is gewoon een kwestie van naar beneden lopen, recht naar Meneer Maandags Dagverblijf.'

'Ik denk dat ik maar ga vliegen,' zei Trudie.

'Helemaal niet,' snauwde de Wil. 'Geen sprake van! Vlak bij het eiland staan molens waarvan de wieken de stoom in vlagen naar zich toe trekken. Ze zullen het vlees van je botten stropen. De enige manier om beneden te komen is via de spinnendraad, en we hebben geen ogenblik te verliezen! Vooruit, Arthur! Zet je voet op de draad!'

'Wat gebeurt er als ik mijn evenwicht verlies?' vroeg Arthur. 'Mijn voetzolen blijven misschien wel vastzitten, maar dan hang ik ondersteboven.'

'Dan loop je zo verder,' zei de Wil. 'Schiet op! Het is veel gemakkelijker dan het lijkt.'

'Hoe weet jij dat nou? Je bent een kikker,' mompelde Trudie. 'Je hebt niet eens zolen!'

'Stil!' Arthur richtte zich op, stopte zorgvuldig de Sleutel in de zak in zijn mouw en bond er een zakdoek omheen, zodat de Sleutel er niet uit kon vallen. Toen deed hij zijn armen wijd om zijn evenwicht te bewaren, zoog zijn longen vol met vochtige lucht en zette voorzichtig een voet op de spinnendraad.

23

Het was inderdaad gemakkelijker dan het eruitzag, merkte Arthur terwijl hij de ene voet na de andere over de spinnendraad schoof. De draad voelde keihard aan onder zijn voeten, en het kostte hem geen moeite zijn evenwicht te bewaren. Althans, zolang hij maar niet naar beneden keek. Zodra zijn blikken naar zijn voeten gleden, ging er een huivering door hem heen. Hij begon te beven, te haperen, zodat hij ondersteboven aan de draad dreigde te belanden. Maar wanneer hij dan weer opkeek en zijn blik vóór zich uit richtte, ging het over.

Trudie volgde hem in snel tempo. Ze had geen enkele moeite met de draad en hoefde ook haar armen niet wijd te doen omdat haar gespreide vleugels haar hielpen haar evenwicht te bewaren en moeiteloos overeind te blijven. Het duurde niet lang of ze liep vlak achter Arthur, en hij werd zich scherp bewust van zijn eigen, trage vordering.

'Misschien is dit het moment om je erop te wijzen dat de spinnendraad niet blijvend is,' zei de Wil, nadat Arthur langzaam nog zo'n twintig meter verder was geschuifeld.

'Het is niet waar!' Arthur dwong zichzelf sneller te lopen terwijl hij krampachtig probeerde niet in de diepte te kijken. 'Wat wil je daarmee zeggen? "Niet blijvend"?'

'Dat hij over een paar minuten verdwijnt.'

Arthur begon op een merkwaardige manier te rennen, zo goed en zo kwaad als het ging. Het was erg vreemd om zijn voeten niet te kunnen optillen. Dat maakte het balanceren ook moeilijker, en hoewel Arthur nu sneller vorderde, begon hij ook hoe langer hoe heviger van de ene naar de andere kant te zwaaien.

'Vlugger!' zei de Wil toen ze halverwege de draad waren, omringd door dichte wolken afkoelende stoom. Die was gelukkig niet half zo heet als Arthur had gevreesd, meer als de damp in de badkamer na een douche. 'Veel vlugger!'

Arthur probeerde te doen wat hij zei. Het gewiebel werd zelfs nog erger, en Arthur besefte dat hij net zoveel energie besteedde aan het proberen zijn evenwicht te hervinden als aan zijn heen en weer gezwaai terwijl hij zich zo snel mogelijk over de draad verplaatste.

'Vlugger! De spinnendraad begint te rafelen!' riep de Wil, net op het

185

moment dat Arthur het eiland recht voor zich zag. Hij schatte de afstand op ongeveer tweehonderd meter. De kolkende wateren bevonden zich amper tien, misschien twintig meter onder hem, de damp werd heter, en de rode gloed van de diep ondergedompelde lava helderder. Arthur werd onaangenaam herinnerd aan wat Trudie hem had verteld over de paar manieren waarop het mogelijk was in het Huis de dood te vinden. *Vuur, als het maar heet genoeg is.* Tot kookpunt verhit water viel ongetwijfeld in dezelfde categorie.

Arthur maakte een eind aan die gedachtegang en richtte al zijn aandacht op zijn sprong. Het was echter erg moeilijk vaart te maken, zonder zijn voeten te kunnen optillen.

Nog vijftig meter... nog veertig meter... nog dertig... twintig... tien... vijf...

'We hebben het gehaald!' riep Arthur terwijl zijn voeten de spinnendraad eindelijk loslieten en hij in het koele, groene gras van het gazon rond Maandags Romeinse villa belandde.

Maar toen hij zich omdraaide, dacht hij dat zijn hart stil bleef staan. Trudie was niet alleen achterovergevallen, ze hing bovendien ondersteboven!

Arthur sprong overeind en rende naar de draad, maar toen hij zijn rechtervoet erop zette en probeerde verder te schuiven, gleed hij eraf en viel hij bijna van het eiland in het water.

'Het is eenrichtingsdraad,' zei de Wil. 'Je zult haar hier moeten laten. We moeten verder.'

'Nee, natuurlijk niet!' riep Arthur. 'Wat bezielt je? Ze is mijn vriendin!'

'Zelfs vriendinnen moeten soms worden opgeofferd voor het goede doel...' begon de Wil.

Maar Arthur luisterde niet. Hij maakte de zakdoek los die hij om zijn mouw had gebonden en haalde de Sleutel te voorschijn.

'Vlug! Schiet op!' riep hij naar Trudie. 'Hoe lang duurt het voordat de spinnendraad helemaal is uitgerafeld?' vroeg hij aan de Wil.

'Hij trekt zich al terug van de verankering aan de andere kant,' zei de Wil. De kleine kikker staarde over het meer naar de wolken van stoom. 'Als het ontrafelen in dit tempo doorgaat en als Trudie Turkoois er niet in slaagt sneller vooruit te komen, zal ze over tien seconden in het water vallen.'

Arthur legde de Sleutel tegen de spinnendraad. 'Ophouden met rafelen!' commandeerde hij wanhopig.

Even werd de gloed van de Sleutel nog stralender, maar verder kon Arthur geen effect ontdekken.

'Dat was erg onverstandig,' klaagde de Wil. 'Door de Sleutel te gebruiken zou je de aandacht kunnen trekken van Meneer Maandag...'

'Ik heb gezegd dat de draad moest ophouden met rafelen!' snauwde Arthur. Alsof hij tegen zichzelf sprak, voegde hij eraan toe: 'Is het gelukt? Blijft de draad lang genoeg intact?'

De Wil reageerde niet meteen. 'Het proces is vertraagd,' zei hij toen onwillig. 'De spinnendraad is gemaakt met de Hoogste Sleutel en wordt bepaald door de eigenschappen die hij bij zijn schepping heeft meegekregen. Maar het proces is vertraagd.'

Arthur deed een stap naar achteren en wenkte Trudie uit alle macht, gebarend dat ze moest opschieten. Ze klapperde wanhopig met haar vleugels, en het scheelde niet veel of ze stond weer rechtop.

'Vlugger!' riep hij. 'Schiet op!'

Trudie stortte zich naar voren, uit alle macht klapperend met haar vleugels. Arthur kon de spanning en de angst van haar gezicht aflezen. Hij betrapte zich erop dat hij de Sleutel zo krampachtig omklemde dat hij zichzelf bijna sneed. Er verscheen in elk geval een vurige, rode striem in zijn huid.

Trudie kwam dichterbij, nog dichterbij...

Zes meter van het eiland brak de draad onder haar voeten. Ze gilde en sloeg uit alle macht met haar vleugels. Op hetzelfde moment vormde zich een reusachtige bel in het meer beneden haar, en plotseling herinnerde Arthur zich het andere gevaar. Stoomstoten, speciaal ontworpen om gevleugelde wezens te doden.

De luchtbel werd steeds groter terwijl Trudie haar vleugels spreidde en opvloog. Arthur hield zijn adem in. Drie seconden, en de bel was nog niet gebarsten. Trudie had het eiland bijna bereikt. Plotseling dacht Arthur weer aan de Sleutel in zijn hand, en hij richtte deze op de luchtbel...

Op dat moment knapte deze, en een enorme zuil van stoom spoot omhoog, als van een geiser. Arthur deinsde wankelend achteruit.

Te langzaam! Te langzaam! Trudie wordt aan stukken geblazen...

Toen botste ze tegen hem aan, en ze rolden samen over het gras.

'Dat was op het nippertje,' zei Trudie terwijl ze zich van elkaar losmaakten en overeind krabbelden. 'Volgens mij zitten mijn schouders ergens tegen mijn oren.'

'Waar was je mee bézig?' riep Arthur.

'Het spijt me. Ik kreeg er genoeg van om op jou te wachten, dus ik dacht dat ik je wel ondersteboven kon inhalen. Alleen lukte het me op die manier niet om mijn vleugels te gebruiken...'

'Het geeft niet,' zei Arthur. *Concentreer je op wat er nu moet gebeuren.* 'Het spijt me dat ik zo tegen je tekeerging.' Hij keek naar de villa. De ramen waren voorzien van luiken, maar hij ontdekte ook een deur. Een weinig opvallende achterdeur van onbewerkt hout. 'Ik neem aan dat we daar naar binnen moeten.'

'Inderdaad,' zei de Wil. 'Maar voordat we dat doen, moet ik jullie waarschuwen dat het binnen nogal verwarrend kan zijn. Volgens mij heeft Maandag het hele interieur laten veranderen in een combinatie van stoomkamers en badpoelen. Bovendien is het van binnen veel groter dan het van buiten lijkt. Je weet wat je te doen staat, Arthur! Je moet Maandag zien te vinden en de bezwering uitspreken. Ik, eh... *we* zullen je zo goed mogelijk bijstaan.'

'Akkoord. Laten we beginnen.' Arthur nam de Sleutel in zijn hand, nam de bezweringen en de procedure van het samenvoegen van de Sleutels nogmaals door en liep naar de deur.

Tien stappen daarvandaan bleef hij staan. Voor de deur bevond zich een diepe greppel. Een drooggevallen gracht, van zo'n twee meter diep en twee meter breed. Niet echt een obstakel, ware het niet dat Arthur tot zijn knieën in de kronkelende, golvende, sissende slangen zou staan als hij erin stapte. En het waren niet zomaar slangen! Ze waren getekend met rode en gele vlammen, van hun platte koppen tot hun scherpe staarten. Hun glanzende ogen waren fel blauw, stralend als saffieren.

'Bibliofagen!' riep de Wil, en zijn stem sloeg over in paniek. 'Achteruit! Achteruit!'

Dat hoefde hij Arthur geen twee keer te vertellen. Deze sprong als door een adder gebeten achteruit terwijl de slangen zich naar de wand van de greppel kronkelden en probeerden eruit te klimmen. Tot zijn opluchting zag Arthur dat ze dat niet konden.

'Wat is een bibliofaag?' vroeg Arthur nerveus.

'Het zijn schepselen van het Niets,' zei de Wil langzaam. 'Boeken-eters. Een soort Nietslingen. Ze spugen een gif dat elke vorm van tekst en handschrift doet oplossen in het Niets. Maar ze zouden hier niet moeten zijn. Maandag heeft de grenzen van... van iets overschreden! En niet zo zuinig ook!'

'Spugen ze ook als we geen enkele vorm van tekst of handschrift bij ons hebben?' vroeg Arthur.

'Nee, dan niet,' zei de Wil. 'Maar ik besta volledig uit letters! Dus ik kan niet naar de overkant!'

'En dat was ongetwijfeld precies Maandags bedoeling,' zei Trudie. 'Wat doen we nu?'

'Alles blijft zoals we het hebben afgesproken,' zei de Wil, die zichzelf snel weer in de hand had. 'Arthur, je zult zonder mij moeten oversteken. Maar eerst moet je zorgen dat je niets van letters of cijfers of wat dan ook bij je hebt. Geen labels in je kleren. Geen briefjes met aantekeningen. De bibliofagen zullen zelfs een enkele letter ontdekken en gaan spugen. Als ze dat doen, zal hun gif je oplossen, en alles zal verloren zijn.'

'En wij dood,' voegde Trudie eraan toe.

Vijf minuten later waren ze klaar. Arthur had alle labels uit zijn kleren verwijderd. In sommige van Trudies kleren stonden met de hand geschreven aanwijzingen voor de was, maar die kleren gooide ze gewoon weg. Er bleven tenslotte nog drie overhemden, een broek, twee paar kousen en haar laarzen over.

Voor Arthur was het niet zo gemakkelijk. Al zijn kleren waren stuk voor stuk voorzien van labels of opdruk op de stof. Hij moest zelfs de tailleband van zijn onderbroek trekken. Dat deed hij zonder gêne, allang blij dat hij geen tatoeages had of dat het niet zijn gewoonte was om met ballpoint op zijn handen te schrijven.

'Weet je zeker dat er nergens meer iets van letters of cijfers te vinden is?' vroeg de Wil. Hij was van Arthurs schouder gesprongen, op de stapel afgedankte kleren. 'Zelfs geen enkele letter? Wat is dat daar op je pols?'

Arthur keek naar zijn horloge en slikte toen hij besefte dat de merknaam op de wijzerplaat uit letters bestond en het spuug van een bibliofaag zou aantrekken.

'Verder niets?' vroeg de Wil opnieuw, en Arthur en Trudie controleerden hun zakken. Toen keek Arthur naar zijn spijkerbroek. 'O, nee hè! Er staan letters op mijn rits.'

Nu voelde hij zich toch in verlegenheid gebracht terwijl hij uit alle macht probeerde het runnertje van de rits te verwijderen. Daarbij ontdekte hij echter dat er ook letters aan de binnenkant van de rits stonden.

'Dit wordt niks,' zei hij langzaam. 'Ik, eh... ik zal al mijn kleren moeten uittrekken, op mijn uitmonstering voor de Antichambre na.'

Hij wendde zich af, trok haastig zijn kleren uit en hees zich in het lange overhemd dat de Luitenant Bewaarder van de VoorDeur hem had gegeven. Het was lang genoeg om te dienen als nachthemd. Daaroverheen trok hij zijn jas aan. Het voelde erg vreemd, bijna alsof hij in zijn blootje liep, zelfs met alles dichtgeknoopt. Hij hoopte vurig dat hem plotselinge windvlagen – à la Marilyn Monroe – bespaard zouden blijven.

'Ik wens je succes,' zei de Wil. 'Moge de Wil geschieden.'

Arthur knikte. De kikker ging op zijn achterpoten staan en maakte een buiging, die Trudie completeerde met een enigszins rommelige revérence. Arthur knikte, maar omdat hij het gevoel had daarmee tekort te schieten, maakte hij een soort salueergebaar.

Toen ging hij Trudie voor naar de greppel. Opnieuw keek hij neer op de bibliofagen. Het waren er duizenden. Slangen van minstens een meter lang. Arthur voelde dat zijn mond kurkdroog werd terwijl hij keek hoe ze zich om elkaar heen kronkelden. Trudie en hij zouden er letterlijk doorheen moeten waden. Hij had de Wil niet eens gevraagd of ze behalve spugen ook andere dingen deden, zoals bijten.

En hij had geen onderbroek aan.

Om de een of andere reden leidde dat tot een vluchtig, bijna hysterisch gegrinnik. De situatie waarin hij zich bevond was dan ook te bizar! Hij werd geacht een soort held te zijn; een held die het opnam tegen Meneer Maandag. En daar liep hij, zonder onderbroek, bang dat hij op een heel onplezierige plek zou worden gebeten door een stelletje Nietslingen, in de gedaante van slangen. Hij kon zich geen enkele echte held voorstellen die aan een dergelijke beproeving werd blootgesteld.

'Stel nooit uit tot morgen wat ge heden doen kunt!' Met die woorden liet hij zich over de rand zakken.

24

De slangen waren onplezierig warm, bijna heet tegen Arthurs blote
benen en onder zijn voeten. Hij kromp ineen terwijl hij zich volledig in
de kronkelende massa liet zakken en de beesten zich rond zijn kuiten
begonnen te slingeren. Hun schubben, of waar hun huid ook mee was
bedekt, deden denken aan een rasp, aan schuurpapier, wat het allemaal
nog erger maakte.

Arthur probeerde er niet aan te denken en begon door de greppel
naar de verzonken deur te waden. De bibliofagen slingerden zich rond
zijn middel, zijn benen, onder zijn jas. Sommige hingen aan zijn armen,
en er was er zelfs een die om zijn nek glibberde. Maar ook als ze zich
heel strak vastklampten, wurgden ze hem niet, en tot op dat moment
had ook nog niet een hem gebeten. Arthur veronderstelde dat de Sleutel
in actie zou komen als ze dat deden. Of als ze het zelfs maar probeerden.

Tegen de tijd dat hij halverwege de greppel was, werd hij bijna volledig bedekt door slangen. Ze waren overal. Zelfs rond zijn hoofd. Ze
hingen voor zijn gezicht, en hij schatte dat zich enkele tientallen om zijn
benen hadden geslingerd. Het waren er zo veel dat het lopen hem zwaar
viel. Hij struikelde dan ook een paar keer, waardoor nog meer slangen
de kans kregen aan boord te klimmen.

'Scheer je weg! Ellendig slangentuig!' hoorde hij Trudie achter zich
roepen. Arthur reageerde niet, bang dat een bibliofaag in zijn mond zou
kruipen. Hij keek ook niet over zijn schouder, ervan overtuigd dat hij
dan zijn evenwicht zou verliezen. En hij dacht dat hij niet meer overeind
zou kunnen komen wanneer hij eenmaal op de grond lag. Hoewel de
bibliofagen niet beten, zou alleen al hun gewicht hem het opstaan onmogelijk maken. Dus hij concentreerde zich uit alle macht en baande
zich voetje voor voetje een weg door het gekronkel.

Tenslotte had hij zijn bestemming bereikt: een eenvoudige houten
deur in de wand van de greppel, half begraven onder de bibliofagen. De
deur had een zilveren knop. Arthur probeerde hem om te draaien, maar
er was geen beweging in te krijgen. Heftig met zijn armen bewegend om
zoveel mogelijk bibliofagen af te schudden, legde hij de Sleutel tegen de
hendel. 'Ga open!' commandeerde hij.

Er ging een huivering door de deur. De hendel bewoog, en toen zwaaide de deur langzaam en met een knarsend geluid naar binnen open. Een golf van warmte en een afschuwelijke lucht van rotte eieren kwam naar buiten drijven. Anders dan Arthur had verwacht, vielen de bibliofagen die tegen de deur hadden gelegen niet naar binnen. Ze bleven boven op elkaar liggen, alsof er behalve de deur nog een onzichtbare barrière was die hen buitensloot.

Als dat zo was, werd Arthur er niet door gehinderd. Zijn neus dichtknijpend tegen de stank, liep hij naar binnen. Op hetzelfde moment vielen alle bibliofagen van hem af, als de bladeren van een boom die werd getroffen door een krachtige windvlaag.

Het inwendige van Maandags Dagverblijf deed in niets denken aan het interieur van een Romeinse villa. Het vertoonde geen enkele overeenkomst met de buitenkant van het bouwwerk.

Arthur stond op een platform van oud, heel donkerbruin gietijzer, omringd door een zee van stoom. Door de ruitvormig opengewerkte vloer zag hij ongeveer vijftien meter onder zich een kolkende modderpoel, waar donkergele drab borrelde en plofte, als pap die aanbrandde, en vlagen stinkende damp omhoog stuurde.

Van het platform leidde een heel smalle loopbrug, amper breed genoeg voor één persoon, naar het dampende inwendige. Ook die brug was van ijzer, en de initialen MM waren om de paar meter in het ruitpatroon gegoten. Arthur kon niet zien waar hij heen leidde, daarvoor was er te veel damp. De brug werd volledig aan het zicht onttrokken door de opbollende wolken.

'Het ruikt hier naar de lucifersfabriek,' zei Trudie. 'Dat kan ik me nog herinneren. Volgens mijn vader was de stank afkomstig van...'

'Zwaveldioxide,' zei Arthur haastig. 'Van de hete modder. Net als bij geisers. Die zijn er waarschijnlijk ook.'

Hij had het nauwelijks gezegd, of vlakbij spoot een geiser omhoog, een fontein van hete modderdruppels. Trudie vouwde haar vleugels over haar hoofd om zich te beschermen, en Arthur merkte dat de Sleutel ervoor zorgde dat de modderspetters die hem raakten onmiddellijk hun hitte verloren.

'Kom mee!' Arthur stapte op de ijzeren loopbrug. Trudie volgde hem echter niet. Pas toen Arthur zich na een meter of twintig omdraaide, ontdekte hij dat Trudie naar de stoomwolken stond te staren.

'Er is daar iets,' zei ze zacht en trok haar mes.

Op hetzelfde moment dat Arthur opkeek, dook een schimmige gedaante op uit de wolken stoom. Het was niet Meneer Maandag, daar was hij te klein voor. De gedaante was in het roze gekleed, met gele vleugels waar de veren uitvielen terwijl hij boven hen zweefde.

192

'Pravuil!'

Arthurs schreeuw van herkenning werd beantwoord door de pijl uit een kruisboog die fluitend op hem af vloog. Zonder bewuste inspanning van zijn drager maakte de Sleutel de pijl onklaar door hem in de vlucht in tweeën te snijden, zodat de twee helften aan weerskanten van Arthurs hoofd langs schoten.

'Het is niet persoonlijk bedoeld, heer!' riep Pravuil, verborgen in de stoom boven Arthurs hoofd. 'Simpelweg een kwestie van commerciële prioriteit. Zo, en nu moet ik alarm slaan.... aarrhhhhg!'

De wolken waren vluchtig uiteengeweken, en Trudie had van het moment gebruik gemaakt om haar mes te gooien. Het raakte Pravuil in zijn linkervoet en bleef daar trillend steken. De Huisling liet zijn kleine kruisboog vallen en bukte zich, in een poging het mes uit zijn voet te trekken, ondertussen druk met zijn vleugels klapperend.

Voordat Pravuil nog iets kon doen, stortte Trudie zich op hem. 'Je moet door, Arthur!' riep ze al fladderend. Als een kleine vogel die een grotere aanviel, vloog ze schoppend en krabbend in kringetjes rond Pravuils hoofd. Hij vergat het mes en sloeg wild terug. Zo vlogen ze al vechtend steeds hoger, tot ze in de wolken waren verdwenen.

Arthur maakte zich zo lang mogelijk en ging op zijn tenen staan, met de Sleutel geheven. Maar het enige wat hij kon zien, waren wolken stoom en een enkele parelwitte veer die naar beneden kwam dwarrelen. Arthur ving hem op en zag dat er bloed op zat. Rood bloed, niet het blauwe bloed van een Huisling.

Nog even staarde hij naar de veer. Toen opende hij zijn hand en liet hem vallen. Trudie was verdwenen. Maar haar offer zou niet vergeefs zijn. Ook al zou ze de strijd in de lucht verliezen – of misschien had ze die al verloren – ze had kostbare tijd voor Arthur gewonnen. Tijd die hij niet zou verspillen.

Zijn angst verdringend, rende hij de brug over, de wervelende stoom, de geisers en de modderfontein tegemoet. Hij had zijn leven lang nog nooit zo hard gerend. Zijn voetstappen dreunden op het ijzer, tot hij met de Sleutel naar beneden wees. 'Stil!' commandeerde hij.

Het enige wat hij kon zien waren stoom, kokende modder, en af en toe een geiser, wanneer die zich dicht genoeg bij de brug bevond. Hij hóórde veel meer geisers dan hij zag, en de kokende modder kwam zo gestaag naar beneden dat het wel regen leek. Arthur raakte er volledig door bedekt. De Sleutel voorkwam dat hij erdoor bezeerd werd, maar af en toe moest hij stil blijven staan om het spul van zijn gezicht te vegen. Voortdurend herhaalde Arthur in gedachten de instructies van de Wil, telkens en telkens weer. Tegelijkertijd kon hij het gevoel niet van zich afzetten dat het plan van de Wil weliswaar prachtig was, maar dat hij er sterk aan twijfelde of het zou werken. Hoe dan ook, hij zou op alles voorbereid moeten zijn.

De brug werd iets breder en begon naar beneden te hellen. Arthur ging langzamer lopen, voor zich uit turend in de damp, met de Sleutel krampachtig in zijn hand geklemd, klaar om hem te gebruiken.

Vóór hem bevond zich een platform. Het was laag en breed, amper een halve meter boven de modder. Arthur kon een tafel onderscheiden, en iemand die naast die tafel stond. Hij liet zich op zijn hurken zakken en kroop dichterbij. Zijn hart bonsde in zijn borst. Was het Meneer Maandag, die hem stond op te wachten? Klaarwakker?

Toen de gedaante zich omdraaide, dacht Arthur dat zijn hart stilstond. Hij haalde diep adem en deed zijn mond open om aan de bezwering te beginnen. Zover kwam het echter niet, want toen de stoom kolkend uiteenweek, herkende hij de gedaante.

Het was Snuiter, de huisknecht van Meneer Maandag. Hij zag er precies zo uit als destijds in Arthurs wereld, met één opmerkelijk verschil. Zijn linkerpols was aan een poot van de tafel geketend. De tafel was ook van gietijzer, zag Arthur. De ketting was uitzonderlijk lang en opgerold onder de tafel. Daarbovenop bevond zich een zilveren blad, een spiritusbrander, twee flessen cognac, of whisky of iets dergelijks, een steelpan, en een grote karaf met een kleurloze vloeistof. Water, vermoedde Arthur.

Snuiter stond wat in zichzelf te mompelen en met zijn handschoenen zonder vingers te friemelen. Toen draaide hij Arthur weer de rug toe, en Arthur zag dat zijn jas en zijn overhemd in repen waren gesneden. Op de gelige huid daaronder zaten lelijke rode striemen. Gezien het feit dat alle Huislingen snel van hun verwondingen genazen, begreep Arthur dat die striemen niet door een gewone zweep konden zijn toegebracht.

Arthur piekerde hoe hij langs Snuiter zou moeten komen zonder dat de huisknecht alarm sloeg. Waarschijnlijk was Meneer Maandag niet ver weg. Van het platform liepen treden naar een andere, lagere brug, op gelijke hoogte als de modder. Het kon heel goed zijn dat Maandag slechts enkele meters verderop stond, aan het zicht onttrokken door de stoom.

Met zijn blik nog altijd op Snuiter gericht, zag Arthur dat deze zijn handschoenen uit- en weer aantrok en vervolgens doelloos met de flessen en de karaf begon te schuiven. Tenslotte sloop Arthur voorzichtig dichterbij. Snuiter stond nog steeds met zijn rug naar hem toe, en toen Arthur hem op misschien een meter was genaderd, kon hij horen wat Snuiter mompelde.

194

'Het is niet mijn schuld! Ik kwam alleen maar langs voor een potje kaarten. Hoe had ik moeten weten dat de Wil in mijn neus zou kruipen? Ik heb er nooit aan gedacht in mijn zakdoek te kijken. Wie zou dat nou ook doen? Ik heb die zakdoek al sinds het begin der Tijden, en er heeft nooit iets in gezeten als ik moest niezen. Dus het is niet mijn schuld. Ik heb altijd mijn beste krachten gegeven. Zonder ooit een echte opleiding te hebben genoten. Het is niet mijn schuld. Kom op, zeg! Een zakdoek! Het is niet mijn schuld, gnnlhhng...'

Snuiter bleef midden in de zin steken toen Arthur de scherpe punt van de Sleutel tegen zijn keel drukte. 'Verroer je niet!' fluisterde hij dreigend.

Arthur had nooit kunnen verwachten wat er toen gebeurde. Snuiter verroerde zich inderdaad niet. Hij bevroor! Letterlijk! IJs stroomde ratelend van de Sleutel over Snuiters lichaam, langs zijn armen, over zijn hoofd. Binnen enkele seconden was de huisknecht volledig in een blok glimmend blauw ijs gehuld. Stijf bevroren.

Langzaam trok Arthur de Sleutel terug. Hoewel hij het niet had verwacht, was hij buitengewoon tevreden met het resultaat. Maar zou het ijs standhouden in deze ongelooflijke hitte? Om zekerheid te hebben raakte hij Snuiter opnieuw met de Sleutel aan. 'Hul je in een tweede laag ijs!'

En inderdaad, een nieuwe laag ijs omwikkelde Snuiters gedaante, zodat deze deed denken aan een manshoge ijspegel, zoals hij voor Arthur stond. Het ijs was zo dik dat de huisknecht daarbinnen slechts vaag te onderscheiden was.

Arthur bestudeerde de ijspegel aandachtig. Er begonnen zich op het oppervlak al druppels te vormen die naar beneden gleden, maar het geheel zou toch minstens een paar uur moeten standhouden. Arthur hoopte dat hij slechts een fractie van die tijd nodig zou hebben om te doen wat hij moest doen.

Hij verliet het platform en daalde zo zacht als hij kon de treden af naar de lage brug. Deze verhief zich nauwelijks boven de modder. Sterker nog, hier en daar stroomde de dampende brij eroverheen, maar omdat Arthur werd beschermd door de Sleutel kon hij er zonder probleem doorheen lopen.

Zo dicht bij het oppervlak was de stoom zelfs nog dichter. Arthur ging langzamer lopen en zwaaide met de Sleutel vóór zich om te zorgen dat de damp wervelend uiteenweek, zodat hij iets kon zien. Hij was ervan overtuigd dat Meneer Maandag ergens vlakbij was.

Dat bleek ook zo te zijn. Toen de damp uiteenweek, zag Arthur dat de brug ophield. Vóór hem lag een poel borrelende modder, waaruit diverse ijzeren palen omhoogstaken. Tussen de palen hing een hangmat van zilveren touwen, en in die hangmat lag Meneer Maandag.

Arthur bleef staan. Zijn mond werd plotseling kurkdroog, ondanks de stoom. Maandag zag eruit alsof hij sliep, gewikkeld in een dikke witte badjas. Er lag iets op zijn ogen. Even dacht Arthur dat het plakken komkommer waren, zoals zijn moeder dat soms deed. Toen zag hij dat het munten waren. Gouden munten.

Arthur sloop voorzichtig dichterbij, tot het uiterste puntje van de brug. Vandaar staken de bovenste sporten van een ijzeren ladder boven de modder uit. Arthur keek naar de ladder, toen weer naar Meneer Maandag. Wat was die glinstering in zijn rechterjaszak? Was het de Uur-Wijzer, de Hoogste Sleutel?

Maandag bewoog even, en Arthur kromp ineen, maar dwong zich-zelf tot kalmte. Het was slechts een vluchtige beweging, en de borst van Maandag ging nog altijd op en neer met het rustige, gestage deinen van iemand die in diepe slaap was verzonken.

Zeg de bezwering, en de UurWijzer komt vanzelf naar je toe. De woorden van de Wil echoden nog door Arthurs hoofd. *Zeg de bezwering.*

Arthur hief zijn Sleutel en wees ermee naar Maandag. Toen slikte hij twee keer en begon zacht, bijna fluisterend te spreken.

'Minuut na minuut, uur na uur, twee wijzers als één, samen de macht!'

196

25

De gouden munten vlogen omhoog toen Maandag met een ruk zijn ogen opendeed. Hij greep naar zijn zak, maar het was al te laat. De UurWijzer schoot weg en vloog over de modder naar Arthur, een flits van goud en zilver, bijna te snel voor het menselijk oog.

Op een of andere manier slaagde Arthur erin hem te vangen. Het ene moment was de Sleutel nog een flits in de lucht, het volgende hield hij hem in zijn linkerhand, en in zijn andere de MinuutWijzer. De aantrekkingskracht tussen de twee Sleutels deed zijn armen trillen van de inspanning om ze uit elkaar te houden. Nu was het enige dat hij nog moest doen in zijn duimen prikken...

Maar voordat hij iets kon doen, werd hij door een enorme windvlaag naar achteren geblazen, zodat hij languit op de brug belandde, bijna in de modder. Toen hij probeerde overeind te krabbelen, stond Meneer Maandag dreigend over hem heen gebogen, zijn veel te knappe gezicht verwrongen van woede. Reusachtige gouden vleugels met roestvlekken waaierden uit van zijn schouders. Hij gebruikte ze om Arthur met een nieuwe windvlaag te treffen, zodat deze achteruit over de brug rolde.

'Dwaze sterveling! Kom bij me, mijn sleutel!'

Arthur voelde dat de UurWijzer zich verzette tegen zijn greep, in het verlangen terug te keren naar Meneer Maandag. Hij balde uit alle macht zijn vuist, maar zijn vingers openden zich heel langzaam, en de UurWijzer begon los te komen. Om hem tegen te houden duwde Arthur de MinuutWijzer ertegenaan, waarop hij beide Sleutels tegen zijn borst drukte. Op hetzelfde moment werkte hij zich moeizaam overeind en begon hij de brug af te rennen.

'Kom bij me terug, mijn Sleutel!' riep Maandag opnieuw, en hij vloog op in de stoom boven Arthurs hoofd. De UurWijzer, tegen Arthurs borst gedrukt, worstelde nog altijd om los te komen, en dat lukte hem bijna, maar op het laatste moment drukte Arthur de punt van de MinuutWijzer door het rondje aan het uiteinde van de UurWijzer en hield ze op die manier bij elkaar, zelf ook schreeuwend. 'Blijf!'

Al schreeuwend rende hij terug over de brug, langs het platform waarop de ijspegel stond die Snuiter bevatte, en verder over de brug die naar de deur leidde. Wanneer hij erin slaagde buiten te komen, zou de

Wil hem kunnen helpen en Meneer Maandag op een of andere manier op een afstand houden, zodat Arthur in zijn duimen kon prikken. Maar de UurWijzer bleef proberen los te breken, en plotseling merkte Arthur dat hij zijn greep op de brug begon te verliezen. De UurWijzer steeg op naar waar Meneer Maandag in de lucht hing... en nam Arthur met zich mee!

'Sleutel, maak dat ik zwaarder word!' riep Arthur terwijl hij van de grond werd getild en de brug alleen nog met zijn tenen aanraakte. Hij hoorde Maandag ook iets schreeuwen, maar wat, dat kon hij niet verstaan. Toen viel hij weer met een smak naar beneden, zo hard dat zijn voeten een deuk in de ijzeren brug maakten. Hij voelde dat er een schok door zijn botten ging en besefte dat ze onder normale omstandigheden gebroken zouden zijn geweest.

De bezwering om zichzelf zwaarder te maken, werkte maar een paar minuten. Arthur rende zoals hij nog nooit had gerend, met de twee Sleutels stijf tegen zich aangedrukt. De UurWijzer bleef omhoogtrekken, maar het lukte Arthur hem tegen zich aan te houden.

Tot de Sleutel plotseling een ruk naar links maakte. Verrast werd ook Arthur opzij getrokken. Hij raakte de reling van de brug en viel eroverheen. Tijdens zijn val omklemde hij uit alle macht de twee Sleutels en riep: 'Sleutel, maak dat ik kan vliegen!'

Tegelijk met het uitspreken van die laatste woorden raakte hij de modder. Arthur was zo zwaar dat zijn inslag overeenkwam met een auto die te water raakte. Modder spatte naar alle kanten, en Arthur zonk als een baksteen naar de diepte. Modder bedekte zijn ogen, drong in zijn neus en zijn mond. Maar hij ademde het spul niet in, en het leek wel alsof hij ook niet hóéfde te ademen. Gedurende enkele ogenblikken bleef hij steeds dieper zakken, maar zelfs terwijl hij zonk, voelde hij een vreemde jeuk op zijn rug. Toen begonnen de spieren in zijn borstkas te trekken, en zijn schouderbladen tintelden alsof er spelden en naalden in werden gestoken. Het deed Arthur ergens aan denken... en hij wist vrijwel meteen waaraan: de papieren vleugels die Noen voor hem had gemaakt.

Zijn vleugels spreidden zich uit in de modder en begonnen met ongelooflijke kracht te slaan. Als een raket schoot Arthur omhoog, in vliegende vaart langs de zwevende Maandag. Zijn vleugels waren zuiver parelwit en ontdeden zich van de modder op het moment dat hij omhoogvloog – hoger, steeds hoger in de kolkende stoom.

Beneden hem klonk een woedend gebulder, en Maandag zette de achtervolging in. Zijn gouden vleugels dreven hem voort als een wraakzuchtig projectiel.

Arthur wachtte echter niet af. Op het hoogtepunt van zijn klim dook hij naar voren, en hij vouwde zijn vleugels om nog meer vaart te kunnen maken. Hoewel hij niets kon zien, wist hij op de een of andere manier precies waar de deur naar buiten was. Hij schoot er recht op af, de stoom week voor hem uiteen terwijl hij naar beneden dook.

Maandag ontmoette hem halverwege, een vurig zwaard van zwarte vlammen in zijn hand, dun als een rapier en oneindig veel sneller. Arthur dook opzij terwijl Maandag zich op hem stortte. Het zwarte zwaard raakte hem in zijn been, en ze tuimelden allebei naar beneden. Arthur maakte een draaiende beweging om weg te komen terwijl Maandag opnieuw naar hem uithaalde.

Samen raakten ze het platform voor de deur, schreeuwend, net als het ijzer terwijl het werd verbogen. Een fontein van bloed spoot uit Arthurs been, maar stolde een moment later dankzij de helende werking van de Sleutel. Arthur was de eerste die zich herstelde. Hij wierp zich tegen de deur, maar voordat hij hem kon openen, had Maandag zich op hem gestort. Het zwarte zwaard werd geheven, daalde neer...

En werd opgevangen door de MinuutWijzer in Arthurs hand die de slag uit zichzelf pareerde. De twee klingen ontmoetten elkaar, druppels gesmolten goud vlogen alle kanten uit, waarvan vele sissend neerkwamen op het gewaad van Meneer Maandag. Deze siste op zijn beurt en stak opnieuw toe, met hetzelfde resultaat.

'Geef me de Sleutels!' Maandag haalde weer uit met zijn zwaard, en het was weer tevergeefs, zodat hij met een van afschuw vertrokken gezicht het zwaard van zich af wierp. Toen deed hij een stap naar achteren, hief zijn armen en schreeuwde iets naar de lucht boven zich. Op slag waren zijn vleugels verdwenen en begon Maandag een doffe, rode gloed te verspreiden, als metaal dat werd verhit in een smederij. Toen begon hij te smelten, te beginnen met zijn hoofd, dat langs zijn nek en zijn schouders naar beneden sijpelde.

Het was duidelijk dat hij bezig was van gedaante te veranderen.

Arthur probeerde koortsachtig met de UurWijzer in zijn rechterduim te prikken, maar elke keer dat hij de UurWijzer zelfs maar een klein beetje bewoog, begon deze te schokken en te steigeren. Arthur moest zich tot het uiterste inspannen om de Sleutel weer in bedwang te krijgen en hem tegen zijn borst te drukken.

Overspoeld door paniek keek hij naar Meneer Maandag, die al smeltend steeds langer en dunner werd. Tot Arthurs afschuw bleef zijn gezicht echter onveranderd. Hij grauwde naar Arthur, en zijn gespleten tong schoot in en uit zijn mond.

'Sleutel, ken je Meester!'

Er ging een huivering door de UurWijzer, en omdat Arthur hem nog altijd stijf omklemd hield, werd hij in zijn hand gesneden. Anders dan de kokende modder en het zwarte zwaard deed dit echt pijn. Arthur snakte naar adem en drukte de UurWijzer nog strakker tegen zijn borst. De wijzer schokte opnieuw en bezorgde hem een snee recht boven zijn hart.

'Hoe heb je ook maar één moment kunnen denken dat je het uur zou kunnen weerstaan?' sneerde Meneer Maandag. 'Sla toe, mijn Sleutel! Sla toe!'

De UurWijzer sprong bijna uit Arthurs hand en stak zijn punt tussen Arthurs ribben. Hij drong maar een centimeter naar binnen, toen slaagde Arthur erin de Sleutel opzij te buigen. De pijn was zo hevig dat hij bijna flauwviel. Wanhopig stak hij zijn rechterhand uit en raakte de deur aan met de MinuutWijzer. 'Ga open!' schreeuwde hij.

De deur vloog open. Arthur trok de MinuutWijzer terug en gebruikte deze als hefboom om de UurWijzer uit zijn borst te krijgen. Maar de Hoogste Sleutel profiteerde van de tijdelijke afwezigheid van zijn mindere helft en liet zijn punt langs Arthurs ribben glijden, onverbiddelijk in de richting van Arthurs hart. Arthur probeerde zijn duim ertussen te zetten, maar de hoek was verkeerd, en hij kon de MinuutWijzer niet loslaten, anders zou hij zijn hefboom kwijt zijn en worden doorboord.

Maandag lachte. Arthur draaide kreunend zijn hoofd om. Maandags verandering was voltooid. Hij had de gedaante aangenomen van een reusachtige, rood-met-gouden slang. De platte slangenkop had Maandags gezicht, hoewel hij nog een bek had op de plek waar de bek van een slang zich doorgaans bevond.

Maandag lachte opnieuw. Toen kronkelde hij naar voren en duwde zijn kop tussen Arthurs benen, en zonder acht te slaan op diens wilde schoppen en trappen, begon hij zich rond Arthurs lichaam te wikkelen.

'Help!' riep Arthur, maar er was niemand die hem hoorde, niemand die antwoord kon geven.

Maandag glibberde opnieuw onder hem langs. Inmiddels had hij twee lussen rond Arthurs benen gelegd. Het was Arthur onmogelijk om naar de slang uit te halen, want hij kon geen van beide Sleutels bewegen. Hij stond op het punt te sterven. Hij was een gevangene. Hij zou worden geworgd of worden doorboord door de UurWijzer. De MinuutWijzer zou hem misschien nog even in leven kunnen houden, maar deze was aanzienlijk minder machtig dan de UurWijzer.

Het was voorbij. Hij had gefaald. Hij zou doodgaan, net als alle anderen, door de pest of door een verschrikkelijk lijden...

Op dat moment beukte er iets hard tegen het platform, zodat het een galmend geluid voortbracht, als een klok. Gele en witte veren vlogen in het rond, en uit die storm van veren maakte zich uiteindelijk Trudie los. Bebloed, maar triomfantelijk, met de ineengedoken gedaante van de jammerende Pravuil vlak achter haar. 'Volhouden, Arthur!' riep ze, en ze trok haar mes uit Pravuils voet en stak er uit alle macht mee naar de geschubde kronkelingen van Meneer Maandag.

De UurWijzer in Arthurs hand maakte een draaiende beweging en keerde zich tijdelijk van hem af. Op hetzelfde moment sloegen er langgerekte, knetterende vonken – als van elektriciteit – uit de slang, die het neerdalende mes raakten, zodat Trudie tegen de reling werd geslingerd. Schreeuwend liet ze het mes vallen. Pravuil staakte zijn gejammer en viel haar opnieuw aan.

Maandag kronkelde zich rond Arthurs middel en begon te knijpen, waarbij hij kwaadaardig grinnikte.

Arthur sloot zijn ogen. Tegen Maandag was niets opgewassen. Dit was het einde.

Tegen Maandag was niets opgewassen?

Arthur deed met een ruk zijn ogen weer open en begon zich wild te verzetten terwijl hij als een worm in de richting van de deuropening probeerde te glijden, waar de bibliofagen een kronkelende muur vormden.

'Trudie! Inkt! Is hier ergens inkt?'

Hij werd beantwoord door een schreeuw toen Trudie Pravuil liet struikelen en hem over de reling in de modder deed belanden. Even leek het erop alsof ook Trudie over de rand zou vallen, maar ze wist haar evenwicht te hervinden, en in één vloeiende beweging haalde ze een fles inkt uit een binnenzak van haar jas.

'Geweldig!' riep Arthur. 'Trek me naar de deur!'

'Dwaas!' siste Maandag. 'Of je nu hier sterft of daar, het maakt niets uit!'

Trudie rende naar voren en pakte Arthur onder zijn oksels. Maandag wilde zich op haar storten, maar kon niet bij haar komen zonder zich los te wikkelen van Arthur. Hij siste gefrustreerd en duwde zijn kop onder Arthur, zich haastig om hem heen kronkelend om nog een lus aan de eerdere twee toe te voegen. Arthur voelde dat de UurWijzer zich weer in zijn huid boorde en trillend zijn weg zocht door zijn vlees terwijl Maandag zijn lussen nog strakker trok. Trudie maakte van dat moment gebruik om Arthur en Maandag door de deuropening naar buiten te slepen, de greppel in, waar ze onmiddellijk werden belaagd door een horde kronkelende bibliofagen.

'Schrijf iets op Maandag!' schreeuwde Arthur.

Bij het horen van wat Arthur riep, liet Maandag zijn lussen plotseling verslappen. Wanhopig probeerde de reusachtige slang zich los te wikkelen, terwijl de bibliofagen zich op hun beurt om hem heen slingerden.

Trudie schonk wat inkt over haar vingers en begon op Maandags staart te schrijven. Terwijl ze de eerste letter schreef, staakten de bibliofagen plotseling waar ze mee bezig waren, en iedereen was zich bewust van hun concentratie, hun doelgerichtheid. Toen Trudie een lus naar beneden maakte en de letter daarmee voltooide, stortten de bibliofagen zich met duizenden naar voren, niet één uitgezonderd – een ware vloedgolf die zich op de Meester van het LagerHuis stortte.

'Sleutel! Dood hem!' riep Maandag, voordat zijn stem overging in een ongearticuleerd gehuil van pijn.

De UurWijzer viel Arthur kwaadaardig aan, maar hij wist de Sleutel af te buigen, zodat deze zich onder zijn hart in zijn lichaam boorde, recht in zijn long. Arthur schreeuwde het uit van pijn en kwam moeizaam overeind terwijl de kronkelingen van Meneer Maandag van hem afvielen.

Trudie ging koortsachtig door met schrijven, hoewel ze niet kon zien wat ze deed vanwege de grote aantallen bibliofagen die de grotere slang aanvielen en te lijf gingen met hun tanden. Maandag probeerde zich terug te trekken achter de deur en was er al in geslaagd het grootste deel van zijn lichaam door de opening te werken.

Toen er geen plekje meer over was om te beschrijven, sprong Trudie naar achteren. Ze hielp Arthur overeind, en vervuld van afschuw keek ze naar de UurWijzer, diep in Arthurs borst gedrongen, met de MinuutWijzer eronder, zodat hij niet nog verder naar binnen kon dringen.

'Steekt hij er aan de achterkant weer uit?' vroeg Arthur fluisterend. De greppel vervaagde om hem heen, en hij besefte dat het alleen aan de macht van de MinuutWijzer te danken was dat hij nog niet was flauwgevallen. De UurWijzer ging nog altijd schokkend heen en weer en drong steeds dieper in zijn lichaam, ondanks alles wat Arthur probeerde.

'Ja, hij is er helemaal doorheen!' bracht Trudie snikkend uit.

Arthur zuchtte en wist met zijn laatste krachten fluisterend uit te brengen: 'Sleutel... hou de UurWijzer... tegen...'

Hij liet de UurWijzer los, reikte achter zijn rug en drukte zijn duim tegen de punt van de Hoogste Sleutel, hoewel die al glibberig was van zijn bloed. Toen reikte hij om zich heen, hield de MinuutWijzer in zijn rechterhand en prikte ermee in de duim van zijn linkerhand. Vervolgens smeerde hij een druppel bloed van zijn linkerduim op de UurWijzer en van zijn rechterduim op de MinuutWijzer.

Achter hem slaagde Maandag erin zich door de deuropening te werken, zodat Trudie en honderden bibliofagen het nakijken hadden.

Arthur drukte de bloederige punten van de Sleutels tegen elkaar en bracht snikkend de woorden uit die de Wil hem had geïnstrueerd: 'Ik, Arthur, gezalfde Erfgenaam van het Koninkrijk... eis deze Sleutel op en daarmee het Meesterschap van het LagerHuis... Dat eis ik op met hart en ziel, met bloed en strijd...'

De UurWijzer drong nog dieper in zijn borst. Arthur schreeuwde het uit, en alles werd donker om hem heen. Hij moest echter nog een paar woorden uitspreken. Nog maar een paar woorden! Hij kon het! Hij móést het doen!

'Gedragen... door de waarheid, door het testament... met voorbijgaan...'

26

'Met voorbijgaan aan alle verzet en tegenslag!'

De UurWijzer gleed uit Arthurs borst, en de twee wijzers draaiden in zijn greep, tot de UurWijzer en de MinuutWijzer op elkaar lagen. Er was een plotselinge, stralende lichtflits, en de MinuutWijzer werd langer terwijl de UurWijzer kromp. Toen hield Arthur niet langer twee wijzers van een klok in zijn handen, maar een zwaard, dat nog enige gelijkenis vertoonde met waaruit het was gevormd, door de ronde knop, de cirkelvormige versiering aan weerskanten van het heft en het ingelegde goud over het midden van de zilveren kling.

De wond in Arthurs borst sloot zich met een zachte plof en de pijn begon weg te ebben. Arthur richtte zich op en haalde langzaam en diep adem. Trudie keek hem aan. Haar handen en haar vleugels beefden.

'Ik neem aan...' begon Arthur en hief zijn zwaard. 'Ik neem aan dat we hebben gewonnen.'

Hij keek naar de greppel vol kronkelende bibliofagen aan zijn voeten en richtte het zwaard op de kolkende massa. 'Keer terug naar Niets!' commandeerde hij.

Het zwaard glansde, tere riviertjes van gesmolten goud stroomden met kracht uit de punt en verdeelden zich tot een fijn netwerk van gouden draden dat de hele greppel overspande. Terwijl het netwerk zich steeds verder vertakte, verbleekten de bibliofagen. Steeds vager werden ze, tot ze uiteindelijk verdwenen, en met hen de gouden draden.

Arthur raakte met zijn zwaard de bodem van de greppel aan. 'Verhef u!'

De grond rommelde en schokte onder zijn voeten en begon toen langzaam omhoog te komen, zodat de deur erdoor werd begraven. Haastig raakte Arthur hem aan met zijn zwaard en commandeerde ook deze omhoog te komen. Binnen enkele ogenblikken was de greppel verdwenen, en de deur was terug op zijn oude plaats, in de buitenmuur van de villa.

'Ik voel me niet zo goed,' zei Trudie. Ze zag inderdaad erg bleek en hield haar hand tegen haar zij gedrukt. Blijkbaar had Pravuil haar verwond, en toen had ze ook Arthur nog naar de deur moeten slepen! Ze wankelde op haar benen en zakte in elkaar.

Arthur slaagde er nog net in haar hoofd te ondersteunen terwijl ze op het gras viel. Toen legde hij zijn zwaard op haar maag. 'Genees! Word beter!' commandeerde hij.

De Sleutel verspreidde een gloeiende stralenkrans van licht die Trudies lichaam omringde. Terwijl het licht zich steeds verder uitbreidde, stopte het schokkende gehuiver van haar handen en haar vleugels. Tenslotte sloeg ze haar ogen weer op. Toen het licht verbleekte, kwam ze langzaam overeind. Ze voelde aan haar zij en bewoog aarzelend haar vingers en haar vleugels.

'Ik dacht dat we er geweest waren,' zei ze zacht. Toen sprong ze lachend in de lucht, waarbij haar vleugels een stroom van lucht in Arthurs gezicht bliezen. 'Maar het is ons gelukt, Arthur! Je hebt afgerekend met Meneer Maandag!'

Arthur keek haar aan, wetend dat hij zich triomfantelijk zou moeten voelen, maar op de een of andere manier stond zijn hoofd niet naar een feestje en had hij er geen behoefte aan uitbundig op en neer te springen. Het was niet dat hij pijn had, hij was gewoon dood- en doodmoe.

'Goed gedaan, Arthur! Je hebt de Sleutel, de Eerste van de Zeven Sleutels van het Rijk! Echt goed gedaan!' riep de Wil terwijl hij over het grasveld kwam aanspringen, uitgelaten van opwinding. 'Waar een Wil is, is een Weg, al zeg ik het zelf. Waar is de voormalige Maandag?'

Arthur gebaarde met het zwaard naar de deur.

'Roep hem naar buiten,' droeg de Wil hem op. 'Het recht moet zijn loop hebben. Want er is nog veel te doen, Arthur.'

'Je zou toch denken dat we eerst wel een kopje thee kunnen drinken, met een koekje,' zei Trudie zacht. Ze hield op met springen en keek met gefronste wenkbrauwen naar de Wil, die haar negeerde.

'Maandag!' riep Arthur, zonder veel enthousiasme. Hij zwaaide met het zwaard – de Eerste Sleutel – door de lucht. 'Kom te voorschijn!'

De deur ging open, en een haveloze gedaante strompelde naar buiten. Het was Meneer Maandag, maar hij was nauwelijks meer te herkennen. Het gif van het Niets van de bibliofagen had een deel van zijn gezicht weggevreten, en zijn hele lichaam was bedekt – en doorboord – met vreemde gaten. Zijn kleren waren gescheurd en gerafeld; het waren weinig meer dan vodden die om hem heen hingen.

'Tijd voor de terechtstelling,' zei de Wil met enige bevrediging. 'Een tik op zijn schouders is genoeg, Arthur. En dan zeg je "Van Niets tot Niets". Dat is alles.'

Maandag liet zich voor Arthur op zijn knieën vallen en boog zijn hoofd. Arthur stak de Sleutel naar voren en tikte ermee op Maandags schouder, maar hij sprak niet de woorden die de Wil hem had opgedragen. Want plotseling moest hij denken aan wat Schemer over Meneer Maandag had gezegd, tijdens hun langzame val in de diepte van de KolenKelder. *Maandag is niet altijd geweest zoals hij nu is.*

'Wees geheeld,' zei Arthur zacht. 'In lichaam en geest.'

Maandag keek verbaasd op, en de Wil sprong woedend en luid tierend op en neer, maar Arthur sloeg er geen acht op. Hij zag dat de gaten in Meneer Maandag krompen tot speldenprikken terwijl het vlees weer aangroeide. Zelfs zijn kleren herstelden zich, maar ook al weefden de gaten zichzelf dicht en verdwenen de rafels, zijn kleren werden niet meer zo voornaam als de uitmonstering waarin Arthur hem eerder had gezien, en zijn gezicht was ook niet meer zo knap. Arthur zag echter wel dat zijn ogen veel vriendelijker stonden, en dat ze waren omringd door lachrimpeltjes. Hij keek op naar Arthur en boog opnieuw zijn hoofd.

'Ik smeek u om vergiffenis, Meester,' zei hij. 'Ik weet zelf niet waarom ik deed wat ik heb gedaan. Maar ik dank u voor deze kans op een nieuw leven.'

'De deugd der liefdadigheid is erg arbeidsintensief,' zei de Wil boos. 'Bovendien weet je nooit waar het eindigt. Maar ik neem aan dat het zo goed is.'

'Reken maar,' zei een stem. 'Ik weet hoe het eindigt. Het loopt slecht af, met alle betrokkenen.'

Iedereen draaide zich met een ruk om, net op tijd om de deur van een kleine smalle lift, niet groter dan een telefooncel, dicht te zien schuiven. Er ging een bel, de lift schoot omhoog en verdween in een balk van licht die gemakkelijk door het gouden net boven hun hoofd drong.

'Pravuil!' riep Trudie. 'Ik dacht dat ik met die griezel had afgerekend.'

'Blijkbaar niet. Helaas,' zei de Wil. 'Hij moet meer in zijn mars hebben dan hij doet voorkomen. Waarschijnlijk is hij een spion van een van de Morgen Dagen, vervloekt hun verraderlijke harten. Maar hier en nu kunnen ze niets doen. Ze zijn gebonden door de overeenkomst met de voormalige Meester van het LagerHuis. Dat betekent dat ze hier niet tussenbeide kunnen komen, noch op enige Maandag in de Lagere Domeinen. Dat is nu jouw domein, Arthur. Hoe dan ook, met de Morgen Dagen rekenen we af als het moment daar is. Eerst moeten we hier een degelijk begin maken. Aha! Daar is onze bondgenoot, Schemer. En met hem Noen en Dageraad, die komen smeken voor hun ellendige bestaan.'

En inderdaad, de drie belangrijkste dienaren van Meneer Maandag verschenen om de hoek van de villa. Schemer liep voorop, met in zijn kielzog Noen, met hangende pootjes. Ze droegen geen van beiden fysieke sporen van hun gevecht. Achter hen volgde een troep Inspecteurs,

Commissionairs en andere Huislingen, allemaal ongewapend, afgezien van de MiddernachtGasten, die aan de buitenkant marcheerden en trots salueerden met hun zwepen. Vlak achter hen liep Dageraad.

Toen de menigte Arthur op een meter of zes was genaderd, zag hij dat er angst te lezen stond op veel van de gezichten. Het tempo vertraagde, en toen Arthur de Sleutel hief, bleef iedereen onmiddellijk staan. Tenslotte liet Arthur de Sleutel weer zakken, en hij liet zijn blik over de menigte gaan.

'Ik stel voor dat je Schemer opnieuw in zijn positie benoemt,' zei de Wil. 'Wat Noen betreft, het lijkt me het beste wanneer ik zijn taak voorlopig overneem...'

Arthur schudde zijn hoofd. 'Ik ben niet van plan Meester van het LagerHuis te blijven.'

Iedereen hield geschokt zijn adem in, behalve de vroegere Meneer Maandag, die geknield bleef zitten, met zijn hoofd gebogen.

'Maar dat moet!' protesteerde de Wil. 'Dat kun je niet zomaar opgeven!'

'Bedoel je dat ik dat niet mag, of dat ik het niet kan? Dat het onmogelijk is?' vroeg Arthur.

'Het is onmogelijk!' zei de Wil. 'Je bent de Erfgenaam! Uitgekozen door mij. Uitgedaagd en op de proef gesteld. Bovendien moet hier zoveel worden gedaan!'

'Ik heb het je al eerder gezegd,' zei Arthur. 'Ik ben op zoek naar een geneesmiddel voor de ziekte die in mijn wereld heerst. Dat is het enige wat ik wil! Zodra ik dat geneesmiddel heb, wil ik naar huis.'

'Je kunt niet terug naar de Lagere Domeinen,' zei de Wil streng. 'Net zo min als je de pest kunt genezen. Denk aan de Oudste Wet. Tussenkomst is verboden, en dat geldt zelfs voor elke vorm van tussenkomst die bedoeld is om een tussenkomst te corrigeren.'

Arthur keek op de groene kikker neer. Boosheid welde in hem op, en hij hief de Sleutel, klaar om hem met kracht op de Wil te laten neerdalen...

Nee. Dat is niet de manier. Zo pak je dingen niet aan. Ik moet kalm blijven. De Wil is een manipulator. Ik moet zien dat ik hem te slim af ben.

'Je hebt gezegd dat het kon,' zei Arthur ijzig. 'Dus je bent me uitleg verschuldigd.'

'Ik heb helemaal niet gezegd dat het kon. Alleen dat er een heleboel mogelijk zou zijn als je eenmaal Meester was. Bovendien, als je teruggaat naar je eigen tijd en wereld zonder de Sleutel, ben ik bang dat je zult sterven.'

'Maar ik kan mijn dossier toch veranderen?' zei Arthur grimmig.

'Bovendien, niemand schijnt zich hier aan de Oudste Wet te houden. Dus waarom zou ik dat dan wel moeten doen?'

'Zelfs als je gelijk hebt wat betreft je dossier, dan nog kun je de Sleutel niet opgeven,' protesteerde de Wil. 'Bovendien zul je als Meester de Oudste Wet in ere moeten houden.'

Arthur keek naar Trudie.

'Kweenie.' Trudie wees naar Schemer, die eruitzag als een doodgraver. 'Waarom vraag je het niet aan hem?'

Arthur keek naar Schemer, die zijn hoge hoed afzette, een been naar voren stak en een buiging maakte.

'Het is waar dat ik over een beperkte kennis beschik, maar die verbleekt vergeleken bij alles wat de Wil weet. Als Bewindvoerder had Maandag enig recht op de Sleutel, tot deze werd opgeëist door een Rechtmatige Erfgenaam. Het kan zijn dat nu geen ander de Sleutel meer kan dragen.'

'Ik kan gewoon niet geloven dat ik al deze narigheid voor niets heb doorstaan!' riep Arthur uit. 'Ik wil een geneesmiddel voor de pest, en ik wil het nu.'

'De Oudste Wet...' begon de Wil, maar zweeg toen Arthur zich naar hem keerde, met de Sleutel geheven, klaar om toe te slaan.

'De pest is het gevolg van een besmetting door de Apporteurs, waar of niet?' vroeg Schemer. Toen Arthur knikte, vervolgde hij: 'Dan is het heel eenvoudig. Met jouw toestemming zal ik een Nachtrager oproepen uit het Niets. Wanneer je die mee terugneemt naar het Rijk waar je ooit woonde, zal hij in één enkele nacht alle overblijfselen van de besmetting bij elkaar vegen en daarmee terugkeren naar het Niets. Op die manier kunnen er geen nieuwe slachtoffers vallen.'

'Nou, het is in elk geval een begin,' zei Arthur.

Schemer boog opnieuw, haalde een in zwart linnen gebonden boek en een ganzenveer te voorschijn, doopte de ganzenveer in een inktpot die een MiddernachtGast hem voorhield, en begon haastig te schrijven. Toen scheurde hij de bladzijde uit het boek, liep naar de plek waar eerder nog de greppel had gelegen, rolde het vel papier tot een trechter en stak deze in het zand.

Enkele ogenblikken lang gebeurde er helemaal niets. Toen klonk uit de trechter een zwak gehinnik. Weer enkele ogenblikken later werd het gehinnik gevolgd door het hoofd van een klein zwart paard, twee hoeven en benen, en tenslotte het hele paardje, dat niet hoger was dan zeven centimeter. Het hinnikte nogmaals, stampte met zijn hoef en stond toen roerloos. Schemer pakte het op en gaf het aan Arthur, die het voorzichtig aanpakte en het in de zak van zijn jas liet glijden.

'Je moet het vlak voor middernacht op de vensterbank zetten, met het raam open,' instrueerde Schemer. 'Dan rijdt het de nacht in en het zorgt dat tegen de ochtend alles weer goed is.'

Arthur knikte en slaakte een zucht van verlichting. Dit was waar het hem om te doen was geweest. Nu moest hij er alleen nog achter zien te komen hoe hij met het paardje kon terugkeren naar zijn eigen wereld. Hij voelde dat de Wil hem niet de volledige waarheid had verteld. Er móést een manier zijn.

Een geluid bij de deur leidde hem af. Deze was opengezwaaid, en daarachter was Snuiter zichtbaar geworden. Aan zijn neus hingen ijspegels. Hij droeg een zilveren blad met een hoge, slanke fles en een stuk papier. Daarmee liep hij kalm naar Arthur, die hij het blad aanbood.

'Kan ik u iets te drinken aanbieden, mijn heer? Een drank uit uw geboorterijk, als ik het wel heb. Sinaasappelsap. Misschien kent u het? En een document waarvan ik geloof dat u ernaar op zoek bent.'

27

Arthur keek hem verbouwereerd aan en wilde zijn zwaard achter zijn riem steken, maar besefte toen pas dat hij helemaal geen riem had! Hij stond voor deze verzamelde menigte, slechts gehuld in een jas en een soort nachthemd. Bovendien was hij van top tot teen bedekt met modder. Maar het kon hem niet schelen. Dus in plaats van achter zijn riem stak hij de Sleutel met de punt in het gras. Daar bleef het zwaard trillend staan terwijl hij het glas sap en het papier aanpakte. Op het moment dat hij het papier aanraakte, verscheen daarop een naam, in gouden letters.

Arthur Penhaligon.

'Mijn dossier,' zei Arthur. 'Kan ik het veranderen zodat ik niet doodga? Wat staat er nu in?'

'Ik weet het niet, mijn heer,' antwoordde Snuiter. 'Ik kan het niet lezen, nu u de Meester bent.'

'Kan ik het lezen?'

Snuiter gaf geen antwoord. Net zo min als de Wil. Arthur keek naar Schemer, die zijn schouders ophaalde. Waarom was het toch allemaal zo ingewikkeld? Arthur schudde zijn hoofd. Toen dronk hij het sap, gaf het glas aan Snuiter en bestudeerde het document. Behalve de naam op de buitenkant leek het verder blanco.

'Het kan me niet schelen wat erin staat. En het kan me ook niet schelen of ik dat kan veranderen,' zei Arthur tenslotte. 'Ik ga hoe dan ook terug. Om de Nachtrager te gebruiken. Dat móét ik gewoon doen. Zelfs als ik doodga.'

'Je gaat niet dood,' zei de vroegere Maandag. Hij richtte zich nog altijd niet op en hield zijn hoofd gebogen. 'Niemand in het Huis kan zijn eigen dossier lezen of veranderen, Arthur. Maar wanneer je je eigen dood eenmaal hebt overleefd, is het dossier dienovereenkomstig veranderd. Bovendien heb je de Minste Sleutel bij je gedragen. Dat heeft je lichaam sterker gemaakt. Dus je zult niet sterven als je teruggaat. In elk geval niet aan je longziekte.'

'Dus ik kan terug!' herhaalde Arthur. 'Ik ga terug!' Hij keek neer op de Wil, die zat te mokken aan zijn voeten. 'Ik wil dat je me helpt, Wil. Laat de Oudste Wet nu maar even buiten beschouwing. Hoe kom ik weer thuis?'

'Je moet niet teruggaan.' De Wil blies zich op tot twee keer zijn gebruikelijke grootte, in een poging indruk te maken met de ernst van zijn woorden. 'Je draagt de Hoogste Sleutel. Je bent Meester van het LagerHuis. Er zijn nog zes delen van de Wil gevangen die moeten worden bevrijd, zes Sleutels die moeten worden opgeëist...'

'Ik ben nog maar een jongen!' viel Arthur in de rede. 'Ik wil naar huis, naar mijn gewone leventje. En dan wil ik opgroeien tot een gewone man, niet tot een Heer van het Universum, of wat dan ook. Ik wil niet onsterfelijk worden, zoals de Oude voorspelde als ik de Sleutel zou houden. Kan ik niet... tja, ik weet het niet... kan ik niet iemand anders voor alles laten zorgen tot ik er oud genoeg voor ben?'

De Wil mompelde iets onverstaanbaars.

'Kan ik niet iemand anders voor het LagerHuis laten zorgen tot ik er oud genoeg voor ben?' herhaalde Arthur op krachtige toon.

'Ja, ja, dat kan. Het valt binnen je rechten om uitstel te vragen in het volledig op je nemen van de macht,' zei de Wil nors. 'Ik neem aan dat we je wel een jaar of vijf, zes in je eigen wereld kunnen laten. Wat zijn vijf of zes jaar nou helemaal na tien millennia? Bovendien moet er een hoeveelheid voorbereidend werk worden gedaan, waarbij jouw aanwezigheid niet per se vereist is. Maar wie weet wat de Morgen Dagen doen als je je macht overdraagt en terugkeert naar de Lagere Domeinen, zelfs al is het maar tijdelijk? Ik ken de exacte voorwaarden van hun overeenkomst niet, maar ik denk dat je op z'n minst gevaar te duchten hebt van Grim Dinsdag. Omdat zijn autoriteit en zijn vermogens grenzen aan de jouwe.'

'Het kan me niet schelen!' riep Arthur uit. 'Ik moet het erop wagen. Misschien laten de Morgen Dagen me met rust wanneer ze eenmaal weten dat ik mijn vermogens heb doorgegeven. En je kunt altijd een andere sterfelijke erfgenaam vinden als je die nodig hebt.'

'Wie wil je tot je Rentmeester benoemen?' vroeg de Wil. 'Je beseft dat op deze manier ook de huidige problemen met de Bewindvoerders zijn ontstaan? Het is heel moeilijk om iemand te vinden aan wie je macht kunt toevertrouwen.'

'Jij wordt mijn Rentmeester. Dat spreekt vanzelf,' zei Arthur. 'Je zult alleen een wat indrukwekkender verschijning moeten kiezen dan die van een kikker.'

'Maar ik ben een bemiddelaar, geen uitvoerder,' protesteerde de Wil. 'Een functionaris, meer niet.'

'Je zou mijn Noen zijn geworden, is het niet?'

'Ja.' De Wil sprong nerveus in het rond. 'Dit gaat helemaal niet zoals ik het me had voorgesteld!'

'Dat is dan jammer,' zei Arthur. 'Wat doen we? Word je mijn Rentmeester of niet?'

De Wil gaf geen antwoord. Iedereen keek toe terwijl hij minstens een minuut lang hevig opgewonden in het gras op en neer sprong. Tenslotte knielde hij aan Arthurs voeten.

'Ik zal je Rentmeester van het LagerHuis zijn,' zei hij schor.

Een enkele zwarte letter sijpelde uit de huid van de kikker, en toen nog een, en nog een, en nog een, tot een hele zin op het gras stroomde. Er volgden nog meer woorden, nog meer zinnen, als een lint dat werd afgerold. De woorden begonnen te draaien, te tuimelen en op te stijgen in de lucht. Steeds meer letters voegden zich erbij, achterwaarts en voorwaarts zoemend met het geluid alsof er op een harp werd getokkeld. De harpklanken werden vergezeld door zachte trompetgeluiden terwijl de letters positie kozen en zich weer verspreidden om nieuwe en voortdurend veranderende combinaties te vormen.

Tenslotte hingen de letters roerloos in de lucht, waar ze de omtrek vormden van een lange, menselijke gedaante. De trompetten schetterden, wit licht flitste, en iedereen was gedurende een kort moment verblind.

Arthur knipperde twee keer met zijn ogen. Bij de lichtflits waren de woorden van de Wil veranderd in een vrouw. Een lange vrouw met vleugels, gekleed in een eenvoudig blauw gewaad dat verbleekte door de pracht van haar glanzende, gewelfde, zilverkleurige vleugels. Ze was jong noch oud en eerder indrukwekkend dan mooi. Onder haar strak naar achteren getrokken platinablonde haar had ze ernstige, donkere wenkbrauwen en een vrij grote neus. Ze had haar voorhoofd gefronst, hetzij geërgerd, hetzij omdat ze nadacht. Ze bukte zich, pakte de jade kikker op en stopte die in het kleine, met kant afgezette tasje in haar linkerhand.

'Ik zal er een broche van maken. Want het is een vermomming die me enorm heeft geholpen.'

De stem van de Wil klonk aanvankelijk helder en muzikaal, maar zakte ontmoedigend snel naar het diepe gekras waarmee hij... zij... als kikker had gesproken.

De Wil maakte een revérence voor Arthur, die het gebaar beantwoordde, plotseling erg nerveus. Hij had het aanzienlijk gemakkelijker gevonden om met de Wil samen te werken in zijn vermomming als kikker.

'Ik zal je Rentmeester zijn,' herhaalde de Wil. 'Maar wie wordt je... onze... Dageraad, Noen en Schemer?'

'Schemer,' zei Arthur langzaam, 'wil jij je functie blijven uitoefenen?'

'Nee, heer.' Schemer maakte glimlachend een buiging. 'Ik zou graag uit de schaduwen treden, de zon tegemoet, om u en uw Rentmeester te dienen als Dageraad of Noen. Velen van mijn MiddernachtGasten ambiëren ook een verandering van werkkring, al naar gelang u dat gepast acht. Ze worden het moe om altijd zwart te moeten dragen.'

'Akkoord, dan word jij mijn Noen.' Arthur keek naar de Wil en voegde er nerveus aan toe: 'En als jij dat goed vindt, wordt de oude Noen de nieuwe Schemer.'

'Hmpf!' riep de indrukwekkende vrouwe uit. Haar tong was nog altijd groen, zag Arthur. Het bleke groen van kostbare jade. 'Dan in elk geval op proef. En reken maar dat ik iedereen in de gaten hou! En hoe zit het met Dageraad?'

'Ik neem aan dat zij haar functie ook kan blijven bekleden. Althans, voorlopig,' zei Arthur langzaam.

Dageraad schonk hem een dankbare glimlach, met een diepe revérence die kleine zonnestralen over het gras deed flonkeren.

'Er is echter nog een benoeming die ik zou willen voorstellen. Kan Noen een assistent hebben?'

'Natuurlijk,' antwoordde de vroegere Schemer, inmiddels de nieuwe Noen.

Arthur keerde zich naar Trudie. 'Ik weet dat... je niet terug kunt,' zei hij haperend. 'Het spijt me... Het spijt me echt heel erg dat ik daar niets aan kan veranderen. Maar je hoeft geen InktVuller te blijven. Zou je het leuk vinden om Noens Assistent te worden? Dan kun je de andere kinderen helpen die de Pijper hierheen heeft gebracht en in het algemeen een oogje in het zeil houden voor mij. Een sterfelijk oogje.'

Trudie keek naar de grond en schuifelde met haar voet. 'Dus dan zou ik Maandags Ochtendthee zijn of zoiets stompzinnigs?' vroeg ze stuurs. 'Nou ja, ik zou het kunnen proberen.'

'De functie is Terts, halverwege Dageraad en Noen,' zei Wil met dreunende stem. 'Dus dat komt inderdaad neer op Maandags Ochtendthee!'

'Maandags Terts,' herhaalde Trudie zacht. Ze snotterde en veegde met haar mouw langs haar neus voordat ze opkeek naar Arthur. 'Ik hoop dat je vader en je moeder... nou ja, iedereen... je weet wel... dat het goed met ze gaat.'

Ze stoof op hem af en omhelsde hem een beetje gegeneerd. Voordat Arthur haar omhelzing kon beantwoorden, liet ze hem alweer los, en ze trok zich terug om bij Dageraad, Noen en Schemer te gaan staan.

'Moet ik verder nog iets doen?' vroeg Arthur zachtjes aan de Wil. 'Of kan ik nu terug?'

'Je moet mij het recht verlenen op het gebruik van de Sleutel,' zei de

Wil. 'Het is heel eenvoudig. Je moet me hem geven met het heft naar voren en me dan een paar woorden nazeggen.'

Arthur trok de Sleutel uit het gras. Hij voelde goed aan in zijn hand. Gepast, juist, alsof hij daar hoorde. Hij was zich ervan bewust hoe de macht van de Sleutel in hem stroomde en hem kracht gaf. Het zou zo gemakkelijk zijn om de Sleutel te houden. Om echt Meester te zijn en zich niet bezig te houden met de onbeduidende zaken van de Lagere Domeinen...

Arthur huiverde, draaide de Sleutel snel om en pakte hem bij de kling, zodat de Wil het heft kon pakken.

'Zeg me na: "Ik, Arthur, Meester van het LagerHuis, Drager van de Eerste en Minste van de Zeven Sleutels van het Koninkrijk..."'

Met doffe stem herhaalde Arthur de woorden. Hij voelde zich uitgeput. Tot op de draad versleten door zijn strijd tegen Maandag... door alles...

'Ik verleen mijn trouwe dienaar, het Eerste Deel van de Grootse Wil van de Architect, het recht om namens mij als Rentmeester op te treden, tot het moment waarop ik mijn bevoegdheden opnieuw zal opeisen.'

Arthur herhaalde de woorden gejaagd, zo vlug als hij kon, vechtend tegen het verlangen om ermee op te houden en de Sleutel terug te grijpen. Toen liet hij eindelijk los, en hij zou gevallen zijn als de Wil hem niet onder een van haar sterke armen had genomen.

'Naar huis,' fluisterde Arthur. 'Ik wil naar huis.'

28

'Ik weet niet zeker of ik dat kan goedvinden,' zei de Wil. 'Snuiter, de Zeven Klokken... bevinden die zich nog altijd in het Dagverblijf, of zijn ze verhuisd?'

'Ik geloof dat ze zich nog steeds in het Dagverblijf bevinden, vrouwe,' zei Snuiter. De huisknecht had een snelle gedaanteverwisseling ondergaan en zag er aanzienlijk schoner en verzorgder uit. Zijn rafelige handschoenen, zonder vingers, zagen er plotseling smetteloos uit, spierwit en zonder gaten. Zijn tanden waren keurig recht en niet langer geel, zijn neus was niet meer bedekt met een web van gesprongen bloedvaatjes.

'Er zijn twee manieren om vanuit het LagerHuis toegang te krijgen tot de Lagere Domeinen,' vertelde de Wil aan Arthur. 'De gemakkelijkste manier is via de Zeven Klokken. Tenminste, als je weet hoe je de wijzers moet zetten. De andere manier is – uiteraard – via de Deur.'

'Ik wil niet weer die duistere leegte door,' zei Arthur, terugdenkend aan Maandags Poterne.

'O, dat zou je ook niet hoeven,' zei de Wil, Arthur opnieuw op het verkeerde been zettend door haar stem te laten veranderen van melodieus en vrouwelijk in het keelachtige gekras van een kikker. 'Je zou gewoon rechtstreeks door de VoorDeur gaan. Hoewel... die wordt bijna zeker nu nog zorgvuldiger bewaakt door de Morgen Dagen. Dus het lijkt me het verstandigst geen aandacht te trekken. Vandaar dat ik je de Zeven Klokken adviseer. Kom mee.'

Arthur knikte en gaapte. Toen hij zich omdraaide om afscheid te nemen, vooral van Trudie, zag hij tot zijn verrassing dat iedereen in het gras knielde.

'Vaarwel!' Arthur aarzelde, toen maakte hij een buiging. Het hele gezelschap boog zijn hoofd, nog altijd op één knie. Een gevoel van moedeloosheid maakte zich van Arthur meester. Hij wilde niet op deze manier afscheid nemen. Toen zag hij dat Trudie haar hoofd optilde. Ze schonk hem grijnzend een knipoog en rolde met haar ogen naar het gezelschap om haar heen.

'Vaarwel, Maandags Terts,' zei Arthur zacht.

'Tot ziens,' zei Trudie. 'Pas op voor de Morgen Dagen.'

'Het ga jullie goed! Jullie allemaal!'

'Vaarwel, heer!' riepen Dageraad, Noen en Schemer in koor, samen met de verzamelde Huislingen achter hen.

Arthur wuifde opnieuw, toen draaide hij zich om en volgde de Wil de deur weer door naar Maandags Dagverblijf. Van de dampende modder was geen spoor meer te bekennen. De ruimte zag eruit als het inwendige van een oud huis, misschien zelfs van een museum.

'Deze kant uit, alstublieft.' Snuiter ging hen voor, een trap op, een heel lange gang door. Arthur en de Wil volgden de huisknecht een bibliotheek in. Het was een buitengewoon comfortabel ogende ruimte, ongeveer net zo groot als de bibliotheek bij Arthur op school, maar ingericht met oude houten kasten en diverse geriefelijke fauteuils.

'Ik ben zo vrij geweest om uw kleren achter die kast te leggen, heer,' zei Snuiter terwijl hij haastig met een lap en een borstel aan de slag ging, waarmee hij Arthur op wonderbaarlijke wijze van alle modder ontdeed.

'O... eh... bedankt.' Arthur keek naar zijn vreemde uitmonstering, en er gleed vluchtig een glimlach over zijn gezicht. Hij wilde niet terugkeren in zijn nachthemd, zonder onderbroek.

Binnen een minuut had hij zich verkleed. Hoewel zijn schooluniform was gewassen en gestreken, ontbraken de labels en de tailleband van zijn onderbroek nog steeds. Het zou niet meevallen dat aan zijn moeder uit te leggen, kon hij niet nalaten te denken.

Met de grootste zorgvuldigheid haalde hij de Nachtrager te voorschijn en stopte die in de zak van zijn overhemd, zodanig dat hij er niet uit kon vallen. Het paardje hinnikte zacht, maar Arthur had de indruk dat het zich geriefelijk had geïnstalleerd.

Toen Arthur weer te voorschijn kwam, stond Snuiter hem op te wachten.

'Ik geloof dat dit van u is, heer.' De huisknecht pakte een boek van een kleine, met ivoor beklede plank naast een van de fauteuils. Hij gaf het boek aan Arthur en liep toen naar een schellekoord in de hoek van de bibliotheek. Toen hij aan het koord trok, luidde er in de verte een bel. Enkele ogenblikken later werd het geluid beantwoord door een diep gerommel. De grond onder Arthurs voeten begon te trillen, en een hele wand met boeken rolde opzij, zodat er een merkwaardige zevenhoekige kamer zichtbaar werd. In het midden van de ruimte stonden zeven staande klokken in een kring. Hun slingers produceerden een wazig gebrom, als het geluid dat je hoort wanneer je naar je eigen hartslag luistert, met je vingers in je oren gestopt.

Arthurs aandacht werd even afgeleid van het boek. Toen hij er uiteindelijk naar keek, besefte hij dat het de *Voledige Atlas van het Huis* was.

'Maar dit is niet van mij!' protesteerde hij tegen de Wil. 'Het is voor jou. Ik kan het niet eens openslaan zonder de Sleutel.'

'Het is van jou,' zei de Wil plechtig. 'Je hebt de Sleutel lang genoeg gedragen om sommige bladzijden te kunnen opslaan. O, en dit heb je ook nodig.'

Ze reikte weer in haar mouw en haalde er geen zakdoek uit, maar een rood gelakt kistje, ongeveer zo groot als een schoenendoos. Arthur pakte het aan en nam het onder zijn arm.

'Wat is het?'

'Een telefoon,' zei de Wil. 'Het kan zijn dat je me moet bellen, in het geval dat de Morgen Dagen zich minder welwillend tonen dan we hopen. Het kan ook zijn dat ik jou bel. Als ik je raad nodig heb.'

'Ik wil hem niet,' zei Arthur koppig. 'Je zei dat ik vijf, zes jaar met rust gelaten zou worden!'

'De telefoon wordt uitsluitend in absolute noodgevallen gebruikt,' antwoordde de Wil. 'Hij is alleen een garantie tegen verraad, meer niet.'

'O, dan is het goed.' Met het kistje onder zijn arm ijsbeerde Arthur driftig op en neer. 'Kan ik dan nu eindelijk naar huis?'

'Ik vraag uw vergiffenis, heer.' Snuiter liep van de ene naar de andere klok om de wijzers te zetten. 'Dit is nogal gecompliceerd, maar het zal niet lang duren.'

Arthur staakte zijn geijsbeer en keek opnieuw in zijn zak om zich ervan te overtuigen dat het zwarte paardje er nog was.

'Klaar!' zei Snuiter tenslotte. 'Vlug! U moet naar binnen voordat de klokken beginnen te slaan!'

'Vaarwel, Meester,' zei de Wil. 'U hebt grote kracht getoond en bewezen een uitstekende keuze te zijn geweest. Maar ik had niet anders verwacht.'

Ze gaf Arthur een duwtje in de richting van de klokken – althans, dat was de bedoeling. Het resultaat was echter dat Arthur de kamer door vloog en bijna tegen de klokken aan botste. Snuiter ving hem op, draaide hem in het rond en zette hem midden in de cirkel van klokken. Toen sprong de huisknecht haastig uit de kring.

De klokken begonnen te slaan, en de kamer rond Arthur begon te beven en werd wazig, alsof de lucht trilde van de hitte. Arthur zag vaag dat de Wil wuifde met haar zakdoek en dat Snuiter salueerde. Terwijl de klokken bleven slaan, verspreidde zich een vertrouwde witte gloed in de kamer.

Net als de Onwaarschijnlijke Trap, dacht Arthur.

Hij bleef roerloos staan, zich afvragend wat er zou gaan gebeuren en waar, of wanneer, hij weer in zijn eigen wereld zou komen.

Ik had Snuiter waarschijnlijk precies moeten vertellen wat ik wilde. Niet dat het ertoe doet. Zolang ik er maar in slaag de Nachtrager aan het werk te zetten...

Het witte licht pulseerde en begon Arthur van drie kanten in te sluiten. Aan de vierde kant vormde het een soort smalle gang. Arthur aarzelde, maar toen het licht steeds meer oprukte, besloot hij de gang te volgen.

Na geruime tijd te hebben gelopen, begon hij zich zorgen te maken. Hij overwoog zelfs vluchtig het rood gelakte kistje open te maken en de Wil te bellen. Misschien was er iets misgegaan met de Zeven Klokken. Of misschien was Snuiter een verrader, net als Pravuil, en werkte hij voor de Morgen Dagen.

Arthur verdrong zijn ongerustheid en bleef lopen. Uiteindelijk begon het witte licht te verbleken en kon hij iets onderscheiden. Een ander soort licht. Geel, niet wit. En hij hoorde ook iets, verre geluiden die uit de stilte kwamen. Een helikopter... heel ver weg... sirenes... Bovendien kreeg hij een beetje moeite met ademen. Niet erg, een beetje maar. Een lichte hapering in zijn ademhaling.

Tenslotte verdween het witte licht volledig. Plotseling liep Arthur in de zon, en hij herkende de geluiden. Het waren de geluiden van een stad, zijn stad! De stad onder quarantaine. Arthur kneep zijn ogen tot spleetjes en schermde ze af met zijn hand. Hij stond in een straat in een buitenwijk. Voor een huis waarvan de garagedeur pas geschilderd was.

Arthur liet zijn hand zakken en keek om zich heen. Het Huis was verdwenen. In plaats daarvan zag hij weer gewoon de gebouwen die er altijd hadden gestaan. In de verte steeg een zuil van zwarte rook naar de hemel. Eromheen ratelden helikopters, en van alle kanten klonk het gejank van sirenes.

Over de weg naderde in snelle vaart een auto, en hij hurkte achter een struikje, dat erg weinig dekking bood. Maar de auto reed te snel om op zoek te gaan naar een betere schuilplaats. Zelfs als het de politie was, hoopte Arthur dat ze hem naar het Ooster Ziekenhuis zouden brengen, want ook van daaruit zou hij de Nachtrager aan het werk kunnen zetten.

Toen herkende hij de auto. Het was de oude blauwe rammelkast van zijn broer Eric, die in vliegende vaart naar huis reed.

Arthur kwam overeind en stak zijn hand op. Even leek het alsof Eric hem niet had gezien, toen kwam de auto met krijsende remmen tot stilstand terwijl de rook van de achterbanden sloeg. Onder normale omstandigheden reed Eric niet zo, maar dit waren dan ook geen normale omstandigheden.

'Arthur! Wat doe jij hier?' Eric stak zijn knappe blonde hoofd uit het raampje. 'Vooruit! Stap in!'

'Ik ben op weg naar huis,' zei Arthur terwijl hij haastig de straat overstak en instapte. 'Wat doe jij hier?'

'Ik deed een een-op-een masterclass in de sporthal,' zei Eric terwijl hij het gaspedaal diep intrapte. 'Toen hoorden we dat er brand was op school. Ik ben er meteen heen gereden, maar ik kon er niet bij komen, en er werd me gezegd dat ik moest zorgen binnen een halfuur thuis te zijn. Na tweeën wordt er op alle voertuigen en voetgangers zonder vergunning geschoten! Er is een totale quarantaine afgekondigd!'

'Is alles goed met mama?' vroeg Arthur. 'En met de anderen? Hoe laat is het?'

'Ik weet het niet.' Eric schudde zijn hoofd. Hij verkeerde in shock, zag Arthur. En hij had niet eens gevraagd hoe Arthur uit de school had weten te ontsnappen. 'Hoe laat het is? Eh... vijf over halftwee. We halen het makkelijk.'

Arthur leunde achterover in zijn stoel en trok zijn veiligheidsriem strakker terwijl Eric op twee banden de op twee na laatste hoek nam voordat ze thuis waren. Arthur controleerde de zak van zijn overhemd om te zien of de Nachtrager er nog in zat. Hij zou hem op z'n vroegst pas over tien uur kunnen gebruiken.

In die tijd kon er nog een heleboel gebeuren. Er konden mensen doodgaan; mensen die de Nachtrager niet weer tot leven zou kunnen wekken. Daar had Arthur niet aan gedacht in zijn verlangen om thuis te komen. Hij had gedacht dat nu alles voorbij zou zijn. Maar zijn overwinning op Maandag was niet het einde. Er was nog veel meer te doen.

Zijn ademhaling haperde, en hij reikte instinctief naar zijn inhalator. Die was er niet! Paniek dreigde hem te overweldigen, maar ebde weg toen hij besefte dat hij hem niet echt nodig had. Zijn ademhaling ging weliswaar niet zo vrij en gemakkelijk als in het Huis, maar zijn longen gingen ook niet helemaal op slot. Zijn ademhaling was hoogstens enigszins onregelmatig, en zijn longen voelden op een merkwaardige manier uit balans, alsof zijn linkerlong meer lucht opnam. Maar voor het overige was hij in orde.

Eric nam niet de moeite de auto te parkeren, maar stopte pal voor de deur. Haastig sprongen ze de auto uit en renden ze de treden op naar de voordeur. Daar kwamen Bob en Michaeli hen tegemoet. Ze waren de trap af gestormd om te zien wie er aan de deur was. Nadat ze elkaar haastig hadden omhelsd, trokken ze zich terug in Bobs studio. In alle huizen waar ze hadden gewoond was dat altijd de plek geweest voor familieoverleg en belangrijke gebeurtenissen.

'Met Emily is alles goed,' was het eerste wat Bob zei. 'Maar de situatie is ernstig. Een echte epidemie. Ze weten nog niet welk virus het is en waar het vandaan komt. Sterker nog, ze weten niet eens wat het allemaal kan aanrichten.'

'Mam vindt er wel wat op,' zei Michaeli. Eric knikte instemmend.

Bob merkte dat Arthur niet knikte. Hij strekte zijn hand uit en sloeg zijn jongste zoon op diens schouder. 'Het komt allemaal goed,' zei hij. 'Met je moeder, met ons allemaal.'

'Ja.' Arthur legde zijn hand op zijn zak. Waarom, o waarom had hij niet iets gevraagd waarmee hij meteen een eind aan de ziekte kon maken? Er kon van alles gebeuren in de komende tien uur. Hij kon bijvoorbeeld zelf ziek worden en in slaap vallen.

29

De daaropvolgende tien uur waren de langste in Arthurs leven. Hij zat een tijdje in de studio, te luisteren terwijl Bob telkens weer hetzelfde liedje op de piano speelde. Daarna keek hij met Michaeli naar het nieuws op de televisie. Maar dat duurde niet lang. Hij kon het niet verdragen om te horen over de vele nieuwe ziektegevallen of de pogingen om de quarantaine te doorbreken. En elk uur, op het hele uur, werd er melding gemaakt van meer sterfgevallen. Tot op dat moment waren het allemaal heel oude mensen, maar dat was nauwelijks een troost. Arthur voelde zich volledig verantwoordelijk voor hun dood.

Tenslotte trok hij zich terug in zijn kamer, waar hij op het bed ging liggen. Het rood gelakte kistje stond op zijn bureau, de Atlas lag ernaast. Arthur wilde er amper naar kijken. In plaats daarvan hield hij de Nacht-rager in zijn hand. Het paardje stond het grootste deel van de tijd dood-stil, maar af en toe zette het een paar stappen, of het boog zijn hoofd en knabbelde aan Arthurs handpalm.

Uiteindelijk viel hij – ongemerkt en ongewild – in slaap. Het ene moment was hij nog wakker, het volgende besefte hij dat hij sliep. Hij sliep! In zijn hoofd ging een alarmbel af terwijl hij zijn uiterste best deed om wakker te worden.

Misschien is het al middernacht geweest! Misschien moet ik nu nóg een hele dag wachten tot het weer middernacht wordt! Dan gaan er nog meer mensen dood! Misschien mama wel!

Arthur schoot overeind op het bed en schreeuwde het uit. Het was pikdonker, alleen zijn digitale wekker verspreidde een zachte glans. Verdwaasd keek hij naar de cijfers.

Vier minuten voor twaalf! Het is nog niet te laat!

Toen kreeg hij opnieuw de schrik van zijn leven. Hij lag onder een quilt. Blijkbaar had Bob hem slapend aangetroffen en de deken over hem heen gelegd. De Nachtrager was uit zijn hand verdwenen!

Arthur sprong uit bed en deed alle lichten aan. Toen trok hij de deken van het bed. De Nachtrager moest daar ergens zijn. Misschien had Bob hem wel mee naar beneden genomen! Of misschien had Michaeli de deken over hem heen gelegd en...

Toen zag hij hem. Het paardje stond op het gelakte kistje, trappelend, dansend, gretig om aan het werk te gaan. Met de diepste zucht die hij ooit had geslaakt, strekte Arthur zijn hand uit om het paardje op te pakken. Het steigerde in zijn hand en begon opgewonden te hinniken. Arthur nam het mee naar het raam, en het werd nog rustelozer toen hij dat omhoogschoof.

'Toe maar,' zei Arthur zacht en hij hield zijn hand open.

Het paardje sprong de nacht in. Arthur zag het groter worden terwijl het omhoogklom langs de hemel. Het groeide... en groeide... tot alleen zijn hoeven al groter waren dan het hele huis. Toen het hinnikte, klonk het als het gerommel van de donder. De ruiten rammelden in hun sponningen, het huis trilde op zijn grondvesten. Het paardje beschreef hoog in de lucht een cirkel, toen dook het naar beneden terwijl een ijskoude wind in vlagen uit zijn opengesperde neusgaten werd geblazen.

De wind blies Arthur weer op het bed. Hij had het koud, maar het was een verrukkelijke, heerlijk frisse kou. Arthur werd er helemaal wakker van en voelde een schok door zich heen gaan. Die wind was de adem van het pure, bruisende leven, van rauwe energie, van de simpele vreugde van rennen zo hard als je kunt.

Arthur haastte zich terug naar het raam, net op tijd om de Nachtrager hoog over de stad te zien galopperen. Zijn frisse, versterkende adem blies de bladeren van de bomen, deed verkeersborden schudden en voerde alles met zich mee wat los op straat lag. Overal waar het paard langs de hemel voorbijkwam, gingen autoalarmen af en floepten lichten aan. Het wekte alles... en iedereen...

Beneden hoorde Arthur de telefoon gaan. Hij rende zijn kamer uit. Michaeli en Eric liepen al in de gang. Samen stormden ze de trap af, naar de woonkamer. Daar zat Bob, vermoeid maar volledig aangekleed. Toen de kinderen binnenstormden, legde hij net langzaam de hoorn op de haak.

'Dat was Emily,' zei hij glimlachend. 'Ze zijn erin geslaagd de genetische structuur van het virus te identificeren.' Zijn opluchting sprak uit elk woord, elk gebaar. 'Over een paar dagen hebben ze een vaccin. Maar het ziet ernaar uit dat het virus minder dodelijk is dan ze aanvankelijk dachten. Diverse patiënten beginnen weer wakker te worden.'

Arthur glimlachte, en er spoelde een golf van opluchting over hem heen. Eindelijk was het voorbij!

Toen hoorde hij nog een telefoon gaan. Er was verder niemand die reageerde, en heel even dacht Arthur dat hij het zich verbeeldde. Maar het geluid werd steeds luider, hoewel Bob, Michaeli en Eric er nog altijd geen aandacht aan besteedden. Het was een ouderwets telefoongerinkel, geen elektronisch geluid. Iets dergelijks had Arthur alleen in het Huis

gehoord... Het moest de telefoon in het rood gelakte kistje zijn.

Arthur keek naar de klok die aan de muur tikte. De minuutwijzer bewoog een fractie.

Het was één minuut over twaalf.

Op dinsdagochtend.

Over de schrijver

Garth Nix werd op zaterdag geboren. In Melbourne, Australië. Hij trouwde ook op zaterdag. Met Anna, zijn uitgeefster. Dus zaterdag is een goede dag. Garth schreef altijd op zondagmiddag, want in de loop der jaren heeft hij talloze banen gehad, die bijna altijd op maandag begonnen. En meestal veel te vroeg. Banen zoals boekverkoper, redacteur, pr-adviseur en literair agent. Dinsdag is altijd een geluksdag voor Garth geweest. Een dag waarop hij goed nieuws krijgt, zoals het telegram (dat is al heel lang geleden, toen er nog telegrammen bestonden) waarin hij te horen kreeg dat hij zijn eerste korte verhaal had verkocht. Of – nog niet zo lang geleden – het nieuws dat zijn roman *Abhorsen* op de lijst met best verkopende boeken van *The New York Times* was beland.

Na dinsdag kan woensdag een tegenvaller zijn, maar de woensdag was belangrijk in de tijd dat Garth als reservist in het leger van Australië diende. De woensdag was namelijk de avond waarop er werd geoefend. Donderdag is tegenwoordig een heel gedenkwaardige dag, want Thomas, de zoon van Garth en Anna, werd op donderdagmiddag geboren. Vrijdag is voor de meeste mensen een erg populaire dag, maar sinds Garth alleen nog maar boeken schrijft, markeert de vrijdag niet langer het eind van de werkweek. Doorgaans is Garth op elke dag van de week te vinden in de buurt van Coogee Beach bij Sydney, waar hij woont met zijn gezin.